CORAZÓN ROTO

Planeta Internacional

COLLEEN HOOVER

CORAZÓN ROTO

Traducción de Lara Agnelli

Planeta

Obra editada en colaboración con Editorial Planeta – España

Título original: *Without Merit*

Composición: Realización Planeta

Fotografía del autor: © Chad Griffith
Créditos de portada: © Laywan Kwan (Simon & Schuster)
Adaptación de portada: © Genoveva Saavedra / aciditadiseño
Ilustración de portada: © Anja Weber-Decker / Plainpicture, © Nik Merkulov / Shutterstock

Bajo el sello editorial PLANETA M.R.
Avenida Presidente Masarik núm. 111,
Piso 2, Polanco V Sección, Miguel Hidalgo
C.P. 11560, Ciudad de México
www.planetadelibros.us

Primera edición impresa en esta presentación: enero de 2025
ISBN: 978-607-39-2280-7

Impreso en los talleres de Bertelsmann Printing Group USA
25 Jack Enders Boulevard, Berryville, Virginia 22611, USA.
Impreso en U.S.A - *Printed in U.S.A*

Este libro es para Cale Hoover.
Porque soy tu madre y porque te quiero,
a veces siento la necesidad irrefrenable
de envolverte en una gran burbuja
para protegerte del mundo.
Pero también siento un impulso igual de irrefrenable
de envolver el mundo en una gran burbuja
para protegerlo de ti.
Porque sé que algún día vas a ponerlo patas arriba,
y no te imaginas las ganas que tengo
de que llegue ese día.

1

Tengo una impresionante colección de trofeos que no he ganado. Casi todos los he comprado en tiendas de segunda mano o en mercados. Dos me los regaló mi padre cuando cumplí los diecisiete. De todos ellos, solo uno es robado.

Y probablemente ese sea al que menos cariño le tengo. Lo tomé de la habitación de Drew Waldrup justo después de que rompiera conmigo. Llevábamos dos meses saliendo y fue la primera vez que le permití meterme la mano por debajo de la blusa. Mientras yo pensaba en lo agradable que era, él va y me dice: «Creo que no quiero seguir saliendo contigo, Merit».

Yo ahí, disfrutando de su mano en mis pechos, y él mientras tanto pensando en que no quería volver a tocármelos nunca más. Dando muestra de un estoicismo heroico, me deslicé hasta salir de debajo de su cuerpo y me levanté. Tras colocarme bien la blusa, me acerqué a su estantería y le robé el trofeo más grande que vi. Él no protestó, ni en ese momento ni más tarde. Pensé que, si él podía dejarme mientras me metía mano, lo mínimo que podía hacer yo era llevarme un trofeo de recuerdo.

Aquel trofeo del campeonato de futbol del distrito fue el inicio de mi colección. A partir de ahí fui recopilando galardones al azar tanto en mercados como en tiendas de segunda mano cada vez que tenía un día de mierda.

¿Reprobaba la prueba de manejo? Primer puesto en lanzamiento de peso.

¿Nadie me invitaba al baile de fin de curso de primero de bachillerato? Premio al mejor reparto en obras de teatro breves.

¿Mi padre le pide matrimonio a su amante? Mejor equipo de las ligas juveniles.

Han pasado dos años desde que robé el primer trofeo. Actualmente tengo una docena, aunque he vivido más de doce días de mierda desde que Drew Waldrup me dejó. El problema es que no es tan fácil encontrar galardones que nadie quiera.

Por eso estoy ahora aquí, en una tienda de antigüedades, contemplando el trofeo que le otorgaron a alguien que ocupó el séptimo puesto en un concurso de belleza, un objeto que me llamó la atención la primera vez que lo vi, hace seis meses. Mide casi medio metro y corresponde a un concurso que se celebró en Dallas, en 1972, llamado Bellas con Botas.

El nombre del concurso me hizo gracia, pero lo que me robó el corazón fue la figurita de la mujer bañada en oro que lo corona. Lleva un vestido de baile, una tiara y unas botas con espuelas. Todo en él es absurdo, sobre todo la etiqueta con el precio: ochenta y cinco dólares. Pero empecé a ahorrar para comprármelo en cuanto salí de la tienda y al fin he conseguido reunir el dinero.

Lo saco del estante y, mientras me dirijo a la caja registradora, me fijo en un tipo que hay en el primer piso. Se ha apoyado en el barandal y me está observando. Descansa el mentón en una de las manos y da la sensación de llevar un rato en esa posición. Me sonríe en cuanto nuestras miradas se cruzan.

Yo le devuelvo la sonrisa, algo poco habitual en mí. No se me da bien coquetear y tampoco sé cómo reaccionar cuando alguien lo hace conmigo. Pero tiene una sonrisa muy agradable y ni siquiera estamos en el mismo piso, por lo que no siento la amenaza de un posible momento incómodo.

—¿Qué haces? —pregunta.

Mi reacción es voltear la vista para asegurarme de que me está hablando a mí. Tal vez el tipo se está dirigiendo a alguien a mi espalda, pero aparte de una madre que se ha atrevido a entrar en una tienda de antigüedades con un niño pequeño, no hay nadie más por aquí. Y como la madre y el niño están mirando hacia otro lado, supongo que se dirige a mí.

Alzo los ojos y compruebo que me sigue observando, con la misma sonrisa en la cara.

—¡Voy a comprarme este trofeo!

Creo que su sonrisa me gusta, aunque está un poco lejos y no sé si me siento atraída por él o no. Su confianza resulta atractiva, eso sí. Tiene el pelo oscuro y lo lleva cortado en capas irregulares, con puntas que le salen disparadas en todas direcciones. No soy quién para criticar, porque creo que no me he pasado un peine por el pelo desde ayer por la mañana. Lleva una sudadera con capucha de color gris, que se ha remangado por encima de los codos. Veo que el brazo donde ha apoyado el mentón está cubierto de tatuajes, pero no los distingo desde aquí. En general, me parece demasiado joven y demasiado tatuado para estar curioseando en una tienda de antigüedades un día laborable por la mañana. Pero no debería criticarlo, ya que yo ahora mismo debería estar en clase.

Me doy la vuelta y finjo que sigo comprando, pero soy muy consciente de que él continúa observándome. Aunque trato de ignorarlo, los ojos se me desvían de vez en cuando en su dirección para asegurarme de que sigue ahí. Y sí, ahí sigue.

Tal vez trabaja aquí y está pasando el rato, pero eso no explicaría por qué no deja de observarme. Si esta es su manera de ligar, me parece muy rara, aunque, por desgracia, me atraen las cosas poco convencionales, y sí, me atraen los raritos. Por eso curioseo por toda la tienda aparentando indiferencia, cuando en realidad me está alterando mucho. Siento que su mirada me sigue a cada paso que doy. Se supone que las miradas son ingrávidas, pero lo cierto es que tener sus ojos clavados en mí hace que los pasos que doy me parezcan más pesados. Incluso el estómago me pesa más.

Ya no me queda nada por ver en la tienda, pero todavía no quiero irme. Estoy disfrutando con este jueguito.

Voy a una escuela pública muy pequeña de un pueblo muy pequeño. Y cuando digo «pequeño» estoy siendo generosa. Hay unos veinte alumnos por curso. No por clase, ¡por curso!

Yo soy de las mayores, y en mi curso somos veintidós alumnos: doce chicas y diez chicos. Con ocho de esos diez he ido a la misma clase desde que teníamos cinco años, lo cual hace que el mercado de las citas se reduzca bastante. Es difícil sentirte atraído por alguien a quien llevas viendo cada día desde que tienes cinco años.

Pero no tengo ni idea de quién es este tipo que me ha convertido en su centro de atención, y ya solo por eso me siento más atraída por él que por cualquier persona que vaya a mi escuela.

Me detengo en un pasillo que él puede ver perfectamente desde su posición y finjo estar interesada en uno de los carteles que se exhiben. Es un viejo cartel blanco donde hay escrita la palabra MONTÓN sobre una flecha que señala a la derecha. Me hace gracia, sobre todo cuando veo que al lado tiene un cartel que podría haber salido de una gasolinera en el que pone: LUBRICANTE. Me pregunto si alguien ha colocado los carteles con connotaciones sexuales juntos por casualidad o si ha sido algo intencionado. Si me alcanzara el dinero, los compraría y empezaría una nueva colección de carteles con connotaciones sexuales, pero, con lo caro que es el trofeo, no me lo puedo permitir.

El niño que ha estado curioseando por la tienda con su madre se ha acercado a mí; ahora mismo lo tengo a medio metro. Debe de tener cuatro o cinco años, la edad de mi hermano Moby. Su madre le ha dicho un montón de veces que no toque nada, pero igualmente agarra el cerdito de cristal que tiene delante. ¿Por qué les gustarán tanto a los niños las cosas frágiles? Examina el cerdito con los ojos tan brillantes que me doy cuenta de que la curiosidad pesa más que las órdenes de su madre.

—Mamá, ¿me lo compras?

La madre está en otro pasillo, rebuscando entre un montón de revistas viejas. Ni siquiera se voltea para ver qué le está enseñando.

—No —se limita a responder.

El niño pierde el brillo en la mirada. Con el ceño fruncido, devuelve el cerdito a su lugar, pero, al dejarlo sobre el estante, se hace un lío con las manos y el cerdito acaba roto a sus pies.

—No te muevas. —Me acerco a él antes de que llegue su madre y me pongo a recoger los trozos.

Su madre lo levanta del suelo y lo aleja unos cuantos metros para que no se corte.

—¡Te he dicho que no tocaras nada, Nate!

Me giro hacia el niño, que está contemplando los cristales rotos como si acabara de perder a su mejor amigo. La madre se lleva la mano a la frente, como si estuviera exhausta y frustrada, y se agacha para ayudarme a recoger los pedazos.

—No ha sido él —le digo—. Se me ha roto a mí.

La mujer voltea hacia su hijo y el niño me mira como si sospechara que lo estoy poniendo a prueba. Le guiño el ojo antes de que la madre se gire hacia mí.

—No lo he visto. —Señalo al niño—. He chocado con él y se me ha resbalado.

—Oh. —La madre parece sorprendida y también un poco culpable por haber dado por hecho que ha sido cosa de su hijo.

Mientras las dos seguimos recogiendo los trozos más grandes, el hombre que estaba tras la máquina registradora cuando he entrado aparece de la nada con una escoba y un recogedor.

—Yo me encargo —nos dice, pero al momento señala un cartel en la pared donde se lee: SI LO ROMPES, LO PAGAS.

La mujer toma al pequeño de la mano y se aleja. Cuando el niño mira por encima del hombro y me sonríe, siento que ha merecido mucho la pena cargar con la culpa. Me volteo hacia el tipo de la escoba y le pregunto:

—¿Cuánto costaba?

—Cuarenta y nueve dólares, pero solo te cobraré treinta.

Se me escapa un suspiro. No estoy segura de que la sonrisa del niño valiera treinta dólares. Devuelvo el trofeo del concurso de belleza a su sitio y lo cambio por otro mucho menos llamativo, pero también bastante más barato. Me acerco a la caja y pago el cerdito roto y el trofeo de primer lugar en un concurso de boliche. Cuando el hombre me entrega la bolsa y el cambio, me dirijo a la puerta. Justo cuando estoy a punto de abrirla, me acuerdo del tipo que me observaba desde el barandal del piso de arriba, así que echo un vistazo final, pero ya no está ahí. No sé por qué, eso me hace sentir aún más pesada.

Salgo de la tienda, cruzo la calle y me acerco a una de las mesas que hay cerca de la fuente. Llevo viviendo en Hopkins County toda la vida, pero no suelo frecuentar la plaza, no sé por qué. Y eso que me enamoré de este lugar cuando colocaron aquellos carteles tan raros para indicar los cruces peatonales. Las señales muestran a un hombre cruzando la calle, pero tiene la pierna tan levantada que podría formar parte del *sketch* sobre los andares tontos de los Monty Python.

El ayuntamiento también instaló dos baños públicos por aquella época. Son dos estructuras de cristal que parecen cubos de espejo desde el exterior, pero que permiten ver la calle desde dentro. Me parece incómodo estar sentada en el inodoro haciendo tus cosas mientras ves los coches pasar. Sin embargo, al sentirme atraída por las cosas raras, debo de ser una de las pocas personas del pueblo orgullosa de nuestros baños.

—¿Para qué es el trofeo?

Hablando de mi atracción por las cosas raras.

El tipo de la tienda de antigüedades está a mi lado, y ahora ya puedo afirmar con total certeza que me resulta muy atractivo. Tiene los ojos azules, pero es un azul tan claro y poco habitual que es lo primero que me llama la atención, porque contrasta mucho con su piel morena y el pelo negro como el carbón. Lo observo unos instantes. Creo que no había visto nunca a alguien con unos ojos tan claros y un pelo tan oscuro. Es como si algo no encajara, pero bueno, seguro que es una manía mía.

Sigue sonriéndome igual que en la tienda, lo que me lleva a preguntarme si es de los que sonríen siempre. Espero que no. Prefiero pensar que me está sonriendo así porque no puede evitarlo. Señala con la cabeza en dirección a la mochila y de pronto me acuerdo de que me ha preguntado por el trofeo.

—Ah, es para mí.

Él ladea la cabeza con expresión entre divertida y extrañada. No sé por cuál decidirme, pero la verdad es que me da igual.

—¿Coleccionas trofeos que no has ganado?

Cuando asiento con la cabeza, se ríe, pero es una risa silenciosa, como si quisiera guardarla para él solo. Tras meterse las manos en los bolsillos de los jeans, añade:

—¿Por qué no estás en clase?

Pensaba que no era tan obvio que aún voy al instituto. Dejo la bolsa en la mesa y me quito las sandalias.

—Hace un día precioso; no quería pasarlo encerrada en un aula.

Me acerco a la fuente, que en realidad de fuente tiene poco. Es una superficie de hormigón a ras del suelo que tiene forma de estrella. El agua sale de unos surtidores escondidos en el suelo que rodean la estrella y lanzan el agua hacia el centro. Pongo el pie encima de uno de ellos y espero a que el agua me alcance.

Estamos en la última semana de octubre. Ya no hace calor como para que los niños jueguen en el agua, como en verano, pero todavía no hace frío como para no poder mojarme un poco los pies. Me gusta notar que el agua me golpea las plantas de los pies. Ya que no puedo pagar un pedicure, tendré que conformarme con esto.

El tipo me sigue observando, pero no me molesta. Supongo que me estoy acostumbrando, y es como tener otra sombra, solo que un poco más atractiva que la habitual. Lo miro de reojo mientras se quita los zapatos, se coloca a mi lado y tapa otro de los surtidores con el pie.

Ahora que está más cerca, me fijo en los tatuajes. Tal como me había parecido, los lleva solo en el brazo izquierdo, en el derecho no hay ni uno; aunque los que tiene no son en absoluto como me esperaba. Cada uno es distinto y no tienen relación entre ellos. En la parte exterior de la muñeca lleva una diminuta tostadora de la que asoma una rebanada de pan. Cerca del codo se ha tatuado un alfiler, y a lo largo del antebrazo se leen las palabras: «Su turno, Doctor». Alzo la vista y veo que está mirándose los pies. Estoy a punto de preguntarle cómo se llama, pero el agua me golpea la planta del pie. Desprevenida, me echo a reír y lo aparto. Los dos nos quedamos contemplando el chorro que se arquea hacia el centro de la estrella.

Cuando se dispara su surtidor, no reacciona. Se queda observándose el pie hasta que deja de salir agua y la fuente reanuda su camino circular. Levanta la vista hacia mí, pero ahora ya no sonríe, y hay algo en la solemnidad de su expresión que hace que se me contraiga el pecho. Veo que abre la boca y le presto toda mi atención para no perderme ni una palabra.

—De todos los lugares en los que podríamos estar, estamos en este. Al mismo tiempo.

Aunque por su tono de voz parece que la idea le divierta, su expresión es de desconcierto. Niega con la cabeza y se acerca más a mí. Alza el brazo tatuado y me acaricia un mechón de pelo que se ha soltado. El gesto es muy íntimo, tan inesperado como el resto de esta situación, pero me parece perfecto. Aunque quiero que lo haga otra vez, deja caer el brazo.

No recuerdo que nunca me hayan mirado como él me está mirando en este momento: como si le resultara fascinante. Sé que no nos conocemos en absoluto y que, sea lo que sea esta conexión que hay entre nosotros, lo más probable es que se rompa en cuanto tengamos la primera conversación de verdad. Seguramente será un idiota, o pensará que soy un bicho raro; nos sentiremos incómodos y ambos nos alegraremos de perder de vista al otro. Así es como suelen ser mis interacciones con los chicos. Sin embargo, ahora que todavía no sé nada de él aparte de que sabe ponerse muy intenso, puedo imaginarme que es perfecto. En mi mente lo dibujo inteligente, respetuoso, divertido y como un artista, porque así es mi hombre ideal. Me conformo con imaginarme que posee estas cualidades hasta que se canse de estar así, quieto, frente a mí.

Cuando se acerca un paso más, tengo la sensación de haberme tragado su corazón, porque noto un exceso de latidos en el pecho. Baja la vista hacia mis labios y estoy segura de que va a besarme..., o eso espero, lo cual es bien raro, porque apenas hemos cruzado un par de frases. Me da igual, quiero que me bese mientras me imagino que es perfecto, porque entonces lo más seguro es que su beso también lo sea.

Me acaricia el brazo con suavidad, aunque en realidad siento que me está presionando los pulmones con las dos manos. Sus dedos dejan un rastro de escalofríos a su paso hasta que alcanzan su objetivo, que resulta ser mi cuello.

No sé cómo logro mantenerme en pie, ya que las piernas se me han vuelto de mantequilla. Con la cabeza echada hacia atrás, le observo la boca, tan cerca de la mía. Aunque parece dudar unos instantes, se rinde diciendo:

—Me entierras.

No entiendo por qué me dice eso, pero me gusta. Como

también me gusta el suave contacto de sus labios, que se unen a los míos justo después de decirlo. Tenía razón: es un beso perfecto. Tan perfecto como los de las películas de antes, cuando el protagonista apoyaba la mano en la espalda de la protagonista y ella se arqueaba hacia atrás, como si quisiera formar una letra C mientras él la atraía por la cintura. Es uno de esos besos.

Me pega a él mientras me recorre los labios con la lengua. Y, como en las películas, tengo los brazos colgando a los lados, hasta que me doy cuenta de lo mucho que quiero seguirle el juego y me decido a devolverle el beso. Su boca sabe a helado de menta y me parece perfecto, porque este momento acaba de convertirse en una de mis cosas favoritas, casi tanto como el postre. La situación resulta casi cómica. ¿Qué puede haber llevado a este desconocido a besarme como si fuera lo último que le quedaba pendiente en la vida? ¿Qué lo ha empujado a hacer algo así?

Me sujeta la cara con las dos manos como si tuviéramos todo el tiempo del mundo. No parece tener ninguna prisa y tampoco parece importarle que nos vean, porque estamos en medio de la plaza del pueblo y ya nos han pitado dos veces.

Le rodeo el cuello con un brazo y dejo que me bese tanto como quiera, porque no tengo nada mejor que hacer ahora mismo. Y, si lo tuviera, cancelaría mis planes para seguir con él.

Justo cuando me hunde una mano en el pelo, el chorro de agua se dispara bajo mis pies y se me escapa un grito porque me toma por sorpresa. Él se echa a reír, pero no deja de besarme. Nos estamos empapando, porque no tapo bien el surtidor, pero a ninguno de los dos nos importa; es solo un elemento más que añade surrealismo al beso.

Por si no fuera todo lo bastante raro, el teléfono le suena en ese momento. Cómo no. Tenía que pasar algo así, era un beso demasiado perfecto.

Se aparta un poco y, cuando nuestros ojos se cruzan, veo que su mirada parece saciada y hambrienta al mismo tiempo. Se saca el celular del bolsillo y baja la vista hacia la pantalla.

—¿Has perdido el teléfono o es una broma?

Me encojo de hombros porque no sé qué parte de esto piensa que puede ser una broma: ¿que le haya permitido besarme?, ¿que alguien haya llamado en mitad del beso en cuestión?

Riendo, responde:

—¿Hola? —Pero la sonrisa se le borra del rostro y su expresión pasa de la diversión a la extrañeza—. ¿Con quién hablo?

Tras unos instantes se aparta el teléfono de la oreja; mira la pantalla y vuelve a mirarme a mí.

—Va, en serio. Es una broma, ¿no?

No sé si me lo está diciendo a mí o a la persona que ha llamado, así que me encojo de hombros otra vez. Él se lleva el celular a la oreja y da un paso hacia atrás, alejándose de mí.

—¿Con quién estoy hablando? —repite. Tras un instante, se lleva la mano a la nuca y, con una risa nerviosa, replica—: Pero si te tengo delante...

Al oír esas palabras, noto que me quedo blanca como la leche. Todo el color se retira, primero de mi rostro y luego del resto del cuerpo hasta que acaba hecho un charco a mis pies. El momento surrealista con este desconocido ha llegado a su fin y me ha dejado sintiéndome como una copia barata de Honor Voss, mi hermana gemela, la chica que obviamente se encuentra al otro lado del teléfono.

Me cubro la cara con la mano y me doy la vuelta. Recupero los zapatos y la mochila y trato de poner la máxima distancia entre nosotros antes de que se dé cuenta de que la chica a la que ha estado besando no es Honor.

No lo puedo creer. Acabo de besar al novio de mi hermana.

No lo he hecho queriendo, claro. Ni siquiera sabía que tenía novio. Lo sospechaba, porque últimamente pasaba mucho tiempo fuera de casa, pero, de todos los tipos que hay en el mundo, ¿cómo iba a sospechar que era justo este?

Sigo alejándome a toda prisa, pero pronto oigo sus pasos que se acercan corriendo.

—¡Eh! —me llama.

Por eso me miraba en la tienda, pensaba que era ella. Y por eso me ha preguntado por qué no estaba en clase, porque si conoce a Honor lo bastante bien como para besarla, sabe que mi hermana nunca faltaría a clase.

Ahora todo tiene sentido. Esto no ha sido una conexión a primera vista entre dos extraños, ha sido una confusión. Me ha confundido con su novia, y me siento la persona más idiota del mundo por no haberme dado cuenta antes de lo que estaba pasando.

Cuando me agarra por el codo, no me queda más remedio que enfrentarme a él, porque necesito dejarle claro que Honor no puede enterarse de lo que acaba de pasar. Cuando nuestros ojos se encuentran, ya no me está mirando como si le resultara fascinante. Mira su celular, y luego a mí, y luego al celular otra vez.

—Lo siento —me dice—. Pensaba que eras...

—Pues te has equivocado —respondo de mala gana, aunque entiendo que ha sido un error justificado.

Honor y yo somos gemelas idénticas, pero si la conociera mejor sabría que mi hermana nunca se pasearía en público como voy yo. No voy maquillada, llevo el pelo hecho un desastre y la misma ropa que ayer.

Él se guarda el celular en el bolsillo, pero vuelve a sonar. Cuando lo levanta, veo el nombre de Honor. Le arrebato el teléfono y deslizo el dedo sobre la pantalla.

—Hola.

—¿Merit? —Honor se echa a reír—. ¿Qué está pasando ahí? ¿Qué haces con Sagan?

¿Sagan? Si es que hasta el nombre lo tiene perfecto.

—No estoy haciendo nada. Nos hemos encontrado por casualidad y ha pensado que yo era tú. Y entonces has llamado y... digamos que estaba un poco confundido.

Todo esto lo digo con los ojos fijos en Sagan. Él me sostiene la mirada, sin tratar de recuperar el celular.

Honor se echa a reír otra vez.

—Qué gracia. Ojalá le hubiera visto la cara.

—Ha sido hilarante —replico muy seria—, pero deberías avisar a tu novio de que tienes una hermana gemela. —Le devuelvo el celular a Sagan.

Mientras me alejo, él se queda con el teléfono en la mano, pero es incapaz de dejar de mirarme.

—No le cuentes lo que ha pasado —susurro—. Ni a ella ni a nadie. Nunca.

Él titubea, pero acaba asintiendo. En cuanto me confirma que no le dirá nada a Honor, me doy la vuelta y me retiro.

Nada va a poder superar nunca este nivel de vergüenza. Nada.

2

Soy una idiota.

Dicho esto, Dioses, qué bonito e inesperado ha sido todo. Su intensidad me ha tomado por sorpresa, pero ha sido el beso lo que ha acabado conmigo. Su boca sabía a menta, pero era cálida. Y cuando los chorros de agua nos han empezado a salpicar, he sentido una sobrecarga sensorial que me ha sabido a poco, habría preferido que fuera una sobredosis. Quería más, quería sentirlo todo. Ese beso inesperado me ha hecho sentir viva por primera vez en... la verdad, creo que nunca me había sentido así.

Y esa es precisamente la razón por la que no he caído en que me estaba confundiendo con mi hermana. Para mí ha sido un momento muy especial, aunque para él haya sido uno más; lo más probable es que la bese así siempre.

Es raro, porque me ha parecido que estaba... sano, lo cual lo descartaría como candidato para Honor.

Y hablando de mi hermana.

Pongo el intermitente y contesto el teléfono al segundo timbrazo. Me extraña que me llame, no nos llamamos nunca. Cuando llego al rojo, le respondo con desgana:

—¿Qué pasa?

—¿Sigues con Sagan?

Cierro los ojos y suelto un hilillo de aire. No me queda más después del beso de hace un rato.

—No.

—Qué raro. —Suspira—. No atiende el teléfono. Lo volveré a llamar.

—Bueno.

Estoy a punto de colgar cuando añade:

—Oye, ¿por qué no estás en clase?

Ahora soy yo la que suspira.

—No me encontraba bien y me he largado.

—Ah... De acuerdo. Nos vemos luego.

—¡Honor, espera! —No dejo que cuelgue—. ¿Qué le pasa...? ¿Le pasa algo a Sagan?

—¿A qué te refieres?

—Ya sabes, ¿estás con él porque... se está muriendo?

Durante unos segundos guarda silencio, pero cuando al fin responde no puede disimular el enojo.

—Por Dios, Merit, por supuesto que no. Cuando quieres, puedes ser una auténtica maldita.

Esta vez me cuelga y me quedo mirando la pantalla.

No pretendía ofenderla. Se lo he preguntado por curiosidad. No ha salido con ningún chico con una esperanza de vida normal desde que empezó con Kirk a los trece años. Todavía no ha superado las marcas invisibles que le dejó aquella relación, que sentía como si fueran cicatrices y costras internas que le impedían respirar.

Kirk era un granjero muy simpático. Conducía un tractor, empacaba heno, sabía cómo montar un diferencial eléctrico y una vez arregló la transmisión de un coche que ni siquiera mi padre había logrado arreglar.

Un mes antes de que cumpliéramos los quince, y dos semanas después de que Honor hubiera perdido la virginidad con Kirk, su padre lo encontró tirado en una zona de pastos, semiconsciente y sangrando. Se había caído del tractor, que le pasó por encima y le rompió un brazo. Aunque la fractura no era mortal, mientras la estaban tratando en el hospital, su médico, una eminencia, se preguntó qué había causado que Kirk se cayera del tractor. Las pruebas indicaron que había sufrido convulsiones debidas a un tumor que tenía en el cerebro.

«Probablemente desde la infancia», puntualizó el doctor.

Kirk sobrevivió tres meses más, y durante ese tiempo mi hermana casi no se apartó de su lado. Honor fue la primera y la última chica a la que amó; la última persona a la que vio antes de exhalar su último aliento.

La consecuencia de que su primer amor muriera a causa de un tumor que tenía alojado en el cerebro fue que Honor desarrolló una dolencia enfermiza: la incapacidad de amar a chicos con una esperanza de vida normal. Se pasa los días y buena parte de las noches chateando con jóvenes enfermos terminales, enamorándose perdidamente de chicos que tienen una esperanza de vida de seis meses o menos.

Aunque nuestro pueblo es demasiado pequeño para proporcionarle a Honor un suministro constante de pretendientes enfermos, Dallas queda a un par de horas en coche. Entre todos los hospitales que acogen enfermos terminales, encontró al menos a dos chicos a los que podía ir a visitar en coche. Durante sus últimas semanas en este mundo, Honor pasó mucho tiempo a su lado, dispuesta a ser la última persona a la que vieran y la última chica a la que amaran antes de morir.

Su obsesión por ser amada eternamente por enfermos terminales es lo que me ha hecho preguntarme por la salud de ese tal Sagan. Basándome en su historial de relaciones, no me parece ninguna tontería haber dado por hecho que tenía alguna enfermedad terminal, pero, por lo visto, mi suposición me ha convertido en una maldita a ojos de mi hermana.

Me estaciono delante de casa y me alegra ver que soy la primera en volver y que estoy sola..., si no contamos a la residente permanente que está en el sótano. Agarro la bolsa que contiene el trofeo. Si hubiera sabido que estaba a punto de vivir la experiencia más humillante de mis diecisiete años de vida, me habría llevado todos los trofeos de la tienda de antigüedades. Habría tenido que usar la tarjeta de crédito que me dio papá para ocasiones de emergencia, pero habría estado totalmente justificado.

Echo un vistazo a la marquesina mientras cruzo el patio. Desde que nos mudamos, no ha pasado ni un día sin que mi hermano Utah haya actualizado el mensaje con la misma puntualidad y precisión con que lo hace todo en la vida.

Se despierta a las seis y veinte cada mañana y se baña a las seis y media. A las siete menos cuarto prepara dos licuados vegetales, uno para él y otro para Honor —a menos que ella los haya preparado antes—, y a las siete y diez ya se ha vestido para salir a actualizar el mensaje de la marquesina. Hacia las siete y media le da un irritante discurso motivador a nuestro hermano pequeño y luego se va a la escuela, a menos que sea fin de semana, que es cuando va al gimnasio. Pasa cuarenta y cinco minutos en la caminadora y después hace cien flexiones y doscientos abdominales.

A Utah no le gusta la espontaneidad. A pesar de lo que suelen decir los amigos de dar consejos, a él no le gusta esperar lo inesperado. Él solo espera lo esperado; lo inesperado le disgusta.

No le hizo ninguna gracia que mis padres se divorciaran hace unos años. Tampoco le agradó que mi padre se volviera a casar y todavía menos que nuestra nueva madrastra quedara embarazada.

En cambio, sí le gusta nuestro medio hermano, el que nació como resultado de aquel embarazo. No es de extrañar, porque Moby Voss nos gusta a todos; no por su personalidad en sí, sino porque tiene cuatro años, y a poca gente le desagradan los niños de cuatro años.

El mensaje que Utah ha escrito hoy en la marquesina es: «No puedes tararear con la boca cerrada si también te tapas la nariz».

Y es verdad. Lo he probado esta mañana cuando lo he visto, pero por si acaso vuelvo a probarlo ahora mientras me acerco a las puertas de cedro que dan acceso a nuestra casa.

Puedo afirmar sin miedo a equivocarme que vivimos en la casa más peculiar del pueblo. Y la llamo «casa» porque no puedo referirme a ella como un hogar. La casa en cuestión alberga a siete personas tan peculiares como ella. Viéndola desde fuera, nadie adivinaría que en nuestra familia tenemos un ateo, una destrozahogares, una exesposa que sufre un caso grave de agorafobia y una adolescente cuya extraña obsesión roza la necrofilia.

Nadie lo adivinaría tampoco desde dentro de la casa. En esta familia se nos da muy bien guardar secretos.

Vivimos en una zona petrolífera, en una carretera regional que cruza un pueblo microscópico del noreste de Texas. El edificio era antes la iglesia más concurrida del pueblo, pero se convirtió en nuestra casa cuando mi padre, Barnaby Voss, compró el modesto templo y cerró las puertas a los fieles de manera permanente. Y esa es la razón de que tengamos una marquesina en el patio delantero.

Mi padre es ateo, pero no fue ese el motivo que lo llevó a comprar la casa de Dios cuando el banco ejecutó la hipoteca, dejando a los feligreses sin su lugar de culto. No, Dios no tuvo nada que ver con ello.

Si compró la iglesia y cerró sus puertas fue por su odio absoluto, indudable y vehemente hacia el perro del reverendo Brian, que derivó en un gran odio por el propio predicador.

Wolfgang era un enorme labrador de pelaje negro, impresionante por las dimensiones de su cuerpo y la intensidad de sus ladridos, pero que no tenía ni gota de sentido común. Si los perros se clasificaran siguiendo los grupos de instituto, Wolfgang sería sin duda el líder de los deportistas. Era un perro ruidoso y molesto, que se pasaba ladrando siete de las ocho preciosas horas de sueño que mi padre necesitaba para funcionar al día siguiente.

En el pasado, tuvimos el dudoso honor de ser los vecinos de Wolfgang, al vivir detrás de la iglesia. El dormitorio de mis padres daba al patio trasero del templo, que era también la zona de juegos del perro. Y a eso se consagraba durante buena parte de las noches, a jugar como un loco, cuando mi padre habría preferido que durmiera. Pero al labrador no le gustaba que le dijeran qué tenía que hacer ni cuándo tenía que dormir. En realidad, se dedicaba a llevarle la contraria a todo el mundo.

El reverendo Brian compró a Wolfgang cuando era un cachorro, días después de que un grupo de adolescentes asaltaran la iglesia y se llevaran el dinero del cepillo. El pastor pensó que tener un perro en el patio disuadiría a nuevos ladrones; el problema fue que el hombre no tenía ni idea de adiestrar perros, y mucho menos a uno con el intelecto de un matón de instituto. Durante su primer año de vida, Wolfgang interactuó muy poco con humanos, aparte de su amo. Teniendo en cuenta que Wolfgang sacó el palito más corto el día en que se repartieron la inteligencia y el buen carácter, toda su energía y curiosidad fueron a parar a una víctima desprevenida, que probablemente no lo merecía: el vecino que vivía en la casa más cercana; mi padre, Barnaby Voss.

A mi padre se le atravesó Wolfgang desde el momento en que lo vio por primera vez. Nos prohibió a mis hermanos y a mí que jugáramos con él, y no era raro oírlo susurrar que un día acabaría por matarlo. A veces también lo gritaba a los cuatro vientos, pero era menos frecuente.

Sin embargo, aunque mi padre no tenía fe en Dios, creía fervientemente en el karma, y por mucho que fantaseara con asesinar a Wolfgang, no quería cargar con la muerte de un animal en su conciencia, ni siquiera de una mala bestia como el perro del reverendo.

Wolfgang correspondía a los sentimientos de su enemigo, o al menos eso parecía, porque se pasaba la mayor parte de sus días ladrando y gruñéndole a mi padre sin importar que fuera de día o de noche, entre semana o fin de semana. Solo paraba cuando se distraía con alguna ardilla despistada.

A lo largo de los años, papá trató de poner fin al acoso incesante. Lo probó todo: tapones para los oídos, demandas legales... Incluso un viernes por la noche en que se había tomado tres copas de vino más de las habituales, estuvo devolviéndole los ladridos a Wolfgang. Pero ninguna de esas cosas sirvió para algo. Al final, mi padre estaba tan desesperado por poder dormir una noche de corrido que se pasó un verano entero tratando de hacerse amigo de Wolfgang con la esperanza de que cesaran los ladridos.

No lo consiguió.

Y las cosas habrían seguido así, ya que el reverendo Brian le tenía mucho más aprecio a Wolfgang que a su vecino Barnaby Voss, de no ser porque, por desgracia para el pastor, su iglesia emergente cayó en una profunda crisis financiera justo cuando el negocio de coches de mi padre —y su sed de venganza— pasaban por su mejor momento.

Mi padre hizo una oferta que el banco no pudo rechazar y que el reverendo no logró igualar. Tal vez ayudó que mi padre añadiera un Volvo de segunda mano a las negociaciones como aliciente para que el encargado de la ejecución hipotecaria se diera prisa.

Cuando el reverendo Brian anunció ante su congregación que había perdido la propiedad de la iglesia en una guerra financiera con mi padre, el cual pensaba cerrarla al público para instalarse ahí con su familia, los Voss nos convertimos en el centro de las habladurías, y no hemos dejado de serlo desde entonces.

Tras firmar los papeles hace casi cinco años, mi padre concedió dos días al pastor y a Wolfgang para abandonar su hogar. Tardaron tres, pero la cuarta noche, después de mudarnos nosotros a la iglesia, mi padre durmió trece horas seguidas.

El reverendo Brian se vio forzado a buscar otro lugar donde pronunciar sus sermones dominicales, pero, como tenía a la divina providencia de su lado, solo tardó un día en encontrarlo. Reabrió una semana más tarde en un lujoso granero donde un diácono guardaba su colección de tractores. Durante tres meses, los feligreses tuvieron que sentarse en pacas de paja mientras el predicador pronunciaba su sermón desde una tarima hecha con tablas y madera entrecruzada.

Y durante seis meses, el pastor se enroló en una cruzada personal. Cada domingo, antes de terminar el servicio, rezaba públicamente por mi padre y por su alma descarriada «para que el Señor le abra los ojos y se dé cuenta de sus errores». Después de que sus feligreses repitieran sus palabras, añadía: «Y que nos devuelva nuestra casa de oración a un precio razonable».

Cuando mi padre se enteró de que ocupaba un lugar destacado en la lista de oraciones del pastor, se sintió incómodo y desconcertado. No entendía que el reverendo pidiera que rezaran por su alma descarriada, cuando él consideraba que no tenía alma.

Unos siete meses después de que convirtiéramos aquella vieja iglesia en nuestra residencia familiar, empezó a verse al reverendo Brian conduciendo un Cadillac convertible nuevo recién estrenado (al menos por el reverendo). Casualmente, el domingo siguiente Barnaby Voss ya no estuvo presente en las oraciones pasivo-agresivas del pastor.

Yo estaba en el concesionario el día en que mi padre y el reverendo cerraron el trato. Aunque era bastante más joven que ahora, lo recuerdo como si fuera ayer.

—Si deja de rezar por mi alma inexistente, le rebajo en dos mil dólares el precio de ese Cadillac rojo cereza.

No hemos vuelto a oír a Wolfgang ladrar por las noches desde hace varios años, los mismos que lleva mi padre sin despertarse de mal humor. Y aunque hemos hecho un montón de reformas desde ese día, hay tres elementos que delatan que el edificio fue anteriormente un lugar de oración.

1. Los ventanales.
2. El crucifijo de dos metros y medio que cuelga de la pared este.
3. La marquesina de la entrada.

La misma marquesina que sigue dando la bienvenida al edificio años después de que mi padre cambiara el nombre que aparecía en lo alto del cartel y pasara a llamarse «Dollar Voss» en vez de «Iglesia Luterana de la Encrucijada».

Eligió el nombre porque la iglesia estaba dividida en

cuatro cuartos, igual que le pasa al dólar con las monedas de veinticinco centavos. Y porque nuestro apellido es Voss. Me gustaría que existiera una explicación más brillante, pero es lo que hay.

Abro las puertas de la entrada principal y entro en el Primer Cuarto, donde la antigua capilla se ha convertido en una espaciosa zona de cocina, comedor y sala de estar, todo integrado. Lo único que queda de su época anterior es el Cristo en la cruz de dos metros y medio que cuelga en una de las paredes del salón. Utah y mi padre se pasaron un verano tratando de desmontar el grabado, pero no lo lograron. Tras varios intentos fallidos, se dieron cuenta de que la cruz de Jesús formaba parte de la estructura del edificio, y que no podía retirarse sin quitar también los soportes y la pared entera.

A mi padre no le hizo ninguna gracia tener que perder la pared este de la casa. Disfruta del aire libre, pero cree firmemente que los interiores y los exteriores deben permanecer separados. Por eso tomó la decisión de que el Cristo de dos metros y medio se quedara en la casa.

—Le aporta personalidad al Primer Cuarto —declaró al fin.

Mi padre es ateo convencido, por lo que para él la escultura es un adorno de pared y nada más. Un adorno de dos metros y medio con Jesucristo como protagonista, pero nada más. Yo soy la encargada de vestirlo de manera adecuada para cada estación del año, y esa es la razón por la que ahora mismo está cubierto por una sábana blanca. Va disfrazado de fantasma.

En el Segundo Cuarto, que en otro tiempo albergaba

tres aulas dedicadas a la catequesis, mi padre hizo añadir paredes medianeras y ahora hay seis habitaciones bastante pequeñas en las que caben un hijo, una cama individual y un armario. Mis tres hermanos y yo ocupamos cuatro de las seis habitaciones. La quinta es un dormitorio para invitados y la sexta es, en teoría, el despacho de mi padre, aunque nunca lo he visto usarlo.

El Tercer Cuarto era antes un comedor, y tras la remodelación pasó a ser el dormitorio principal. Ahí es donde mi padre duerme a pierna suelta al menos ocho horas cada noche junto a Victoria Finney-Voss. Victoria lleva cuatro años y dos meses viviendo en Dollar Voss; tres meses antes de que mis padres tuvieran resueltos todos los trámites del divorcio y seis meses antes del nacimiento del cuarto —y esperemos que último— hijo de mi padre, Moby.

La última fracción de Dollar Voss, el Cuarto Cuarto, es el más aislado y controvertido.

El sótano.

Está equipado como un estudio. Tiene un baño con regadera, una minicocina y una sala de estar, donde además del sofá y la tele, también hay una cama matrimonial.

Mi madre, Victoria Voss —a la que no hay que confundir con la actual esposa de mi padre, con la que comparte nombre—, ocupa el Cuarto Cuarto. Si ya es desafortunado que mi padre se divorciara de una Victoria para, acto seguido, casarse con otra, todavía lo es más que ambas Victorias vivan en Dollar Voss.

No puede decirse que el amor de mi padre por la actual Victoria sea fruto de una relación de despecho, ya que ambas relaciones se solaparon durante un tiempo, lo cual sigue siendo la principal fuente de conflicto entre los tres adultos.

Mi madre, Vicky, sale muy poco de su habitación en el Cuarto Cuarto, pero su presencia no pasa desapercibida para nadie. Sin duda, quien es más consciente de ella es la actual esposa de mi padre, Victoria, a la que no le hizo ninguna gracia que mi madre se quedara en el Cuarto Cuarto cuando ella se instaló en Dollar Voss.

Estoy segura de que no debe de ser fácil vivir en una casa con tu esposo y su ex, pero dudo que sea tan difícil como fue para mi madre recién curada de cáncer enterarse de que mi padre se acostaba con la enfermera oncológica que la cuidaba.

Desde entonces han pasado varios años y mis hermanos y yo hemos superado ya el daño que mi padre le causó a mi madre.

Bueno, la verdad es que no. No lo hemos superado en absoluto.

Aparte de eso, la reforma de Dollar Voss ha sido larga. Nos hemos ocupado años modernizando y remodelando la antigua iglesia hasta convertirla en una vivienda adecuada para albergar a la familia Voss al completo, pero si algo tiene mi padre es paciencia.

De cara a la galería, los Voss parecemos una familia normal y Dollar Voss parece una casa normal, si pasamos por alto los ventanales, el crucifijo gigante y la marquesina.

El reverendo Brian cambiaba el mensaje de la marquesina todos los sábados con frases ocurrentes como: NO SEAS TAN ABIERTO DE MENTE O SE TE ACABARÁN CA-

YENDO LOS SESOS, O SERMÓN SEMANAL: ¿50 SOMBRAS? LO MEJOR QUE PUEDES HACER DE RODILLAS ES REZAR.

A veces me pregunto qué pensará la gente del pueblo al pasar frente a la marquesina y leer las citas y datos curiosos que elige Utah. Como ayer, que puso: LA MEDALLA DEL PREMIO NOBEL DE LA PAZ MUESTRA A TRES HOMBRES DESNUDOS.

En ocasiones me hacen gracia las cosas que pone, pero en general lo que me provocan es vergüenza. Mucha gente opina que no encajamos en el pueblo por el hecho de vivir en una vieja iglesia, ya solo falta que les demos más motivos para pensar así.

Creo que mi padre hizo un esfuerzo para integrarse el año pasado, cuando se pasó dos semanas colocando una cerca de madera blanca, lindísima, alrededor de la propiedad. No es que ahora la iglesia parezca una casa. Lo que parece es que vivimos en una vieja iglesia rodeada por una reja blanca que no combina en lo más mínimo, pero hay que reconocerle el esfuerzo.

Voy a mi habitación y cierro la puerta. Suelto la mochila en el suelo y me dejo caer en la cama. Son casi las tres, lo que significa que Moby y Victoria no tardarán en volver. Luego llegarán Honor y Utah y, más tarde, mi padre. Después cenaremos todos juntos. Yupi.

Ya me he quedado sin fuerzas por hoy; no creo que pueda aguantar mucho más.

Voy al baño y busco en los cajones algo que me ayude a dormir. No suelo tomar nada para dormir a menos que me encuentre mal, pero creo que lo único que puede conseguir que no me pase la noche dándole vueltas al beso que me ha dado el novio de Honor son unos cuantos sorbitos de jarabe para la tos.

Cuando lo encuentro bajo el lavabo, me tomo una dosis y, de nuevo en mi habitación, me meto en la cama antes de enviarle un mensaje a mi padre:

No me encuentro bien. He salido antes
del instituto y me voy a la cama.
No creo que cene hoy.

Pongo el celular en silencio y lo dejo bajo la almohada. Cierro los ojos, pero no sirve de nada porque sigo viendo a Sagan ante mí. Honor y yo no estamos tan unidas como antes, por lo que no es tan raro que no supiera que estaba con un chico nuevo. Me había dado cuenta de que salía de casa más a menudo de lo habitual, pero no le había preguntado la razón. Que yo sepa, nunca lo ha traído a casa, por lo que, cuando lo he visto, no tenía ni idea de quién era.

Si le hubiera visto la cara antes del incidente en la plaza del pueblo, me habría ahorrado todo este bochorno, porque lo habría reconocido al momento. Si es un tipo medianamente decente, romperá con ella hoy mismo y nunca pondrá un pie en esta casa. Y que no me vengan con que están enamorados, apenas se conocen. Llevarán saliendo un par de semanas cuando mucho y no conozco a nadie a quien le guste meterse entre dos hermanas, y menos si son gemelas.

Aunque me estoy olvidando de que él no quiere nada conmigo. Lo que ha pasado en la plaza ha sido un error, una confusión muy comprensible. Me ha tomado por mi hermana. Si hubiera sabido que yo no era Honor, nunca me habría dicho algo tan desconcertante y asquerosamente dulce como «Me entierras» justo antes de meterme la lengua hasta la campanilla. Lo más seguro es que esté riéndose de la confusión ahora mismo. Mierda, lo más probable es que ya Honor esté enterada y que estén riéndose los dos.

Riéndose de la pobre y patética Merit, que se ha creído que un desconocido guapísimo se había fijado en ella.

Me da mucha rabia sentirme tan avergonzada. Debería haberle dado una cachetada cuando me ha besado. Si lo hubiera hecho, ahora podría estar riéndome del tema con ellos, pero, en vez de eso, me he abalanzado sobre él como si quisiera devorarlo. Vaya sensación. Me gustaría volver a vivirla alguna vez, y eso es lo que más me molesta, porque lo último que quiero en la vida es sentir envidia de mi hermana. Pero es que solo de pensar en Sagan besándola como me ha besado a mí, me entran unos celos tan grandes que, si alguien me apuñalara, me saldría la sangre verde.

Siempre he vivido con el temor de que pasara algo así. Que alguien pensara que yo era mi hermana y me pusiera en ridículo. Lo único que nos distingue es que ella lleva lentes de contacto y yo no. He hecho todo lo que he podido para diferenciarme de Honor. Me he cortado y teñido el pelo, me he puesto a dieta, he comido hasta hartarme, pero da igual lo que haga, siempre pesamos lo mismo, hablamos igual, tenemos el mismo aspecto.

Pero no somos iguales.

No me parezco en nada a mi gemela idéntica, la que prefiere corazones moribundos a los que funcionan como tienen que funcionar.

Tampoco me parezco a mi padre, Barnaby, al que no le importó poner nuestras vidas patas arriba por no perder una pelea con un perro.

Desde luego, no me parezco en nada a mi hermano Utah, que pasa cada instante de su día a día llevando una vida precisa, perfecta y puntual, al menos en apariencia, para compensar todas las imperfecciones internas que forman parte de su pasado.

Y, por supuesto, no puedo parecerme menos a mi madre, Vicky, que se pasa los días y las noches en el Cuarto Cuarto viendo Netflix, lamiendo la sal de las papas fritas de bolsa, cobrando una pensión por discapacidad y negándose a abandonar la casa en la que mi padre vive con su nueva esposa, principalmente en el Primer y el Tercer Cuarto.

Justo cuando el jarabe para la tos empieza a hacerme efecto, oigo abrirse la puerta de la calle. La primera voz que oigo es la de Moby, seguida de cerca por la de Victoria, que le grita que se lave las manos antes de comer algo.

Alargo la mano hacia la mesita de noche para ponerme los audífonos. Prefiero dormirme escuchando a Seafret que a mi familia.

3

Esperaba no volver a ver a Sagan nunca más. Confiaba en que mi hermana rompiera con él antes de que llegara el momento de las presentaciones familiares. Mi esperanza duró veinticuatro horas. A partir de entonces, empezó a disminuir y ha seguido disminuyendo a lo largo de estas últimas dos semanas.

Durante estos últimos quince días, Sagan ha estado tantas veces en casa que ya he perdido la cuenta. Se apunta a cenar todas las noches, a desayunar cada mañana y pasa aquí buena parte del día.

Yo no le he dirigido la palabra desde la primera mañana en que se presentó en casa. Solo habían pasado veinticuatro horas desde que me había metido la lengua hasta el fondo cuando salí de mi habitación, todavía en pijama, y lo vi sentado frente a la mesa. En cuanto hicimos contacto visual, me di la vuelta y abrí el refrigerador. El corazón me brincaba por el pecho como una bola en una máquina de pinball.

Logré sobrevivir al desayuno sin pronunciar ni una sola palabra. Cuando todo el mundo empezó a recoger sus cosas para marcharse, solté un discreto suspiro de alivio hasta que me di cuenta de que él parecía no tener intención de moverse de la cocina. Oí que Honor se despedía de él. Como estaba de espaldas, no vi si se daban un beso de despedida o no. Sentía curiosidad, pero no tanta como para darme la vuelta y comprobarlo. Me pareció raro que se quedara en una casa desconocida después de que su novia se hubiera ido al instituto, pero eso fue lo que hizo.

Cuando todo el mundo se marchó excepto él, agarré un paño para limpiar la encimera. No es que estuviera sucia, pero es que no sabía qué hacer con los ojos ni con las manos. Él se levantó, recogió los tres vasos que quedaban en la mesa y se acercó a mi lado para vaciarlos en el fregadero.

El silencio era casi palpable, lo que convirtió el momento en algo mucho más dramático de lo que debería haber sido.

—¿Quieres que hablemos de lo que pasó? —me preguntó mientras abría el lavaplatos, como si tuviera derecho a fregar los platos en esta casa. Colocó los tres vasos en la bandeja superior y volvió a cerrarlo. Se secó las manos con un trapo y lo dejó sobre la encimera mientras esperaba mi respuesta.

Yo me limité a negar con la cabeza, porque no tenía el menor interés en revivir ese momento.

Cuando él suspiró y susurró «Merit», lo miré a los ojos, lo que fue una idea espantosa, porque inclinó la cabeza hacia mí y me dirigió una mirada de disculpa, lo que impidió que siguiera aferrándome a cualquier forma de enojo inmerecido que sintiera hacia él.

—Lo siento mucho. Yo solo... pensé que eras ella. Nunca te habría besado de haber sabido que eras tú.

Su excusa sonaba sincera. Sin embargo, aunque trataba de valorar su honestidad, mi mente se había quedado dando vueltas en bucle a la última parte, la de «Nunca te habría besado de haber sabido que eras tú», y no podía evitar que me sonara más a insulto que a disculpa.

Sabía que lo que había pasado era una tontería sin importancia, una equivocación sin más. Además, Honor no se había enterado. Era consciente de que debería pasar página y bromear sobre el tema para quitarle importancia, pero no fui capaz. No pude bromear sobre algo que me había afectado tanto. Lo que hice fue fingir que no me importaba.

—No pasa nada, en serio. —Me encogí de hombros—. Además, fue un beso incomodísimo. Me alegro de que fuera un accidente, porque estaba a punto de darte una cachetada para que te detuvieras.

Vi en su expresión que mis palabras le habían afectado. Con una sonrisa falsa, me dirigí a mi habitación sin mirar atrás.

Y esa fue la última vez que hablamos.

Ya no hablamos en el desayuno ni a la hora de cenar ni mientras ve la tele en el salón.

Pero que no hablemos no significa que no me dé cuenta cada vez que me mira. Me paso los días tratando de controlar mi pulso desbocado, porque me hace sentir muy culpable esta atracción hacia él. No quiero tenerle envidia a Honor. Trato de convencerme de que él me da igual, de que lo que me alteró tanto fue la idea de que un desconocido no pudiera resistirse a besarme con la pasión con la que me besó aquel día. Eso es lo que me da envidia: la idea, el concepto; no tiene nada que ver con quién es Sagan. Ni siquiera lo conozco lo suficiente como para saber si me gusta como persona. Y no, no quiero saberlo, por eso lo evito todo lo que puedo.

No es del tipo de chicos que le gustan a Honor, eso sí lo sé. Y entre ellos no hay ni pizca de química... o tal vez eso es lo que quiero creer.

He estado esforzándome por tolerar la situación con paciencia, pero la estoy pasando fatal. Sin embargo, tengo la sensación de que mi situación va a resultar menos intolerable a partir de ahora, porque a la tristeza le gusta la compañía, y los ojos que me están mirando en estos momentos no pueden disimular la pena.

Aunque ya pasa de la medianoche, he abierto la puerta y estoy mirando a los ojos de Wolfgang, el perro que aterrorizó a mi padre durante buena parte de mi infancia.

Qué sorpresa tan agradable.

Mi padre no se ha dado cuenta, pero llevo tiempo sin pisar el instituto y he perdido la noción del día y la noche. Me he despertado hace unos minutos, cuando los demás acababan de acostarse. He ido al Primer Cuarto en busca de algo de comer, pero antes de llegar a la cocina he oído lo que parecían arañazos en la puerta doble de la entrada. Teniendo en cuenta que en casa no vive ningún animal de cuatro patas, supongo que lo más normal habría sido avisar a mi padre de que había un intruso en la puerta, pero lo que he hecho ha sido abrir para ver de qué se trataba. Si mi vida fuera una película de terror, sería la primera en morir.

Wolfgang está lloriqueando a mis pies, cubierto de lodo y tiritando bajo la lluvia. Al parecer, se ha perdido. Hace un rato se han oído varios truenos fuertes que han sacudido la casa y me han despertado varias veces. Lo más seguro es que se haya asustado y, al salir corriendo, haya acabado en el único otro lugar que conoce.

Hasta ahora nunca lo he tocado, pues de niños mi padre siempre nos ordenaba que nos mantuviéramos a distancia. Alargo la mano con poco convencimiento, ya que una vez mi padre nos contó que había visto cómo Wolfgang se comía a una *girl scout* enterita. Ahora ya tengo edad para saber que nos mintió, claro, pero entre la visita inesperada, la tormenta y la oscuridad, me da un poco de miedo que Wolfgang piense que llevo galletitas de las que reparten las *girl scouts* en el bolsillo.

Pero Wolfgang no me devora, ni siquiera un trozo. Al contrario, me da una lengüetada discreta en el dedo meñique, que parece más una ofrenda de paz que la amenaza de que estoy a punto de convertirme en su aperitivo. Cuando abro un poco más la puerta, Wolfgang reconoce el gesto como la bienvenida que es y se mete. Cruza con decisión el Primer Cuarto y se va directo a la puerta trasera. La toca con la pata varias veces, como si quisiera salir al patio.

Siempre había pensado que Wolfgang era un perro bastante tonto, por lo que me sorprende que haya encontrado el camino a su viejo cuartel general, pero todavía me sorprende más que prefiera salir al patio cuando aquí dentro se está seco. Le preguntaría por qué ha tomado esa decisión tan absurda, pero es que es un perro.

Cuando abro la puerta de atrás, Wolfgang vuelve a lloriquear. Empuja la puerta mosquitera hasta que se abre, como si fuera un soldado con una misión que cumplir. Enciendo la luz del patio de atrás y Wolfgang baja corriendo la escalera y lo cruza corriendo bajo la lluvia en dirección a la caseta que nadie ha tocado desde que mi padre lo echó de aquí.

Me dan ganas de advertirle a Wolfgang que podría haber arañas y otros ocupantes en su antigua residencia, pero a él no parece importarle. Cuando desaparece en la vieja caseta, espero unos instantes por si vuelve a salir, pero no lo hace.

Cierro la mosquitera y la puerta con llave. Se lo llevaré al reverendo Brian mañana por la mañana..., a menos que descubra cómo saltar la valla y vuelva él solo.

Me preparo un sándwich y enciendo la televisión, pero termino de comerme el bocadillo sin haber encontrado nada que me interese. He dormido tanto que me siento muy descansada, llena de energía, y ya casi ni me acuerdo de Honor y su novio, así que decido aprovechar mi poco habitual inyección de energía para ordenar mi habitación.

Me pongo los audífonos para limpiar, pero es alucinante la cantidad de canciones que hablan de amor prohibido o de besar a alguien. Cambio de canción cada vez que alguna amenaza con despertar algún recuerdo no deseado. Y así, saltando, llego a *Ocean*, que me sirve de banda sonora mientras sacudo el polvo a mis trofeos con una camiseta vieja reconvertida en trapo. Cada vez que me compro un trofeo nuevo, aprovecho para quitar el polvo de los demás y recolocarlos. El nuevo, el del campeonato de boliche que compré hace un par de semanas, irá delante de todo. De paso, saco del fondo el trofeo de futbol americano que le robé a Drew Waldrup y lo dejo a la mano, para cuando le cambie el disfraz a Jesucristo de aquí a un rato.

Paso las horas siguientes disfrutando de la paz nocturna mientras todos duermen. Me doy un baño sin que nadie me interrumpa y miro los diez primeros minutos de ocho series de Netflix. Es posible que tenga déficit de atención, porque no logro ver ningún programa hasta el final; siempre me aburro antes. Hago un autodefinido y medio hasta que me quedo atascada en una palabra de siete letras que resulta ser «palabra». Cuando las primeras luces del día anuncian su llegada a través de uno de los ventanales, me acerco a la estatua de Jesús para cambiarle el disfraz antes de que se despierten los demás.

Para empezar, reúno el material que necesito. Tras llevar la escalera de mano al salón, me subo con el trofeo robado; lo coloco en la mano derecha del Cristo y lo sujeto con cinta adhesiva. Luego le pongo el sombrero en forma de porción de queso sobre la corona de espinas. Al acabar, bajo de la escalera y me alejo unos pasos para contemplar mi obra.

Suelo ponerle un apodo transitorio a Jesús, dependiendo del tema del disfraz. El mes pasado le puse el Espíritu de Todos los Santos, por lo del fantasma, y ahora, teniendo en cuenta que lo he vestido como uno de los fans de los Packers, con su uniforme, su sombrero de queso de Wisconsin y el trofeo de Drew Waldrup, creo que voy a llamarlo Quesucristo.

—Creo que papá y Victoria se van a enojar cuando lo vean.

Me volteo y veo que Honor, recién salida de la regadera y ya vestida, está contemplando a Quesús. Sonrío, porque esa es precisamente la razón por la que me tomo tantas molestias. Mi padre es muy fan de los Cowboys de Dallas y lleva días sin parar de hablar sobre el partido de esta noche entre los de Dallas y los de Green Bay. Y sí, se va a enojar, pero solo porque lo he vestido como a un fan del equipo contrario.

Victoria, en cambio, se enojará porque lo he disfrazado, sin importarle de qué. A diferencia de mi padre, Victoria cree en Dios, en Jesucristo y en la santidad de la religión; por eso se enoja cada vez que lo disfrazo. Dice que es un sacrilegio y una falta de respeto.

Yo no estoy de acuerdo, claro. Sería una falta de respeto si el auténtico Jesús viviera en nuestro salón y lo obligara a cambiarse de ropa cada dos por tres. Pero este Jesucristo es falso, es una reproducción hecha de madera y de plástico. Traté de explicárselo a Victoria. Le dije que uno de los Diez Mandamientos era no adorar a falsos ídolos y que, por lo tanto, al disfrazar a esta imagen de Jesús por diversión en vez de adorarla, estaba siguiendo los mandamientos.

Ella no lo ve de la misma manera, pero es obvio que su oposición no ha logrado que deje de hacerlo.

Devuelvo la escalera a la cochera. Papá debe de estar a punto de levantarse y prefiero esconder las pruebas antes de que lo vea, aunque todo el mundo sabe que soy la única que se toma la molestia de disfrazar a Jesús. Honor perdió el interés por la vida eterna cuando se obsesionó por los enfermos terminales hace unos años.

Tal vez por fuera parezcamos iguales, sonemos idénticas y tengamos gestos similares, pero por dentro no podemos ser más distintas. Hay muchos gemelos idénticos que son capaces de acabar las frases del otro, que saben lo que el otro está pensando y que comparten intereses, pero Honor y yo nos desconcertamos mutuamente. Al principio nos esforzamos por encajar en el modelo de gemelas idénticas, pero, al llegar a la pubertad, nos rendimos.

Y cuando ella empezó a salir con Kirk, la brecha entre nosotras se ensanchó. Hasta ese momento lo habíamos experimentado casi todo al mismo tiempo, pero, gracias a su novio, ella me superó en experiencias: se enamoró, perdió la virginidad, experimentó el duelo... Ya no sentíamos que estuviéramos en la misma página. O al menos ella sentía que estaba un nivel por encima de mí. Y cuanto más tiempo pasa, más nos alejamos.

Vuelvo de la cochera y, al entrar en la cocina, me detengo en seco al ver a Sagan.

Está sentado frente a la mesa, de espaldas a mí. En nuestra casa. A una hora bastante inoportuna para andar por las casas de la gente. ¿Quién va a visitar a su novia a las siete de la mañana? Cada vez pasa más tiempo en Dollar Voss, lo que hace que cada vez sienta menos celos de mi hermana, porque ¿quién en su sano juicio elegiría volver una y otra vez a esta casa, de manera voluntaria? Pero él ya ha conocido a mi familia y sigue viniendo. ¿Tan cegado está por el amor no correspondido que siente por mi hermana?

Tiene la espalda encorvada y está concentrado en su cuaderno de dibujo. Cuando pude confirmar que era artista, me reí porque me pareció que la vida se burlaba de mí.

Me había imaginado que lo era justo antes de que me besara, pero es que, cuanto más lo conozco, más perfecto me parece. Supongo que el karma me está castigando por sentirme atraída por el novio de mi hermana gemela.

Moby entra en la cocina arrastrando los pies y se dirige a la mesa. Probablemente sea el único miembro de la familia que me aporta alegría, lo cual es normal. Es difícil que te caiga mal un niño de cuatro años, vivas donde vivas; aunque todavía hay tiempo, no le faltarán ocasiones para decepcionarme.

—Buenos días, colega. —Sagan le revuelve el pelo a Moby, pero el niño no es madrugador, a pesar de su edad. Aparta la cabeza y se sienta a su lado.

Sagan arranca una hoja de la libreta que usa para sus bocetos. La desliza hacia Moby y le da uno de los crayones que hay en una cesta en medio de la mesa. Con ese simple gesto, se lo gana. No hay niño de cuatro años en este mundo que pueda resistirse a unos crayones y un papel en blanco. Moby siempre trata de copiar lo que ve en la libreta de dibujo del novio de Honor, lo cual es gracioso teniendo en cuenta lo macabras que son las cosas que dibuja. Justo ayer vi un retrato de Honor: sentada en una tumba vacía pintándose los labios. En la parte trasera del dibujo estaba escrito: «Hasta que la muerte nos separe».

Nunca entiendo el significado de sus dibujos, pero igualmente me fascinan, aunque no quiero que él lo sepa. Tampoco quiero que sepa que cada vez que dibuja a Honor y ella deja los bocetos por ahí tirados como si no le importaran nada, yo los robo. He reunido ya unos cuantos, que guardo envueltos en una bata, en el último cajón de la cómoda. De vez en cuando los contemplo y me imagino que los pintó pensando en mí y no en Honor.

Estoy segura de que el que está pintando ahora también irá a parar al último de mis cajones, porque Honor no aprecia su vena artística.

Moby me mira y se tapa la boca con la mano para decirme algo que no quiere que nadie más oiga. Es lo que hace siempre que quiere contar un secreto. No se entiende nada de lo que dice, claro, pero resulta tan adorable que nadie le advierte que debe dejar espacio para que salga el aire. Sin embargo, esta vez no me hace falta entenderlo, porque sé lo que me está pidiendo.

Le guiño el ojo y agarro la caja de donas que hay sobre el refrigerador. Quedan dos, así que me meto una en la boca y le llevo la otra a Moby. Él me la quita de las manos y se escabulle debajo de la mesa para devorarla. Ni siquiera me ha dado tiempo de recordarle que se esconda de su madre; ya sabe que Victoria le prohibirá comer cualquier cosa que a él le parezca que está rica.

—Eres consciente de que le estás enseñando a acumular comida basura, ¿no? —Utah hace su entrada en la cocina con su habitual actitud santurrona—. Si acaba con obesidad mórbida, será culpa tuya.

Aunque no estoy de acuerdo con él, no me defiendo, porque eso arruinaría la racha de tres días que llevo sin hablar con nadie. Da igual, aunque no rebata sus palabras, sé que se equivoca. Si Moby acaba con obesidad mórbida será culpa de Victoria, que ha eliminado grupos de alimentos enteros de su dieta. No deja que coma carbohidratos, gluten, azúcar ni cualquier sustituto que acabe en

«-osa». El pobre niño come avena de grano cortado cada mañana para desayunar. Sin mantequilla ni azúcar. Eso no puede ser bueno, ni para él ni para nadie; por eso le doy dulces a escondidas, aunque siempre con moderación.

Utah pasa por mi lado en busca de su licuado. Honor se lo da y él lo agradece con un beso fraternal en la coronilla. No intenta acercarse a mí con su entusiasta afecto fraternal porque ya sabe que no será bien recibido.

De no ser porque el ADN dice lo contrario, cualquiera pensaría que los gemelos idénticos son Utah y Honor. Ellos son los que terminan las frases que empieza el otro, bromean sobre cosas que solo ellos entienden y pasan juntos todo el tiempo que pueden.

Utah y yo no tenemos nada en común, aparte de ser los únicos miembros de la familia Voss que conocen su secreto más profundo y oscuro. Sin embargo, como no hemos vuelto a hablar del tema desde el día en que sucedió aquello, apenas puede considerarse algo en común.

Tampoco nos parecemos físicamente. Honor y yo hemos salido a nuestra madre o, al menos, a cómo era nuestra madre de joven. Tenía el pelo rubio, pero mucho más vivo y brillante que ahora. Lleva tanto tiempo sin ver el sol que hasta el color del pelo se le ha apagado. Utah se parece a nuestro padre: es pálido y tiene el pelo castaño claro. Honor y yo también somos bastante pálidas, pero no tanto como él. Utah necesita ponerse protector solar si sale a la calle más de media hora. Supongo que, en eso, Honor y yo hemos tenido suerte, porque en verano nos bronceamos sin problemas.

Moby es como una mezcla de todos nosotros. A veces

me recuerda a mi padre, otras veces le veo más parecido a Victoria, pero casi siempre me recuerda al patito que salía en el anuncio de lavaplatos Dawn. No es un mal parecido, el patito era lindísimo.

Utah se sienta y echa un vistazo debajo de la mesa.

—Buenos días, colega. ¿Con ganas de ir a la escuela?

Moby se limpia el glaseado de azúcar con la manga antes de responder:

—¡Sí!

—¿Estás entusiasmado?

—Mucho —responde Moby con una sonrisa de oreja a oreja.

—A ver, que yo lo vea. ¿Cómo estás?

—¡Muy entusiasmado!

No es que hoy vaya a ser un día especial en la escuela. Utah y Moby mantienen esta conversación cada mañana. Utah dice que es importante animar a los niños por las mañanas, aunque no haya nada especial en la agenda. Dice que los ayuda a fomentar un entorno neurológico positivo, signifique eso lo que signifique.

Utah quiere ser maestro y ya ha planificado su futuro hasta el más mínimo detalle. Dentro de seis meses se graduará en el instituto. Se tomará dos días de descanso durante el fin de semana y el lunes siguiente empezará los estudios en la universidad local. Honor también se ha matriculado para comenzar ese día.

¿Y yo? Yo sigo sin saber si iré a clase hoy, como para saber qué haré dentro de seis meses.

No es muy habitual que tres hermanos se gradúen del instituto al mismo tiempo. Mi madre dio a luz a Utah en agosto y quedó embarazada de nosotras un mes más tarde. Al parecer, eso de que dar el pecho impide que quedes embarazada no es más que un rumor.

Cuando Utah cumplió la edad de empezar a ir a la escuela, mis padres decidieron hacerle esperar un año para que entráramos los tres a la vez y fuéramos al mismo curso. ¿Para qué molestarse en tener horarios distintos pudiendo tener el mismo para tus tres hijos?

Creo que en aquel momento no se plantearon lo que supondría tener que pagar los gastos de tres universitarios al mismo tiempo. Tampoco importa demasiado, porque mis padres ni siquiera podrían pagar los gastos universitarios de uno solo de nosotros. Si fuera a la universidad, tendría que pedir un crédito. Honor y Utah no tendrán que preocuparse de eso, porque son los alumnos con las notas más altas de la clase, así que son los mejor situados para obtener los títulos de Valedictorian y Salutatorian. Nadie duda de que dos de los hermanos Voss conseguirán los codiciados puestos, así como las becas que acompañan a los trofeos. La única duda es quién quedará primero y quién segundo. Yo apuesto por Utah, básicamente porque es menos probable que se distraiga con algún nuevo enfermo terminal de aquí al día de la graduación.

Yo no soy competitiva por naturaleza, así que nunca les he dado tanta importancia a las notas como ellos. Mis notas solían estar en la media de la clase, pero estoy segura de que mi media ha bajado mucho en las últimas dos semanas, porque no he vuelto a clase desde el día en que salí antes de hora y fui al centro a comprar el trofeo. Podría volver, pero ahora mismo no lo creo.

Utah se irá de casa dentro de un mes o dos, pero no creo que eso afecte a su promedio. No es nada fiestero y no permite que nada lo distraiga de sus estudios. Además, probablemente pasará mucho tiempo aquí, ya que no se va muy lejos. Está restaurando los suelos de nuestra antigua casa —la que está justo detrás de esta—, y tiene previsto mudarse allí cuando acabe con las reparaciones. Pero eso no le afectará para mal; al contrario, estudiará más tranquilo. Y podrá limpiar... y plancharse la ropa. Es el alumno de bachillerato más impecablemente vestido que he visto nunca en un instituto público, de los que no exigen llevar uniforme. La verdad es que me alegraré de que se vaya. Ha habido mucha tensión entre nosotros durante demasiado tiempo.

Me sirvo un vaso de jugo y me siento en la mesa, enfrente de Sagan. Él me ignora, pero coloca el brazo tatuado ante lo que está dibujando para que no lo vea. La piel no está totalmente cubierta de tinta, los tatuajes están desperdigados por el brazo. Al fijarme, distingo varios que no había visto aún. Hay algo que parece un escudo, un lagarto diminuto con un solo ojo..., o tal vez está guiñando el otro. Le preguntaría qué significan, pero para eso tendría que hablar con él. Con la boca bien cerrada, intento echarle un vistazo a lo que está dibujando. Cuando me inclino hacia delante, él levanta la vista. Trato de ignorar el revuelo que me causa su mirada, capaz de desordenarme las energías en un momento, y me obligo a adoptar una expresión firme. Él alza una ceja y se echa hacia atrás en la silla, llevándose la libreta con él. Sin dejar de mirarme a los ojos, niega con la cabeza para confirmarme que no piensa concederme el privilegio de dejarme ver lo que está dibujando.

¿Qué más da? Tampoco quiero verlo.

Cuando le vibra el teléfono, prácticamente se lanza sobre él. Le da la vuelta y al ver de quién se trata, se le apaga la mirada. Pone el celular en silencio y lo deja en la mesa boca abajo. El foco de mi curiosidad cambia. Me olvido de los bocetos y lo que quiero es saber quién le pone tan nervioso si Honor está aquí. Sagan se voltea hacia ella, que lo está mirando, y se comunican en silencio. Al darme cuenta de que tienen secretos que los demás desconocemos, me arde el estómago.

Me inclino hacia Moby, que sigue bajo la mesa y que ha logrado rebozarse toda la cara con el azúcar de la dona.

—¿Otra? —murmura con la boca llena.

Niego con la cabeza; moderación ante todo. Además, se han acabado, no quedan más.

Victoria entra en la cocina a toda prisa.

—¡Moby, ven a tomarte tu avena con leche!

Grita tan fuerte que se le oye desde los cuatro cuartos de la casa, pero si le prestara más atención a su hijo que al maquillaje se daría cuenta de que ya está despierto, vestido y desayunado.

Victoria toma un plátano y saca un cuchillo del cajón. Limpia el filo en el uniforme de color rosa para asegurarse de que está lo bastante limpio. Al parecer, no lo está.

—¿Quién se encargó de los platos ayer?

Nadie le responde. No solemos hacerlo. A menos que mi padre esté presente, no le hacemos caso.

—Bueno, pues el que se encargue de vaciar el lavaplatos, que se asegure de que todo está bien limpio antes de guardarlo. Esto es un asco.

Deja el cuchillo en el fregadero y agarra otro. Cuando echa un vistazo a la cocina, ve que soy la única de sus hijastros que le devuelve la mirada. Suspira antes de pelar el plátano.

Francamente, no tengo ni idea de qué ve mi padre en ella. Sí, de acuerdo, no está mal para su edad. Tiene treinta y cinco años, diez menos que mi madre, pero eso es todo lo bueno que puedo decir de ella. Es una madre dominante y sobreprotectora con Moby y se toma su trabajo de enfermera demasiado en serio. No estoy quitándole méritos a la carrera de enfermería, pero es que Victoria no sabe separar su jornada laboral de su vida personal. Trata a Moby como si fuera un inválido, pero es un niño de cuatro años, autosuficiente. Y siempre usa uniformes de color rosa, a pesar de que puede elegir el color que quiera.

Creo que lo del uniforme es lo que más me molesta de ella. Me costaría menos perdonarle la atrocidad que cometió con mi madre si cambiara de color de vez en cuando.

Recuerdo el día en que empezó a usarlos. Yo tenía doce años y estaba sentada a esta misma mesa. Victoria acababa de salir del Tercer Cuarto, que era donde vivía mi madre cuando estaba enferma y compartía habitación con mi padre. Durante los seis meses que pasó siendo la enfermera de mi madre me caía bien..., al menos hasta aquella fatídica mañana.

Mi padre estaba sentado frente a mí, leyendo el periódico, cuando levantó la vista hacia ella y sonrió.

—El rosa te sienta muy bien, Victoria.

Yo era pequeña, pero no tanto como para no darme cuenta de que estaba coqueteando, y no precisamente con mi madre.

Desde aquel día, Victoria solo ha llevado uniformes en varios tonos de rosa. A veces me pregunto si lo suyo comenzó antes o después de aquel momento de coqueteo en la cocina. Hay ocasiones en las que la curiosidad me tortura hasta tal punto que quiero preguntarles la hora exacta en que empezaron a destrozarle la vida a mi madre, pero eso implicaría que estamos develando un secreto, y en mi casa eso no se hace. En casa mantenemos los secretos bien enterrados, como si estuvieran en la tumba donde Victoria desearía que reposara eternamente mi madre.

Vivieron su relación a escondidas al menos un año, tiempo suficiente para entender que mi madre no iba a morir de cáncer después de todo. Cuando quisieron darse cuenta, Victoria había quedado embarazada y mi padre se encontró entre la espada y la pared. A esas alturas, iba a quedar como un cabronazo tomara la decisión que tomase. Podría haber elegido quedarse junto a su esposa, que acababa de superar un cáncer, pero eso significaba abandonar a su amante embarazada.

Ha pasado tanto tiempo que no me acuerdo de cómo terminaron llegando a este acuerdo. Tampoco recuerdo que hubiera muchas discusiones entre ellos tres. Recuerdo una entre mis padres, en que debatían sobre dónde iba a vivir mi padre con su nueva esposa y su nuevo hijo. Mi madre sugirió que se trasladaran a nuestra antigua casa y que la dejara a ella en Dollar Voss a cargo de nosotros. Él se negó, argumentando que no estaba capacitada ni física ni mentalmente para ocuparse de nosotros sin su ayuda, lo cual, por desgracia, era verdad.

Mi madre había sufrido un accidente de coche cuando estaba embarazada de mi hermana y de mí y nunca se recuperó del todo. Nosotros no notamos nada especial en ella, porque ya la conocimos así, pero sabemos que cambió por el modo en que mi padre cuenta las cosas. Por ejemplo, comenta: «Antes del accidente, cuando tu madre podía...» o «Antes del accidente, cuando íbamos de vacaciones...» o «Antes del accidente, cuando no estaba tan enferma...».

Sé que no lo dice con rencor o, al menos, a mí no me lo parece. Tan solo expone los hechos: que existió una Victoria Voss «antes del accidente» y luego vino la otra, la que tenemos actualmente como madre. Si no contamos los dolores de espalda, sus dos años de lucha contra un tumor cerebral, una leve cojera, una grave ansiedad social que le ha impedido salir del sótano durante los últimos dos años, las cicatrices del brazo derecho y su incapacidad de pasar un día entero sin echarse al menos dos siestas, es una persona bastante normal.

Antes intentábamos que saliera del sótano para interactuar con ella, pero la última vez que salió fue para el funeral de Kirk y solo porque mi hermana le suplicó que la acompañara, hecha un mar de lágrimas. Pero, después de aquello, cuando mi madre cumplió un año de reclusión en el sótano sin dar muestras de echar de menos la vida en el exterior, acabamos por aceptarlo. Utah, Honor y yo vamos diario a verla. Mi padre se encarga de comprar lo que necesita, y Honor y yo nos ocupamos de que no le falte de nada en la minicocina. No tiene que preocuparse de las facturas, porque mi padre paga todos los gastos.

El único problema que hemos tenido durante estos dos años de encierro ha sido su salud. Por suerte, mi padre encontró a un médico que hace visitas a domicilio y viene cuando lo necesitamos. Y dado que mi madre se niega a ver a un psiquiatra por su fobia social, no nos queda más remedio que aceptar su voluntad. Así están las cosas de momento, aunque tengo la sensación de que, cuando nos vayamos los tres de casa el año que viene, Victoria exigirá que mi madre se marche también. Es algo en lo que nadie quiere pensar antes de hora. Victoria sabe que mis hermanos y yo saldríamos en defensa de mi madre, así que ni lo intenta.

Se ha resignado a fingir que mi madre no existe, al igual que mis hermanos y yo fingimos que Victoria no existe. No le encontramos el sentido a hacernos amigos de una mujer a la que despreciamos, solo porque sea la madre de nuestro hermano menor.

Desde el día en que Victoria hizo su aparición en nuestras vidas, mi familia no ha vuelto a ser la misma. Sabemos que la mitad de la culpa es de mi padre, pero él sigue estando obligado a querernos, lo que hace que nos cueste más echarle la culpa de lo sucedido. A Victoria, en cambio, no nos cuesta nada, porque ella tampoco nos soporta.

Victoria toma las rodajas de plátano y las coloca encima de la avena con leche de Moby.

—¡Moby! Ven a desayunar.

Él sale a cuatro patas de debajo de la mesa y se levanta.

—No tengo hambre. —Aunque se limpia la boca con la manga, es imposible ocultar que acaba de zamparse una dona y sería absurdo fingir que no he sido yo quien se la ha dado.

—Moby. —Victoria lo atrae hacia ella—. ¿Se puede saber qué es esto que tienes por...? —Se viene, se viene—. ¡Merit! ¡Te dije que no le dieras donas!

Le dirijo a Victoria mi mirada más inocente justo cuando mi padre hace su aparición. Ella se voltea hacia su marido, sacudiendo la mano en la que tiene el cuchillo con el que ha cortado el plátano.

—¡Merit le ha dado una dona a Moby para desayunar!

Mi padre le rodea la muñeca con delicadeza y le arrebata el cuchillo. Se inclina sobre su cabeza para dejarlo en la encimera mientras le da un beso en la mejilla. Luego me busca entre sus numerosos hijos.

—Merit, ya hablamos sobre esto. Si lo vuelves a hacer, tendré que castigarte.

Yo asiento con la cabeza, pensando que la cosa quedará aquí, pero a Victoria le parece poco, claro, porque para ella desayunar una dona es una especie de apocalipsis, merecedor de un grado mucho mayor de histeria y pánico.

—Nunca los castigas —le acusa, mientras agarra el tazón con la avena y va a tirarla a la basura, furiosa—. No te he visto cumplir ni una sola de tus amenazas de castigo, Barnaby. No me extraña que se comporten así.

No hace falta que especifique, todos sabemos que se refiere a los tres hijos mayores de mi padre. Y no le falta razón. Mi padre ladra mucho y muerde poco, es lo que más me gusta de él.

—Cariño, cálmate. Tal vez Merit no sabía que no debía darle una dona hoy.

No hay nada que desquicie más a Victoria que ver que mi padre se pone de nuestro lado.

—Pues claro que lo sabe, lo que pasa es que no me escucha. Ninguno de los tres me escucha. —Lanza el tazón al fregadero y se agacha para levantar a Moby y sentarlo en la encimera. Humedece una servilleta y le limpia los restos de dona de la cara—. Moby, no puedes comer donas. Son malas para ti. Te dan sueño y, si tienes sueño, no rindes en clase.

El niño tiene cuatro años y ni siquiera va a una escuela de verdad.

Mi padre le da un sorbo al café y se acerca a Moby para revolverle el pelo.

—Haz caso a tu madre, jovencito.

Lleva el periódico y el café a la mesa y se sienta a mi lado. Con la mirada me hace saber que no está contento conmigo. Yo lo observo en silencio, con la esperanza de que me exija que me disculpe o que me pregunte por qué he vuelto a incumplir una de las reglas de Victoria.

Pero no lo hace, lo que implica que mi racha silenciosa se va a alargar al menos un día más... y ya serán cuatro.

Me pregunto si alguien se dará cuenta. No es que esté aislándome de nadie, y tampoco se trata de un berrinche. Voy camino a los dieciocho años, ya no soy una niña, pero es que me siento invisible casi todo el tiempo. Tengo curiosidad por ver cuánto tardarán en darse cuenta de que llevo tiempo sin hablar.

Entiendo que mi actitud es bastante pasivo-agresiva, pero no lo hago para demostrarles nada a ellos, lo hago por demostrármelo a mí. Me pregunto si seré capaz de aguantar una semana entera. Una vez leí una cita que decía: «No vivas para que tu presencia se note, sino para que tu ausencia se sienta».

Solo que en esta familia nadie nota mi presencia ni mi ausencia. Notarían la de Honor, pero yo nací en segundo lugar, lo que me convierte en una copia desteñida del original.

—¿Con qué nos deleitarás hoy en la marquesina, Utah? —le pregunta mi padre.

Por si no bastara con la inquina que nos tienen los exfeligreses por haber perdido su iglesia por culpa de mi padre, mi hermano se encarga de meter el dedo en la llaga con sus citas paganas. Estoy segura de que les molesta mucho leer frases que no tienen nada que ver con el cristianismo. La de ayer era: CHARLES DARWIN SE COMÍA TODOS LOS ANIMALES QUE DESCUBRÍA. Tuve que buscarlo en Google porque me parecía demasiado absurdo para ser real, pero sí, lo es.

—Ya lo verás dentro de cinco minutos. —Utah se acaba su licuado vegetal y se aleja de la mesa.

—Espera —lo llama Honor—. Tal vez deberías olvidarte de la marquesina hoy, por respeto.

Utah le dirige una mirada desconcertada y Honor se da cuenta de que los demás no tenemos ni idea de lo que está hablando. Volteándose hacia mi padre, añade:

—El reverendo Brian murió anoche.

Me volteo inmediatamente hacia mi padre para observar su reacción. No suele expresar sus emociones de manera pública y no estoy muy segura de lo que debe de estar sintiendo ahora mismo. Me imagino que algo sentirá, ¿no? ¿Lo demostrará de algún modo? ¿Con una lágrima? ¿Una sonrisa? Pero no, permanece mirando a Honor con estoicismo mientras asimila la información.

—Ah, ¿sí?

Mi hermana asiente.

—Sí, lo he visto en Facebook esta mañana. De un ataque al corazón.

Mi padre se echa hacia atrás en la silla y sujeta la taza con más fuerza.

—¿Está muerto?

Victoria le apoya una mano en el hombro y le dice algo, pero yo desconecto porque prefiero no escucharla. Hasta hace un momento me había olvidado de la aparición de Wolfgang en la casa.

Me cubro la boca con la mano para contener las ganas que tengo de contarles que el perro se ha presentado en casa en mitad de la noche. Siento una extraña opresión en la garganta.

¿Qué dice de mí como persona que la muerte del pastor me haya dejado indiferente y, en cambio, me emocione al pensar que su perro volvió ayer al único otro hogar que ha conocido?

Un día, mientras nos peleábamos, Honor me llamó «sociópata». Luego buscaré la definición exacta, porque tal vez tenga algo de razón.

—No puedo creer que esté muerto. —Mi padre se levanta y la mano de Victoria se desliza por su espalda—. No era mucho mayor que yo.

Cómo no. Eso era lo que le preocupaba, la edad del reverendo Brian. Le afecta menos la muerte de un hombre con el que llevaba años peleando que tener una edad parecida a alguien que ya es lo bastante mayor para caer fulminado de un infarto.

Utah sigue inmóvil en la puerta, como si no pudiera creerlo.

—No sé qué hacer —admite—. Si no hago referencia a su defunción en la marquesina, la gente nos acusará de ser insensibles. Pero si lo hago, nos acusarán de hipócritas.

Qué cosas más raras le preocupan ahora.

El novio de Honor arranca la hoja del cuaderno de dibujo y dice:

—Parece que vas a estropearlo en cualquier caso, así que yo haría lo que más quisiera. —Aunque no levanta la vista del dibujo, sus palabras parecen hacer mella en Utah, porque, tras un breve instante de vacilación, sale de casa y se dirige a la marquesina.

Hay dos cosas que me confunden bastante. Una es la presencia constante y repetida del novio de Honor a la hora de desayunar. Y la otra es que todos parecen conocerlo tan bien que les resulta normal que participe en las conversaciones familiares. ¿No debería darle vergüenza hablar delante de la familia? Especialmente de mi padre. Solo lleva un par de semanas viniendo por aquí, pero parece sentirse de lo más cómodo con la familia de su novia. Lo odio. Igual que odio que sea de esas personas que no hablan demasiado, pero que, cuando dicen algo, sus palabras tienen más peso que las de los demás.

Tal vez esa sea en parte la razón por la que decidí iniciar una huelga de silencio. Estoy cansada de que mis palabras no le importen a nadie. Si dejo de hablar, cuando vuelva a hacerlo, mis palabras tendrán peso. Ahora mismo tengo la sensación de que, cada vez que hablo, mis palabras dan la vuelta como si fueran un bumerán y no me queda más remedio que tragármelas.

—¿Qué es un infarto? —pregunta Moby.

Victoria se agacha para ayudar a Moby a ponerse el abrigo.

—Es cuando tu corazón deja de trabajar y tu cuerpo se va a dormir. Pero eso solo pasa cuando eres un viejo muy viejo, como el reverendo Brian.

—¿Su cuerpo se fue a dormir?

Victoria le responde asintiendo con la cabeza.

—¿Por cuánto tiempo? ¿Cuándo se despertará?

—Dentro de mucho tiempo.

—¿Lo van a enterrar?

—Sí —contesta ella, que parece molesta por la curiosidad natural de un niño de cuatro años—. Ve a buscar los zapatos —le ordena, tras subirle el cierre del abrigo.

—Pero ¿qué pasará cuando se despierte? ¿Podrá salir de la tumba?

Sonrío, porque sé que Victoria odia decirle la verdad a Moby. Cada vez que él le hace las preguntas normales sobre la vida, Victoria se inventa las respuestas más peregrinas. Cualquier cosa le parece preferible a la verdad, de la que trata de protegerlo a toda costa. Una vez oí que el niño le preguntaba qué significaba la palabra *sexo*. Le respondió que era un programa espantoso que daban por la tele en los años ochenta y que no debía mirarlo nunca.

Con las manos apoyadas en las mejillas del pequeño, contesta:

—Sí, podrá salir de la tumba cuando se despierte. Lo enterrarán con un teléfono celular para que pueda avisar cuando llegue el momento de desenterrarlo.

Honor no puede más. Se echa a reír y escupe todo el licuado.

Utah le da una servilleta y aprovecha para susurrar:

—¿En serio piensa que es mejor eso que decirle la verdad?

Todos seguimos fascinados la conversación. Victoria sabe que la estamos observando y, aunque está fracasando miserablemente, se esfuerza por salir airosa de la situación.

—Vamos a buscar la mochila. —Le sujeta de la mano, pero él deja de seguirla antes de llegar al pasillo.

—Pero ¿y si se queda sin batería mientras su cuerpo continúa dormido? ¿Se quedará encerrado bajo tierra para siempre?

Mi padre lo toma de la mano, acudiendo al rescate de una desesperada Victoria.

—Vamos, chico. Es hora de ir a la escuela.

Cuando están llegando al recibidor, oigo que Moby le pregunta:

—¿Y tú, papi? ¿No deberías dejar que tu cuerpo se fuera a dormir? Se está poniendo muy viejo también.

Honor se echa a reír y creo que su novio también, pero lo hace en silencio, y no quiero voltear hacia él. Me tapo la boca porque no tengo claro si estaría rompiendo la huelga al reír, pero es que las habilidades de Victoria como madre son muy graciosas, y eso es lo mejor que puedo decir sobre ellas.

Victoria nos está observando con las manos en las caderas. Nuestras risas han hecho que se le ponga la cara tan sonrosada como el uniforme. Sin añadir nada, sale a toda prisa de la cocina en dirección al Tercer Cuarto.

Me daría pena, pero es que ella sola lo ha buscado.

Utah y Honor preparan sus cosas para irse. Yo me dirijo al fregadero y finjo estar ocupada con la esperanza de que no me pregunten si voy a ir hoy al instituto. Normalmente vamos en coches diferentes, porque ellos suelen quedarse allí cuando acaban las clases. Honor porque tiene ensayo con las animadoras, y Utah... para lo que sea que hace Utah fuera de horas de clase, no tengo ni idea. Vuelvo a mi habitación, básicamente para no embobarme mirando al novio de Honor, porque desde que nos besamos en la plaza sigo sintiendo su boca en la mía cada vez que lo miro.

Entro en mi habitación y espero a oír que la puerta de la calle se abre y se cierra. Aguardo unos minutos más por si las moscas. Solo entonces, cuando estoy segura de que la casa vuelve a estar vacía, salgo del dormitorio y me dirijo en silencio a la cocina para asegurarme de que no hay nadie más. Sin contar con mi madre, claro. Ella está en el sótano, como siempre, pero las probabilidades de que suba y me pregunte por qué no voy al instituto son menores que las que tienen los Cowboys de ganar a los Packers esta noche.

Por cierto, estoy un poco decepcionada, ya que ni mi padre ni Victoria se han fijado en Quesucristo.

Por el camino, me llama la atención la marquesina y me acerco a la ventana para leer las palabras elegidas por Utah.

EN EL MUNDO HAY MÁS FLAMENCOS FALSOS QUE REALES.

Suspiro, porque Utah también me ha decepcionado un poco. De haberme encargado yo, habría elegido una muestra de respeto por el reverendo Brian. Y, si no, no habría actualizado el mensaje. Pero cambiarlo sin hacer referencia al hombre que colocó esa marquesina me parece un poco..., no sé..., me parece que es lo que la gente esperaría de un Voss, y no me gusta darles argumentos que refuercen la mala imagen que tienen de nosotros.

Tras echar un vistazo al salón y la cocina, me pregunto qué voy a hacer con el día que tengo por delante. ¿Un crucigrama? ¿Otro autodefinido? Cada vez se me dan mejor. Me siento en la mesa con el cuadernillo de pasatiempos que tengo a medias. Busco el último que completé el viernes y empiezo el siguiente.

Cuando voy por la tercera pregunta, me asaltan las dudas. No es la primera vez que me sucede. De hecho, me pasa a diario desde que dejé de ir al instituto. Una sensación de pánico asoma la cabeza y hace que me plantee si estoy haciendo lo correcto.

Todavía no sé por qué dejé de ir. No puedo echarle la culpa a ningún incidente catastrófico o especialmente vergonzoso. Supongo que una serie de situaciones incómodas se fueron acumulando hasta que no pude continuar ignorándolas. A eso hay que sumarle mi tendencia a hacer las cosas sin reflexionar. Estaba en clase y de pronto decidí que prefería ir a curiosear a la tienda de antigüedades que seguir escuchando el terrible desastre que supuso la batalla de El Álamo.

Me gusta la espontaneidad, tal vez como reacción al odio que le tiene Utah. Hay algo liberador en negarse a estresarse frente a una situación estresante. Da igual el tiempo que pases dándole vueltas a algo. La decisión que tomes será acertada o equivocada, solo hay esas dos opciones. Por otra parte, he acumulado más conocimiento durante esta semana gracias a los crucigramas que si hubiera ido a clase. Por eso solo me permito hacer uno al día; no quiero superar intelectualmente a mis hermanos.

Cuando termino y cierro el librito, caigo en la cuenta de que hay un boceto en la mesa. Está boca abajo, en el sitio que he ocupado esta mañana, a la hora del desayuno. Alargo el brazo, lo atraigo hacia mí y le doy la vuelta.

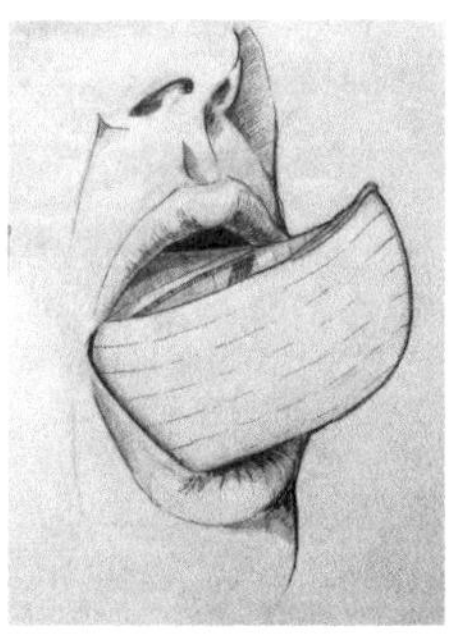

Sus dibujos no tienen ningún sentido. ¿Cómo se le ocurre dibujar a alguien tragándose un barco?

Le doy la vuelta de nuevo y, en la parte inferior, encuentro unas palabras escritas: «Si el silencio fuera un río, tu lengua sería la barca».

Lo vuelvo a girar y me quedo observando el dibujo, muy sorprendida. ¿Lo ha pintado pensando en mí? ¿Ha sido el único en toda la casa que se ha dado cuenta de que llevo desde el viernes sin hablar?

—Se ha dado cuenta —susurro.

Y acto seguido dejo el dibujo en la mesa dando una palmada y suelto un gruñido. Acabo de fastidiar la huelga.

—Mierda.

4

—¿Para cuánto tiempo me alcanza con esto? —le pregunto a la cajera cuando dejo la bolsa de veinte kilos de croquetas para perros en el mostrador.

—¿Qué tipo de perro es?

—Es un labrador negro adulto.

—¿Solo uno?

Asiento con la cabeza.

—Tal vez un mes, un mes y medio.

Vaya, y yo que pensaba que me iba a decir que tendría para una semana.

—No creo que esté tanto tiempo con nosotros.

Ella marca el importe total en la caja y pago con la tarjeta de mi padre. Me dijo que la usara solo en caso de emergencia, y estoy segura de que comer es una emergencia para Wolfgang.

—¿Necesitas ayuda para llevarlo hasta el coche? —pregunta alguien a mi espalda.

—No, gracias. —Guardo el ticket de compra y me volteo hacia él—. Solo es esta bolsa... ¿Qué llevas puesto?

No quería decirlo en voz alta, pero se me escapa, porque lo último que esperaba encontrarme era a un tipo como el que tengo delante ahora mismo.

Va con sombrero y por debajo le asoman mechones irregulares de pelo rojo, demasiado chillón para ser auténtico, tan estridente que resulta casi ofensivo. De cara no está mal, tiene alguna pequeña imperfección por aquí o por allá, pero no me fijo demasiado, porque la vista se me va directa al kilt a cuadros que lleva. Ya no es tanto por la falda escocesa en sí, sino por el resto de las prendas que ha elegido para acompañarla: una camiseta de baloncesto y unos Nike color verde fosforescente. El conjunto resulta... interesante.

El chico baja la vista.

—Una camiseta de baloncesto —responde con inocencia—. ¿No te gusta Blake Griffin?

Niego con la cabeza.

—No soy muy de deportes.

Ha agarrado tantos paquetes de cecina que diría que le van a durar toda la vida. Mientras deja su compra sobre el mostrador, yo abrazo la gigantesca bolsa de comida para perros y me dirijo al coche.

No puedo decir que sea mi coche, porque mi padre nunca conserva un coche el tiempo suficiente como para que podamos reclamarlo como propio. Los vehículos estacionados frente a nuestra casa van rotando. La única regla es que el que sale primero de casa elige el coche que quiere. Creo que esa es la auténtica razón por la que Utah es tan puntual.

El mes pasado le tocó el turno a un Ford EPX de 1983, rojo desteñido. Es un modelo tan espantoso que dejaron de fabricarlo enseguida. Creo que a mi padre le está costando venderlo, porque es de los coches que más tiempo han durado por casa. Y como no soy la más madrugadora de la familia, el pobre Ford tiene que conformarse conmigo casi todos los días.

Dejo las croquetas en la cajuela y estoy a punto de abrir la puerta del conductor cuando el chico del kilt aparece de la nada. Está mordisqueando un trozo de cecina mientras contempla mi coche como si se estuviera planteando robarlo. Se dirige a la parte delantera y da un par de golpes en el neumático con el tenis verde neón.

—¿Podrías llevarme? ¿Cómo lo ves?

Me mira y se apoya en el coche. A pesar de la falda a cuadros, no tiene ni gota de acento escocés. Tampoco tiene acento tejano. En todo caso, diría que tiene un dejo británico.

—Y ese acento, ¿de dónde es? —Abro la puerta y me resguardo tras ella para colocar una barrera entre los dos. Parece inofensivo, pero no me gusta que se tome tantas confianzas. Siento la necesidad de protegerme de la gente que muestra exceso de confianza, son poco de fiar.

Él se encoge de hombros.

—Soy de todas partes. —Esta vez, cuando habla, lo hace con acento de Australia.

—¿Eres australiano?

—No, no he pisado la isla. ¿Qué clase de coche es este? —Se dirige a la parte trasera para leer la marca y el modelo.

—Un Ford EPX, una especie extinta. ¿Adónde tienes que ir?

Él se acerca a mí y esta vez la puerta ya no me sirve de barrera.

—A casa de mi hermana. Está a unos kilómetros al este de aquí.

Vuelvo a mirarlo de arriba abajo. Soy consciente de que meter a un desconocido en el coche es una gran estupidez, sobre todo si el desconocido en cuestión lleva un kilt y no es capaz de mantener el mismo acento más de dos frases seguidas. Es la viva imagen de una persona inestable, pero... ¿he comentado ya que lo que más me gusta de mí es mi espontaneidad y mi negativa a calcular las consecuencias de mis actos?

—Claro, me queda de paso.

Me siento y cierro la puerta. Él me sonríe desde el otro lado de la ventanilla y corre hacia la otra puerta. Me inclino y quito el seguro para que pueda abrir.

—Dame un segundo, voy por mis cosas.

Sale disparado y cruza el estacionamiento hasta un montón de cosas que ha dejado junto a la puerta de la tienda. Tras echarse la mochila al hombro, carga una bolsa de basura industrial con una mano y una maleta de ruedas con la otra.

He accedido a llevarlo a él, no a todas sus pertenencias.

Abro la cajuela y espero a que meta sus cosas. Cuando acaba, sube al coche y me sonríe mientras se pone el cinturón.

—Listo.

—¿Eres un indigente?

—Define *indigente.*

—Alguien que no tiene hogar.

Entrecierra los ojos mientras lo piensa.

—Define *hogar.*

Niego con la cabeza.

—Eres la persona más rara que he conocido. —Arranco el coche y pongo la reversa.

—Es obvio que no has conocido a mucha gente. ¿Cómo te llamas?

—Merit.

—Yo soy Luck.

Lo miro de reojo antes de incorporarme a la carretera.

—¿Luck? ¿Te llamas «Suerte» o es un apodo?

—No es un apodo. —Abre un paquete de cecina y me ofrece un trozo. Cuando niego con la cabeza, me pregunta—: ¿Eres vegetariana o algo?

—No, pero ahora no se me antoja la cecina.

—Tengo barritas energéticas en la maleta.

—No tengo hambre.

—¿Tienes sed?

—¿Por qué me lo preguntas? ¿Y si te digo que sí? No llevas nada de beber.

—Te iba a sugerir que pararas en algún sitio donde podamos comprar algo sin bajar del coche. ¿Tienes sed?

—No.

—¿Cuántos años tienes?

Empiezo a arrepentirme de ser tan espontánea.

—Diecisiete.

—¿Por qué no estás en clase? ¿Es festivo hoy?

—No, ya he acabado mi etapa en el instituto.

No es mentira. *Acabar* y *completar* son cosas distintas.

—Yo tengo veinte —comenta, y se gira hacia la ventanilla.

La pierna le baila arriba y abajo mientras tamborilea con los dedos en la rodilla. Verlo tan nervioso hace que me pregunte si ha sido buena idea ofrecerme a llevarlo a casa de su hermana. Tomo nota mental de fijarme en sus pupilas cuando vuelva a mirarme. Solo me faltaría haber recogido a un desconocido que esté recuperándose de algún tipo de subidón.

—¿Cuántos perros tienes? —me pregunta sin dejar de mirar por la ventanilla.

—Ninguno.

Se voltea hacia mí y aprovecho para comprobar cómo tiene las pupilas. Todo normal.

—¿Y por qué compras croquetas si no tienes perros?

—Es para un perro que hay en mi casa, pero no es nuestro.

—¿Estás de cuidadora de perros?

—No.

—¿Lo has robado?

—No.

—¿Qué tipo de perro es?

—Un labrador negro.

Él sonríe.

—Me gustan los labradores negros. ¿Dónde vives? —Debe de ver en mi cara que su pregunta me parece muy invasiva, porque rectifica al momento—. No te estaba pidiendo la dirección exacta, te preguntaba dónde queda tu casa respecto a donde voy yo.

—No sé adónde vas.

—A casa de mi hermana.

—¿Dónde vive tu hermana?

Él se encoge de hombros.

—Por ahí. —Señala hacia delante antes de sacar el celular del bolsillo—. Tengo una foto de su casa.

—¿No te sabes su dirección?

Niega con la cabeza.

—No, pero si me dejas en alguna parte de esa zona, ya preguntaré.

—¿En alguna parte de qué zona?

—De la zona donde vive mi hermana.

Me llevo la mano a la frente. Solo hace cinco minutos que lo conozco y ya me está agobiando. No sé si me cae bien o si no lo soporto. Tiene algo que me resulta fascinante, pero de un modo un poco molesto. Probablemente sea una de esas personas que solo se aguantan en pequeñas dosis. Como una tormenta. Están bien si aparecen cuando estás de humor, pero si te sorprenden cuando no las esperas, como por ejemplo en una boda al aire libre, lo estropean todo.

—¿Y eso de que ya has acabado el instituto? ¿Eres una de esas personas que son mejores que los demás en todo? ¿Como Adam Levine? Seguro que tocas la guitarra.

«No entiendo nada».

—No, no toco la guitarra. Y tampoco soy mejor que los demás en nada. No se me da tan bien como a ti hacer preguntas.

—Tampoco se te da demasiado bien responderlas.

¿En serio está criticando mi capacidad de diálogo?

—He respondido a todas tus preguntas.

—Pero no como se supone que debes responderlas.

—¿Hay otra manera de responder que no sea dando la respuesta correcta?

Él asiente con la cabeza.

—Me estás dando respuestas cortas, como si no estuvieras interesada en mantener una conversación. Para que funcione, tiene que ser cosa de dos, como una partida de ping-pong. Pero tú haces que parezca una partida de boliche, todas las bolas van en la misma dirección.

Me río.

—Y tú deberías aprender a interpretar las señales. Si alguien responde a tus preguntas como si no le interesaran, tal vez deberías dejar de hacerlas.

Él se me queda mirando en silencio unos instantes antes de volver a abrir el paquete de cecina.

—¿Quieres ahora?

—No —repito, cada vez más alterada—. ¿Eres tonto? Quiero decir... ¿tonto diagnosticado por un médico y todo eso?

Él cierra el paquete y lo deja en el suelo, entre los pies.

—No, de hecho soy muy inteligente.

—Y entonces ¿qué te pasa? ¿Te drogas?

Él se echa a reír.

—Todas las drogas que consumo son legales.

Me está sonriendo, y se toma bien todo lo que le pregunto. ¿Le parecerá normal todo esto? Se ve tan cómodo que me hace preguntarme con qué gente se habrá relacionado en el pasado para que esta conversación le parezca normal.

Salgo de la carretera y decido que lo mejor va a ser dejarlo en la única gasolinera del pueblo.

—¿Tienes novio, Merit?

Niego con la cabeza.

—¿Novia?

Repito el gesto.

—¿Hay alguien que te resulte intrigante?

—¿Quieres algo conmigo o preguntas por preguntar?

—No estoy tratando de conquistarte, aunque no me importaría, porque eres muy linda. Pero ahora mismo solo intento hacerte conversación. Ya sabes: ping-pong.

Suelto el aire, frustrada, pero él sigue hablando.

—Estás a punto de fastidiarte...

No dejo que acabe la frase. Mi instinto toma el mando y piso a fondo el freno. Miro hacia ambos lados, pero no veo nada.

—¿Qué dices? No hay nadie.

—Iba a decir que estabas a punto de fastidiar mi récord anterior en conversaciones de boliche. Estabas a punto de hacer tres *strikes* seguidos. —Se encoge de hombros—. Era una metáfora.

Pero ¿qué demonios?

—¡Nunca le digas a un conductor que está a punto de fastidiarse a alguien mientras está conduciendo! ¡Carajo! —Suelto el freno hasta que el coche vuelve a ponerse en marcha.

—No te he dicho eso. Estaba hablando en términos de boliche.

—Mira, lo siento, pero no te entiendo.

Él endereza la espalda y recoge las piernas para poder girarse del todo hacia mí.

—La conversación debería ser como una partida de ping-pong —repite—, pero hablar contigo es como jugar al boliche. Hay un carril, largo, de sentido único. Si yo te hago preguntas y tú no las respondes, es como un *strike*. Los pinos caen y hay que empezar otra vez. Por eso he dicho...

—¡Bien, bien! —Levanto la mano para hacerlo callar—. Lo entiendo. Sí, hay alguien que me intriga, un chico. ¿Algo más que quieras saber antes de volver a tus sermones sobre atropellamientos metafóricos?

Aunque acabo de decirle que se calle, no puede disimular lo entusiasmado que está al haber conseguido que participe en la conversación, aunque sea con unas pocas palabras.

—¿Y él sabe que te gusta?

Niego con la cabeza.

—Y a él, ¿le gustas?

Vuelvo a negar.

—¿Es del otro bando?

—No —respondo al instante—. Y esa pregunta es muy insolente.

Y sí, es verdad, es muy insolente, pero me da que pensar. La primera vez que vi a Sagan en la tienda de antigüedades, algo dentro de mí me dijo que no estaba a mi alcance. Pero cuando luego me enteré de que salía con Honor, en ningún momento pensé que jugaran en bandos distintos. Me odio por pensar que ella lo merece más que yo.

—¿Por qué no es tu novio?

Agarro el volante con más fuerza. Falta poco más de un kilómetro para la gasolinera. Una señal de stop más y me libro de él.

—No te fastidies más récords, aunque sean metafóricos —insiste—. ¿Por qué no estás saliendo con ese sujeto que te resulta intrigante?

¿«Sujeto»? ¿En serio un chico se refiere a otro chico como «sujeto»? Me estoy empezando a hartar de todo, sobre todo de sus metáforas.

—Usas mal las analogías.

—No esquives la pregunta. ¿Por qué no salen juntos?

Suspiro.

—Es el novio de mi hermana.

Él se echa a reír con ganas.

—¿Tu hermana? ¡Carajo, Merit! Eso es espantoso.

Lo miro de reojo. ¿Se piensa que no lo sé?

—¿Lo sabe tu hermana?

—Por supuesto que no, y nunca lo sabrá. —Señalo hacia su celular—. Déjame ver la foto de la casa de tu hermana. Tal vez la reconozca. —Cada vez tengo más ganas de librarme de él.

Luck rebusca entre las fotos que guarda en el celular. Cuando llego al semáforo, me pasa el teléfono.

Me tiene que estar tomando el pelo. Esto es una broma de mal gusto, ¿no? Pongo el freno de mano y amplío la foto de Victoria delante de Dollar Voss. La imagen debe de tener un par de años, porque no aparece la reja blanca que puso mi padre el año pasado.

—Tiene apariencia de haber sido una iglesia en el pasado —comenta Luck.

—¿Victoria es tu hermana?

Él se anima.

—¿La conoces?

Tras devolverle el celular, agarro el volante con más fuerza y apoyo la frente en él. Cinco segundos más tarde un coche nos pita desde atrás. Al mirar por el retrovisor, veo que el hombre hace un gesto de frustración. Arranco antes de responder:

—Sí, la conozco.

—¿Sabes dónde vive?

—Sip.

Luck se gira hacia delante.

—Bien, eso está bien. —Tamborilea de nuevo con los dedos en la pierna—. ¿Vas a llevarme a su casa? ¿Ahora mismo? —Parece que vuelve a estar nervioso.

—¿No es adonde querías ir?

Él asiente con la cabeza, aunque no resulta demasiado convincente.

—¿Sabe tu hermana que vas a verla?

Él se encoge de hombros y mira por la ventanilla.

—La verdad es que no existe una respuesta correcta a esa pregunta.

—De hecho, hay dos potenciales respuestas correctas: sí y no.

—Tal vez no espere mi visita hoy, pero no puede abandonarme sin esperar que aparezca algún día.

No sabía que Victoria tenía un hermano. Dudo que mi padre lo sepa. Y además... no se parece en nada a su hermana. En nada.

Entro en nuestra calle y me estaciono frente a mi casa. Luck está observando la casa sin dejar de mover la pierna ni de tamborilear con los dedos. No parece tener mucha prisa por salir del coche.

—¿Por qué vive en una iglesia? —Pronuncia la última palabra con una «g» muda y doblando la «l». Suena «il·lesia», con un acento casi italiano. Me doy cuenta de que su molesta confianza ha desaparecido, y su lugar lo ha ocupado una vulnerabilidad igual de molesta. Traga saliva y recoge el paquete de cecina del suelo—. Gracias por traerme, Merit. —Con la mano en la puerta, voltea hacia mí—. Deberíamos ser amigos mientras esté por aquí. ¿Nos damos los teléfonos?

Niego con la cabeza y abro mi puerta.

—No hará falta. —Pulso el botón para abrir la cajuela y bajo del coche.

—Puedo sacar mis cosas yo solo. No hace falta que me ayudes.

—No iba a ayudarte. Voy por la comida de perro. —Me peleo para sacarla de debajo de las pertenencias de Luck. Cuando logro agarrarla con fuerza, me dirijo a la puerta principal.

—¿Por qué llevas las croquetas a casa de mi hermana?

Al ver que no me detengo para responderle, viene tras de mí.

—¡Merit!

Me alcanza cuando meto la llave en la cerradura. Al abrir, volteo hacia él, que sigue con la mirada clavada en la llave.

—Tu hermana está casada con mi padre.

Le doy unos instantes para que asimile la información.

—¿Vives aquí? ¿Con mi hermana?

Se lo confirmo asintiendo con la cabeza.

—Es mi madrastra.

Él se rasca el mentón.

—Entonces, yo soy... ¿tu tío?

—Tiastro.

Entro en casa y dejo la bolsa de croquetas en el suelo. En el marco de la puerta, Luck se pasa una mano por el pelo y la lleva a su nuca.

—Mierda, ya te había imaginado desnuda —murmura.

—Pues este sería un buen momento para que pararas de hacerlo.

Luck se gira hacia el coche y luego asoma la cabeza dentro del recibidor.

—¿Está mi hermana en casa? —susurra.

—No, no volverá hasta dentro de un par de horas. Agarra tus cosas y te digo dónde puedes dejarlas.

Mientras él regresa al coche, yo arrastro la bolsa de croquetas por la cocina y la coloco junto a la puerta del patio. Busco un par de platos viejos y los lleno, uno de agua y el otro de croquetas. Al sacarlos al patio, veo a Wolfgang acostado con medio cuerpo fuera de la caseta. Levanta las orejas cuando oye la puerta, pero no se mueve del sitio. Al ver que soy yo, vuelve a agachar las orejas. Se limita a observarme mientras dejo los tazones cerca de la caseta. No se abalanza sobre la comida a pesar de que lleva un día sin comer nada.

Su aspecto es tan conmovedor que alargo la mano para acariciarle la cabeza.

—¿Estás triste? —Nunca antes había visto a un animal de luto. Ni siquiera era consciente de que podían estarlo—. Puedes quedarte aquí todo el tiempo que necesites. Intentaré esconderte de mi padre, pero más te vale no ladrar por las noches.

En cuanto me levanto, Wolfgang me imita y se dirige a la comida. La olfatea y luego hace lo mismo con el agua, pero no las prueba. Vuelve a acostarse y gime.

Luck aparece a mi lado.

—¿Es la primera vez que prueba esa marca? —Sigue cargando con todas sus pertenencias.

Me giro hacia la casa.

—¿Por qué no has dejado tus cosas dentro?

Él baja la vista hacia el equipaje y se encoge de hombros.

—¿Qué le pasa? —Señala al perro con la cabeza—. ¿Se está muriendo?

—No, su dueño murió ayer. Se presentó en mitad de la noche porque antes vivía aquí.

—Caray, impresionante. —Luck ladea la cabeza—. ¿Cómo te llamas, perro?

Wolfgang lo examina de arriba abajo, pero no se mueve.

—No puede responderte. —Me parece algo obvio, pero no estoy segura de que Luck entienda cómo funciona el mundo—. Se llama Wolfgang.

—¿Qué? —Luck hace una mueca—. Es un nombre espantoso, deberían haberle puesto Henry.

—Claro, obviamente. —Estoy siendo sarcástica, pero tampoco tengo claro que Luck llegue a ese nivel de comunicación.

—¿Estás de luto? —sigue interrogando al perro.

—¿Quieres dejar de hacerle preguntas al perro?

Luck me dirige una mirada perpleja.

—¿Siempre estás tan enojada?

—No estoy enojada. —Me volteo y voy hacia la casa.

—No ni poco —musita a mi espalda.

Una vez dentro, me sigue hasta el Segundo Cuarto y le señalo la habitación de invitados, que queda frente a mi dormitorio.

—Puedes instalarte en el cuarto de invitados. —Abro la puerta, pero me detengo en seco—. O no.

La cama está sin hacer y hay cosas desperdigadas por toda la habitación: zapatos por el suelo, artículos de higiene personal en la cómoda...

¿Quién se ha instalado aquí? Me dirijo al armario y dentro encuentro varias camisetas de Sagan.

—No lo creo.

¿Cómo ha permitido mi padre que duerma en la misma casa que Honor? Si necesitaba más pruebas, aquí las tengo. A mi padre no le importamos una mierda. ¡Le da igual que Honor quede embarazada a los diecisiete!

Luck pasa por mi lado y se acerca a la pared de enfrente. Hay varios bocetos sobre la cómoda. Se fija en uno de un hombre que cuelga de un ventilador de techo, pero no de una cuerda, sino de un cordel de plumas ensartadas.

—Parece que mi compañero de habitación es muy morboso.

—No tienes compañero de habitación. No vive aquí. No sé por qué están aquí sus cosas.

Luck levanta el cepillo de dientes de la mesita de noche.

—¿Estás segura de que no vive aquí?

—Puedes dormir en el despacho de mi padre. —Lo guío hasta el final del pasillo—. Hay un sofá cama. Cuando Sagan se marche, te mudas a la habitación de invitados.

—¿Se llama Sagan? —Luck entra tras de mí y deja la mochila en el sofá—. Ahora entiendo por qué te intriga. Sus obras son... interesantes.

—No me parece intrigante.

Él se echa a reír.

—Lo has admitido en el coche. ¿No es Sagan el chico que está saliendo con tu hermana?

Cierro los ojos y suelto un suspiro de frustración. Si lo he admitido es porque pensaba que no iba a verlo nunca más.

Luck apoya la maleta en el escritorio y echa un vistazo a su alrededor.

—No es gran cosa, pero es mejor que el sitio donde he estado durmiendo.

—Más te vale no repetirlo.

Él me mira como si yo fuera la rara de los dos.

—¿No quieres que diga que este sitio es mejor que donde estaba antes?

—No, lo otro. Te he dicho lo del novio de mi hermana porque pensaba que no iba a verte nunca más.

Luck sonríe.

—Tranquila, Merit. Tu vida amorosa no me interesa tanto como para ir pregonándola por ahí.

No sé por qué, pero le creo.

—Gracias. ¿Quieres que te enseñe la casa?

Él asiente.

—Luego, me gustaría desempacar antes.

—Está bien.

Me doy la vuelta, pensando que preferirá estar solo, pero, antes de que pueda marcharme, me pregunta:

—¿Por qué hay un crucifijo en el salón? —Abre la maleta y empieza a sacar cosas—. O, mejor dicho, ¿por qué está vestido como un seguidor de los Packers?

—La casa era una iglesia antes. —Me siento en un extremo del sofá y lo observo mientras saca cosas de su maleta.

—¿Tu padre es un predicador o algo así?

—No, todo lo contrario.

—¿Qué es lo contrario de un predicador? ¿Un mimo ateo?

—Mi padre no cree en Dios, pero le salió la oportunidad de comprar la iglesia a buen precio, así que nos mudamos hace unos años. Justo antes de que empezara a acostarse con la enfermera de mi madre.

—Despreciable cretino.

Se me escapa la risa.

—Estás siendo demasiado amable.

Luck saca una camisa de la maleta y la guarda en el armario.

—¿Qué pasó cuando tu madre se enteró de que se entendían?

—Mi padre se divorció de ella y se casó con su amante.

—Supongo que la amante es mi hermana.

Se lo confirmo asintiendo en silencio.

—¿Cómo es que no estás al corriente? ¿Tanto hace que no ves a Victoria?

Él se acerca al sofá y se sienta a mi lado. Se deja caer de espaldas sobre el sofá y apoya la cabeza en los brazos, que cruza detrás de la nuca.

—¿Por qué no vives con tu madre?

—Vivo con ella, se mudó al sótano.

Espero ver aparecer la expresión de incredulidad en su cara, pero él se limita a alzar una ceja.

—¿Vive aquí, en el sótano de esta casa?

Vuelvo a asentir con la cabeza y paso al ataque antes de que me siga preguntando cosas.

—¿Por qué dices que tu hermana te abandonó?

—Es complicado.

—¿Dónde están tus padres?

—Prácticamente muertos —responde como si nada—. Debería dormir un poco antes de que vuelva Victoria. Llevo bastante tiempo sin dormir.

Parece cansado, pero tampoco sé qué aspecto tiene cuando no lo está, por lo que no puedo comparar.

Asintiendo con la cabeza, me dirijo a la puerta.

—Buenas noches.

Mientras recorro el pasillo, voy pensando en lo raras que han sido estas últimas veinticuatro horas. El reverendo Brian ha muerto, Wolfgang ha regresado, he recogido a un autoestopista vestido con un kilt que ha resultado ser mi tiastro. Cuando todo esto acabe, voy a tener que comprarme otro trofeo para compensar este día.

Antes de salir del Segundo Cuarto, me detengo frente a la habitación de invitados. Miro a derecha y a izquierda, a pesar de saber que estamos solos Luck y yo. Y mi madre, claro. Abro la puerta e inspecciono la habitación donde se ha instalado Sagan. Siempre he sido bastante despistada, pero esto ya es exagerado hasta para mí. ¿Cuánto tiempo hace que están sus cosas aquí? Pensaba que venía muy temprano por las mañanas y que se quedaba hasta tarde. Me extraña mucho que mi padre le permita vivir aquí, por muy tolerante que sea.

Me siento en la cama de invitados y me apoyo el cuaderno de dibujo en el regazo. Sé que no debería curiosear, pero no sabía que habíamos añadido un nuevo miembro a nuestra familia y creo que eso es una buena excusa. Voy pasando las páginas, pero todas están en blanco... excepto la última. Al final del cuaderno encuentro el dibujo de dos chicas abrazadas.

Al fijarme más, veo que en el dibujo hay más de lo que parece a simple vista. Me llevo la mano a la boca cuando me doy cuenta de lo que estoy viendo. Las dos chicas somos Honor y yo, y nos estamos apuñalando por la espalda.

¿Por qué habrá hecho este dibujo?

Le doy la vuelta, pero a este boceto no le ha puesto título.

—¿Qué haces?

Suelto el cuaderno como si quemara. Sagan está en la puerta, lo que hace que este sea el segundo momento más vergonzoso de mi vida. Qué curioso que Sagan esté involucrado en ambos.

Normalmente no voy fisgando por ahí, así que no sé cómo salir de esta situación. Me levanto, muy consciente de que no sé qué hacer con las manos cuando la vergüenza llega a estos niveles. Con los brazos rígidos, pegados a los lados, abro y cierro los puños.

—No sabía que te habías instalado en casa —murmuro.

Él entra en la habitación y descubre el cuaderno que he estado hojeando. Cuando vuelve a mirarme a los ojos, parece enojado.

—Llevo dos semanas viviendo aquí, Merit.

¿Dos semanas?

Hasta este momento no me había dado cuenta de la cantidad de tiempo que paso a solas en mi habitación. ¿Lleva dos semanas durmiendo en la habitación de enfrente? ¿Y a nadie se le ha ocurrido comentármelo?

Él me observa y yo le devuelvo la mirada, porque no tengo ni idea de qué hacer.

Odio su aspecto. Odio su pelo y todavía más su boca. Tiene los labios muy raros. No tiene surcos, como suelen tener los labios. Son lisos y tersos, y odio tener tan presentes las sensaciones que me despertaron mientras me besaban.

Pero lo que más odio de él son sus ojos, porque aborrezco lo que siento cuando los miro. No es que tenga una mirada acusadora, pero igualmente la culpabilidad me ahoga cuando los miro. Porque da igual lo mucho que me molesten sus rasgos por separado, ya que cuando están juntos se complementan de maravilla.

Bajo la vista al suelo y deseo que estos últimos cinco minutos no hubieran sucedido nunca. No debería haber entrado aquí, no debería haber visto su dibujo, igual que no debería estar sosteniéndole la mirada ahora mismo. Porque daría cualquier cosa para que él me mirara como lo hizo cuando pensaba que yo era Honor. Y eso me avergüenza mucho más que el hecho de que me haya encontrado en su habitación.

Paso corriendo por su lado sin mirarlo. Voy directo a mi cuarto y cierro de un portazo. En cuanto me dejo caer en la cama, noto el picor de las lágrimas que quieren salir. Ni siquiera sé por qué estoy así de sensible. Es absurdo.

Vaya día de mierda. Qué raro es todo.

Saco el celular del bolsillo para enviarle un mensaje a mi padre. No suelo pedirle nada, pero esto es una emergencia.

¿Puedes parar en la tienda de segunda
mano cuando vuelvas y mirar
si tienen algún trofeo?

Espero unos minutos para ver si responde, pero no lo hace. Por desgracia, no me sorprende.

Me acuesto en la cama, me tapo con la manta y pienso en el dibujo que me ha hecho Sagan esta mañana, en el que me estoy tragando un bote de remos. Es un dibujo tan extraño que odio que me guste tanto. Odio que cada día me guste un poco más, por mucho que me esfuerce en no hacerlo. A ratos me pregunto si me gusta de verdad. Tal vez solo sean celos, pero hasta ahora nunca he sentido celos de ninguno de los novios de Honor. También es cierto que todos tenían un pie en la tumba.

Me enfurece que esté viviendo aquí. Estaba segura de que no me costaría evitarlo, pero ahora que sé que duerme en la habitación de enfrente, voy a tener que ser testigo de su relación: presenciar cómo la besa, cómo la ama.

Sé que mi padre no cree en Dios, pero, por suerte, el ateísmo no es hereditario. No rezo casi nunca, pero este podría ser un momento tan bueno como cualquier otro para hacer una excepción. Me acuesto de espaldas, mirando al techo. Tras aclararme la garganta, lo pruebo:

—¿Dios?

No voy a mentir, me resulta muy raro hablarle al techo. Tal vez debería arrodillarme como hacen en las películas.

Retiro las mantas y me arrodillo en el suelo. Agacho la cabeza hacia la cama y lo vuelvo a intentar con los ojos cerrados.

—Hola, Dios. Ya sé que no rezo tan a menudo como debería y que cuando lo hago es para pedirte algo; me disculpo por ser tan egoísta, pero es que te necesito, de verdad. Estoy segura de que viste lo que pasó con el novio de mi hermana hace unas semanas. Pues no puedo quitármelo de la cabeza y no me gusta cómo me está afectando. Yo antes no era así, pero ahora en cualquier momento me asaltan ideas irracionales, como que él estaba destinado para mí, no para Honor. Tal vez lo creaste como mi alma gemela, pero como Honor y yo somos iguales, su alma se confundió y se enamoró de ella. Es que mi hermana y él no se parecen en nada, no tienen nada en común. A ella ni siquiera le gustan las mejores partes de él. Lo que pasa es que, aunque rompieran, lo nuestro tampoco funcionaría. Nunca le haría eso a mi hermana y, por mucho que me sienta atraída hacia él, nunca podría amar a alguien que ha salido antes con ella, es impensable. Te explico todo esto porque no te estoy pidiendo que le muestres a Sagan que se ha equivocado. Lo que te pido es que me envíes a otra persona, alguien que haga que me olvide de él. No quiero seguir teniendo el tipo de pensamientos que me asaltan estos días. O, al menos, no quiero tenerlos con el novio de mi hermana. No me importaría tenerlos con otra persona. Así que... sí. Te estoy pidiendo un alma gemela alternativa. O al menos una distracción. Si no se trata de una persona, también podría ser. Cualquier entretenimiento que no sea Sagan me sirve; lo que tengas más a la mano.

Abro los ojos y vuelvo a meterme en la cama. Esto de rezar me resulta de lo más embarazoso. Tal vez debería hacerlo más seguido.

—Ah, sí. Amén.

5

—Merit, despierta.

No sabía que fuera posible poner los ojos en blanco antes de abrirlos, pero logro tamaña proeza.

—¿Qué? —refunfuño mientras me tapo la cabeza con las mantas.

—Que despiertes —me ordena Honor. Cuando enciende la luz de la habitación, saco el celular de debajo de la almohada para ver qué hora es.

—Son las seis de la mañana —murmuro enojada—. Nadie se levanta tan temprano en esta casa.

Por no mencionar que ella ya sabe perfectamente que he dejado de ir al instituto, así que ¿para qué demonios me despierta?

—Son las seis de la tarde, idiota. Te toca bajarle la cena a mamá. —Se marcha dando un portazo.

¿Las seis de la tarde? Eso significa que sigue siendo hoy. ¡Qué mierda de día!

Yupi.

Sirvo el puré de papas junto a un trozo de pollo carbonizado. Tal vez no sea fácil encontrarle virtudes a Victoria, pero hasta ahora siempre había cocinado bien. Sin embargo, me imagino que no debe de resultarle fácil cocinar cada día una ración extra para la exesposa de su marido que vive en el sótano.

Al darme la vuelta para tomar un panecillo, me encuentro con Sagan, que ha aparecido detrás de mí.

—Perdón.

Trato de esquivarlo antes de caer en la trampa de aspirar su aroma o, Dios no lo quiera, mirarlo a la cara. Pero yo me desplazo a la izquierda al mismo tiempo que él se mueve hacia la derecha, por lo que seguimos bloqueándonos el paso mutuamente. Esta vez soy yo la que se mueve a la derecha mientras él se desplaza hacia la izquierda. ¿Me está tomando el pelo?

Él se echa a reír, parece que le hace gracia nuestra pequeña danza, pero eso es porque él puede respirar cuando yo estoy cerca. A él solo le falta el aliento cuando está cerca de Honor. Al final opto por darme la vuelta y rodear la barra. Antes de abrir la puerta del sótano, miro hacia atrás. Honor está llenando su plato junto a su novio, pero él me está dirigiendo una mirada perpleja.

Debe de pensar que soy una molestia, no sé ni reaccionar de manera normal a algo tan simple como tropezarse en la cocina. Pero es que no puedo, no soy capaz de sonreír y hacer como si no pasara nada. Y mi frustración me hace salir en dirección contraria.

—¿Merit?

Aún no he llegado a la mitad de la escalera, pero mi

madre ya sabe que soy yo. Reconoce los pasos de todos los habitantes de la casa. Supongo que, cuando lo único que haces es ver Netflix y jugar en Facebook, tienes tiempo de aprender ese tipo de cosas.

—Sí, soy yo.

Cuando llego abajo, la encuentro sentada en el sofá. Cierra la laptop y la deja en el suelo.

—¿Qué hay de cena?

—Otra vez pollo y puré de papa.

Le tiendo el plato y me siento a su lado en el sofá. Ella le echa un vistazo a la cena y la deja en la mesita.

—No tengo mucha hambre. Además, me he propuesto perder cinco kilos.

—Podrías ir a correr un poco, hace buen tiempo.

Ella frunce el ceño. Creo que soy la única que sigue animándola a salir de casa, aunque mi último comentario ha sido más sarcástico que alentador.

—No has venido a verme en toda la semana. —Levanta la mano para retirarme el pelo por encima del hombro, pero en el último momento duda y aparta la mano, que deja caer sobre su regazo—. ¿Has estado enferma?

Más que enferma, frustrada. Y cuanto mayor me hago, más me cuesta entender su fobia. Entiendo lo que es no tener ganas de salir de casa, pero lo de pasarse años encerrada en un sótano mientras tus hijos continúan con sus vidas en el piso de arriba me parece más un berrinche —el más largo del mundo— que una fobia social.

—Sí, no me encontraba bien.

—¿Es por eso por lo que no has ido al instituto estos días?

Entorno los ojos. ¿Cómo sabe que no he ido?

—El director me ha llamado para preguntar por ti.

—Oh, ¿y qué le has dicho?

Se encoge de hombros.

—No le contesté la llamada, así que ha dejado un mensaje en el buzón de voz.

Suelto un discreto suspiro de alivio. Por lo menos en el instituto no conocen el alcance de su fobia social, por lo que siguen llamándola a ella en vez de a mi padre cada vez que pasa algo.

Mi madre aparta la manta que le cubre el regazo y se levanta.

—¿Podrías ir a correos mañana? —Recorre el salón de punta a punta, es decir, apenas un metro y medio, y agarra una caja vacía del estante—. Le prometí a Shelly que le enviaría unos libros.

Mi madre no sale del sótano, pero tiene más amistades que Honor y yo juntas. Le obsesionan los libros y participa en varios clubs de lectura online. Cuando no está mirando algo en Netflix, está leyendo o chateando con las amigas de Facebook, todas aficionadas a la lectura. A veces entro mientras chatea y ella me presenta a sus amigas y me hace hablar con ellas. Se esfuerza tanto por aparentar ser una madre normal que lleva una vida normal que a veces me entran ganas de gritar: «¡Lleva dos años sin salir del sótano!».

—Shelly me ha dicho que me envió un paquete la semana pasada. Debería llegar mañana.

—Te lo bajaré cuando llegue —le aseguro.

Escribe una dirección en la caja y al darme la espalda

me fijo en la ropa que lleva. Se ha puesto un vestido negro largo, que le llega hasta los pies.

—Qué vestido más bonito. ¿Es nuevo?

Mi madre asiente con la cabeza, pero no me dice de dónde lo ha sacado. Supongo que se compra la ropa por internet, porque no recibe visitas aparte de sus hijos y, muy de vez en cuando, de mi padre, que baja cuando tienen que hablar de algún asunto parental. Es una lástima, porque es muy guapa para su edad. Da igual que no haya salido del sótano desde hace siglos, sigue cuidándose mucho. Se maquilla cada mañana y siempre lleva el pelo limpio y bien peinado. Probablemente se sigue rasurando las piernas cada día, aunque me cuesta entender, porque si yo decidiera no volver a salir de casa, lo primero que haría sería no volver a depilarme nunca más.

Tal vez mantenga una relación online. No soy muy partidaria de ese tipo de relaciones en condiciones normales, pero, en el caso de mi madre, estoy a favor de cualquier cosa que la ayude a salir del sótano en el futuro.

En cuanto me entrega la caja, me dirijo a la escalera. Antes pasaba más ratos con ella, pero últimamente me cuesta. Empiezo a echárselo en cara. Solía darme pena cuando pensaba que su fobia social era superior a ella, algo que no podía controlar. Pero cuanto más tiempo pasa y más episodios de mi vida se pierde por preferir quedarse en el sótano, más me enojo con ella. Algunas veces, cuando bajo, me enfurezco tanto que me pongo a temblar y tengo que irme antes de explotar. Y así es como vamos a acabar como no me marche ahora mismo.

—Hasta luego, mamá —me despido mientras subo la escalera.

—Merit —me llama, pero dejo que la puerta se cierre tras de mí.

Victoria está en la cocina, cortando una pechuga de pollo para Moby. Los demás ya están reunidos en la mesa, cenando. Tomo un plato para mí justo cuando mi padre entra por la puerta principal. Son las seis y media y el partido empieza a las siete, por lo que se sirve antes que yo. Cuando al fin puedo sentarme con los demás, solo queda un asiento libre, justo al lado del innombrable. Honor está al otro lado, inclinada hacia él, riendo de algo que acaba de decir. Estoy segura de que, sea lo que sea, ha sido algo ocurrente.

Me dejo caer en la silla y la arrastro para acercarla a la mesa. Enfrente tengo a Moby, lo que es un gran alivio.

—¿Te fue bien en el día? —le pregunto.

Él le está dando un mordisco a la mazorca de maíz, pero me responde asintiendo con la cabeza. Cuando acaba de tragar, añade:

—Tyler se metió en un problema porque dijo «bastardo».

Casi todos nos echamos a reír, pero Victoria contiene el aliento, escandalizada.

—Moby, eso no se dice, es una grosería.

—Técnicamente no lo es —puntualiza mi padre.

Victoria le dirige una mirada asesina.

—Lo es cuando tienes cuatro años y vas a preescolar.

—¿Qué es un bastardo? —pregunta Moby.

—Un niño que nace de padres que todavía no están casados. Tú estuviste a punto de serlo —le respondo.

Cualquiera diría que acabo de darle una cachetada al niño por cómo reacciona Victoria. Echa la silla hacia atrás y se levanta.

—¡Vete a tu habitación!

Me echo a reír porque al principio pienso que está bromeando, pero dejo de sonreír al darme cuenta de que su furia es muy auténtica. «No fastidies». Miro a mi padre, que está observando a Victoria con el tenedor en el aire. Giro la cara hacia Victoria.

—Ha preguntado qué quería decir *bastardo*. ¿Querías que le mintiera?

Victoria tiene las fosas nasales muy abiertas y me está fulminando con la mirada, nunca la había visto tan furiosa. Sinceramente, no lo he dicho con la intención de hacer daño.

—Un bastardo es un hijo nacido fuera del vínculo matrimonial —le recuerdo a Victoria—. ¿No estuvo a punto de serlo?

Victoria señala hacia el pasillo.

—No voy a consentir que hables así delante de mi hijo, Merit. Vete a tu cuarto. —Mira a mi padre en busca de apoyo—. ¿Barnaby?

Me hago hacia atrás y me cruzo de brazos. No pienso ceder.

—Entonces, ¿prefieres que le mienta a tu hijo? —Me volteo hacia Moby, que tiene los ojos muy abiertos—. Pues si el sexo es un programa espantoso que daban por la tele en los años ochenta, un bastardo es un anuncio. —Miro a Victoria—. ¿Mejor así?

—Merit. —Utah me llama la atención, como si fuera yo la que estuviera creando un conflicto.

Me giro hacia él.

—¿En serio vas a ponerte del lado de Victoria ahora?

—¿Podemos tener la cena en paz, como una familia normal, aunque solo sea por una vez? —pide Honor, frustrada.

—¿Barnaby? —repite Victoria, que sigue de pie, esperando a que mi padre me castigue.

Pero él sujeta a Victoria por la muñeca y la jala para que se siente.

—Ya me ocuparé de ella más tarde. Vamos a cenar, ¿de acuerdo?

Victoria se zafa de él, agarra su plato y lo vacía en la basura.

—Guarda las sobras —le digo.

—¿Perdona?

Señalo el bote de la basura.

—Las sobras... No las tires, se las daré a Wolfgang.

—¿Wolfgang? —Mi padre frunce el ceño—. ¿Por qué nombras a ese bastardo?

—Vaya, ahí vamos otra vez con la palabrita —refunfuña Honor.

—¿Por eso hay una bolsa de croquetas para perros junto a la puerta del patio? —pregunta Utah.

Mi padre busca la bolsa con la mirada y, al localizarla, se pone en pie.

—¿Ese perro está aquí?

Me meto en la boca una cucharada de puré, porque no sé si están a punto de mandarme a mi habitación y tengo hambre.

—Se presentó aquí ayer, en plena noche —respondo

con la boca llena. Trago y señalo hacia atrás con el pulgar—. Está en el patio.

—¡¿Lo dejaste entrar al patio?! —grita mi padre.

Victoria alza las manos al cielo.

—Oh, maravilloso. ¿Te enojas con ella porque ha dejado entrar a un perro al patio, pero te da igual que llame bastardo a tu hijo?

Levanto el tenedor.

—He dicho que estuvo a punto de serlo, no que lo sea —especifico.

—¿Por qué siempre tienes que hacer esto? —susurra Utah.

Lo dice tan flojito que Victoria no va a oírlo desde el otro extremo de la cocina. ¿No lo dirá por mí?

—¿Crees que es culpa mía?

—Normalmente lo es —interviene Honor—. No podemos tener ni una cena en paz; siempre tienes que decir algo que hace que se enoje.

Me echo a reír porque no lo puedo creer.

—¿Y eso es culpa mía? —respondo en voz lo bastante alta para que se entere Victoria—. Tal vez se enoja porque no es una persona razonable. Pregúntaselo al hermanito al que abandonó. —Las últimas palabras las pronuncio mirando a Victoria porque no quiero perderme su reacción. Y sí, sin duda esto no lo esperaba.

—¿Qué acabas de decir? —Me está mirando como si no me hubiera oído o no quisiera oírme.

Abro la boca para repetir lo que he dicho, pero mi padre me interrumpe.

—Merit, vete a tu habitación —me ordena, en un tono que muestra más agotamiento que enojo.

Victoria se voltea hacia él despacio.

—¿Le has contado lo de Luck?

Él niega con la cabeza.

—No, no les he hablado de Luck. Está tratando de sacarte de quicio.

Ahora sí que muero por saber lo que Victoria no quiere que sepamos. Me meto dos cucharadas de puré seguidas en la boca por si acaso me obligan a cumplir el castigo inmediatamente.

—No quiero sacarla de quicio. —Trago y me limpio con la servilleta mientras me preparo para dar una explicación que nadie me ha pedido—. Wolfgang se presentó aquí anoche, en mitad de la tormenta. Me dio pena y lo dejé pasar al patio. Después me enteré de que el reverendo Brian había muerto y me olvidé del perro. Y luego fui a Tractor Supply a comprar croquetas y un tipo raro vestido con un kilt me pidió que lo llevara a casa de su hermana, que resultó ser Dollar Voss. Se llama Luck, es el hermano pequeño de Victoria y está durmiendo en el despacho de papá, ya que al parecer Sagan está viviendo en la habitación de invitados. Y, les guste o no, la definición de *bastardo* es «hijo nacido fuera del matrimonio». Y, por si a alguien se le ha olvidado, Victoria quedó embarazada cuando papá aún estaba casado con mamá, por lo que Moby estuvo a punto de ser un bastardo.

Cuando termino de hablar, todo el mundo me observa en silencio, por lo que fijo la vista en el plato.

—¿Llevaba un kilt? —pregunta Sagan. Aunque preferiría que no me dirigiera la palabra, agradezco que trate de romper la tensión con un poco de humor—. ¿De qué color?

Me obligo a mirarlo y casi logro sonreír.

—Verde, a cuadros.

Él asiente en señal de aprobación.

—Qué ganas de conocerlo.

—¿Mi hermano está aquí? —El tono de Victoria ha cambiado por completo. En voz baja, insiste—: ¿Luck está aquí, en esta casa?

Estoy a punto de responderle, pero me lo ahorro porque el propio Luck lo hace por mí.

—Técnicamente, no es una casa —dice desde el pasillo—. Me parece que es una iglesia incomprendida.

Empiezo a entender a qué se refería Luck con lo de la partida de ping-pong, porque todos alternamos la mirada entre Luck y Victoria, a la espera del emotivo reencuentro.

Victoria se lleva la mano a la boca. Mi padre se acerca a ella y le apoya las manos en los hombros tratando de calmarla.

—Cariño —le dice con dulzura—. Vayamos a hablar con él en la habitación.

Pero Victoria se libra de él de un empujón y se dirige hacia Luck.

—No puedes presentarte aquí sin avisar, Luck. Será mejor que te marches.

Él no se mueve, aunque parece un poco sorprendido por su reacción.

—¿No vas a darme un abrazo?

Victoria da un paso hacia él.

—Vete. Y la próxima vez que se te ocurra presentarte

sin disculparte primero, llama por teléfono. ¡Te ahorrarás el dinero del viaje!

—Victoria —susurra mi padre, que trata de arrastrarla en dirección contraria—. Ve a la habitación, yo iré en un segundo.

Ella intenta disimular que está a punto de llorar, pero hace caso a mi padre y se va a la habitación. Ahora es mi padre quien se enfrenta a Luck.

Él sonríe y se acerca a mi padre con la mano extendida.

—Tú debes de ser mi cuñado —comenta, y a mi padre no le queda más remedio que estrecharle la mano.

—Barnaby.

—Pensaba que a estas alturas ya lo habría superado —añade Luck—, pero tiene razón; supongo que debería haber llamado antes de venir.

—¿Qué es lo que tendría que haber superado? —pregunta Honor.

Luck se voltea hacia ella y le sonríe como si la conociera, pero la sonrisa se le borra de golpe de la cara cuando me ve a mí. Mira a Honor y luego a mí antes de señalarnos.

—¿Cuál es la que me ha traído hasta aquí hace un rato?

Levanto la mano.

—Gracias por la hospitalidad, Merit. —Luck se acerca a la mesa y se presenta a Utah, a Honor y a Sagan. Cuando llega a Moby, se arrodilla delante de él—. Tú debes ser mi sobrino.

—¿Soy un sobrino? Merit ha dicho que era un bastardo.

—Casi un bastardo —puntualizo.

—Luck —mi padre interrumpe las presentaciones—,

¿podríamos ir a aclarar las cosas antes de que te pongas demasiado cómodo?

Luck se levanta y se lleva las manos a las caderas.

—Sí, claro..., aunque acabo de tomar una siesta de cuatro horas, así que me temo que me he puesto ya bastante cómodo. —Se echa a reír, pero nadie le sigue la broma. Hay que reconocer que es un tipo alegre, eso sí.

Sigue a mi padre, que ha echado a andar en dirección al Tercer Cuarto. Es una pena que trasladen la conversación a otro sitio, me estaba divirtiendo.

—Parece que has tenido un día productivo —me dice Honor—. Al menos no has estado malgastando tu vida en la cama.

Tengo bastante aguante, pero que Honor se ponga sarcástica sobre mi decisión de no volver al instituto es la gota que colma el vaso. Suelto el panecillo en el plato antes de preguntarle:

—Dime, Honor, ¿qué me he perdido esta semana que fuera a prepararme para la vida más allá del instituto?

—¿La oportunidad de graduarte, tal vez?

Le dirijo una mirada exasperada.

—Puedo sacar el certificado de secundaria antes de Navidad.

—Claro, porque sacar el bachillerato de manera responsable y conseguir una beca no te interesa, ¿no?

—¿Quieres que hablemos de responsabilidad? —la provoco—. ¿Ya sabe tu nuevo novio lo responsable que has sido en tus anteriores relaciones?

Honor aprieta los dientes. He metido el dedo en la llaga. Bien, a ver si así me deja en paz.

—No estás siendo justa, Merit —opina Utah.

—Claro —murmuro. Parto un trozo del panecillo y me lo meto en la boca—. La vas a defender haga lo que haga, es tu favorita.

Utah retrocede.

—No tengo una hermana favorita. Si la defiendo es porque tus ataques siempre son demasiado personales.

Asiento con la cabeza.

—Es verdad. Se me había olvidado que en esta familia somos de esconder las cosas debajo de la alfombra y fingir que Honor no necesita terapia.

Mi hermana me dirige una mirada asesina.

—Y luego te preguntas por qué no tienes amigos.

—En realidad, no me lo pregunto.

Los gritos que salen del Tercer Cuarto interrumpen este agradable ratito de vinculación fraternal. Aunque las voces llegan demasiado amortiguadas para entender lo que dicen, parece obvio que Luck y Victoria no están teniendo el reencuentro que Luck esperaba.

—¿Alguien más se ha fijado en el acento tan raro que tiene? —pregunta Sagan.

—¡Gracias por sacar el tema! Es rarísimo. Es como si su cerebro no lograra decidir si se crio en Australia o en Londres.

—A mí me ha sonado irlandés —comenta Utah.

Sagan niega con la cabeza.

—Qué va. Ha sido el kilt, que te ha influenciado.

Me echo a reír y bajo la vista hacia Moby, que sigue sentado frente a mí, con la cabeza baja, por lo que no puedo verle la cara.

—¿Moby?

Aunque no levanta la cara, oigo que solloza.

—Eh, ¿por qué lloras?

Moby vuelve a sollozar antes de responder:

—Todo el mundo se está peleando.

Uf, no soporto ver a Moby disgustado, me rompe el corazón.

—No pasa nada —le aseguro—. Los adultos discuten muchas veces, pero no significa nada.

Él se seca los ojos con la manga.

—Y entonces ¿por qué lo hacen?

Ojalá tuviera una buena respuesta para eso.

—No lo sé. —Suspiro—. Vamos al baño a lavarte la cara y luego te acompaño a la cama, ¿de acuerdo?

Moby siempre ha dormido muy bien. Lleva durmiendo solo en su habitación desde los dos años. Siempre se acuesta a las siete, pero hace unos días oí que Victoria le decía que ya pronto le cambiaría la hora a las ocho.

Los demás no tenemos una hora para acostarnos. Entre semana, a mi padre le gusta que no lleguemos más tarde de las diez, pero una vez que estamos en la habitación, nunca viene a ver qué hacemos, por lo que no suelo acostarme nunca antes de las doce.

Acompaño a Moby al baño y le ayudo a cepillarse los dientes y a lavarse las manos y la cara. Su habitación queda justo enfrente de la oficina donde se ha instalado Luck, aunque a juzgar por los gritos que llegan desde el dormitorio principal, no tardará en volver a ser un despacho. Normalmente es Victoria la que lo acuesta, pero a veces nos pide a alguno de sus hermanos que lo llevemos a la cama.

A mí me gusta mucho hacerlo, pero solo si él me lo pide. No me gusta hacerle favores a Victoria si puedo evitarlo.

La habitación de Moby está decorada con ballenas de todo tipo, aunque espero que le cambien la decoración antes de que empiece a traer amigos a casa. Ya bastante gracia tiene que le pusieran el nombre de una ballena asesina, pero llenar la habitación de ballenas es suficiente para que sus compañeros se burlen de él el resto de su vida.

Sin embargo, a Moby le apasionan las ballenas y le encanta llevar el nombre de una de ellas. *Moby Dick* es el libro favorito de Victoria. No confío en la gente que dice que su libro favorito es un clásico. Creo que lo dicen para parecer cultos, o tal vez porque no han vuelto a leer nada desde que salieron del instituto.

Mi libro favorito es *God-Shaped Hole*. No es un clásico, es mejor que muchos clásicos. Es una tragedia de hoy en día. No he leído *Moby Dick*, pero estoy segura de que no te deja sintiendo que tienes la piel menos dura que antes de abrir el libro.

Cuando Moby se mete en la cama, lo tapo con el edredón —y su estampado de ballenas— hasta el mentón.

—¿Me lees un cuento? —me pide.

El momento no es del todo inoportuno, así que elijo uno del librero, el más delgado, pero Moby protesta.

—¡No! Quiero el de *La Perspectiva del rey*.

Ese es nuevo. Echo un vistazo por el librero, pero no encuentro nada con ese título.

—No lo veo por aquí. ¿Qué tal si te leo *Buenas noches, Luna*?

—Ese es un libro para bebés —protesta mientras busca un montón de páginas engrapadas—. Lee este, lo escribió Sagan.

En la primera página del librito se lee:

La Perspectiva del rey

Sagan Kattan

Me siento en el borde de la cama y acaricio la portada.

—¿Sagan te ha escrito un cuento?

Moby asiente con la cabeza.

—Es una historia real. ¡Y rima!

—¿Cuándo te la dio?

Él se encoge de hombros.

—Hará unos siete años.

Me echo a reír. Moby es el niño de cuatro años más listo que conozco, pero, por mucho que lo intente, no logra asimilar el concepto de tiempo.

Me acerco a Moby y me siento a su lado, apoyada en la cabecera. Normalmente no me pongo tan cómoda cuando lo acuesto, pero creo que hoy me hace más ilusión el cuento a mí que a él. Siento que estoy a punto de conocer uno de los secretos del novio de Honor, y me ilusiona más de lo que debería. Doblo las rodillas y me apoyo las hojas en los muslos.

—*La Perspectiva del rey* —leo en voz alta. Me giro hacia Moby antes de seguir leyendo—. ¿Ya sabes lo que significa *perspectiva*?

Él asiente con la cabeza y se coloca de lado para verme bien.

—Sagan dice que es como si te pusieras los ojos de otro dentro de tu cabeza.

—Muy acertado, estoy impresionada.

Y no lo digo por decir. Lo estoy, no tanto por Moby como por Sagan, que se ha tomado el tiempo de escribirle un cuento y explicarle su significado.

Moby se sienta y pasa la página al ver que yo no lo hago.

—¡Léelo ya!

En la siguiente página hay un pájaro rojo dibujado; parece un cardenal.

—¿Se trata de un pájaro? —le pregunto a Moby.

—Tú lee y calla —protesta, irritado por el sueño.

Paso la página otra vez.

—Está bien, está bien, tranquilo. Sin spoilers.

La Perspectiva del rey

Esta es la historia de un rey,
una historia verdadera.
Unos lo llaman rumor,
otros, una estratagema.

Lo llamaban rey Apasionado,
aunque su nombre no era aquel,
sino rey Apasipitado,
mas nadie lo decía bien.

El rey Apasionado se apasionaba
con las cosas ostentosas:
mejor cuanto más brillantes,
mejor cuanto más costosas.

Tenía el rey un gran castillo,
de su reino el más lujoso,
pero no fue suficiente
y quiso uno aún más grandioso.

Compró un pueblo llamado Perspectiva,
y su gente pensó: «¡Socorro!
Nos toca construirle un castillo en la cima.
¡Vaya engorro!».

Cuando al fin lo terminaron
el rey fue a echarle un vistazo,
pero al llegar a Perspectiva
todo estaba tal como lo había dejado.

Rebuscó por todas partes,
revolvió hasta los ladrillos.
Pero ni en las montañas
ni en los valles encontró el castillo.

Se enojó como un demente
y con terrible crueldad
juró vengarse de todos
y envió sus tropas a la ciudad.

Una vez ya todos muertos,
apareció un cardenal colorado.
—Pero si eran buena gente.
¿Qué ha hecho, rey Apasionado?

El rey trató de explicarse.
—Están muertos, es verdad,
porque han desobedecido.
No hay castillo. ¿Dónde está?

—Pero, rey, eso no es cierto.
Ni siquiera ha intentado
verlo desde otra perspectiva;
solo sus ojos ha usado.

El cardenal lo llevó a una cima
que quedaba en la otra orilla
y al apartar una roca
cayó al suelo de rodillas.

Porque ahí estaba el castillo,
dentro de la gran montaña:
edificio esplendoroso,
no era una simple cabaña.
¡Ay, la culpa, cómo duele!
¡Ay, la culpa, cómo daña!

A los suyos, los que debía proteger,
les ha quitado la vida
solo por no saber ver
las cosas desde su perspectiva.

—¡Escondan los cuerpos en la montaña!
—ordenó el rey Apasionado a su general—.
¡No quiero ver a nadie!
¡Cierren las puertas, que no se abran nunca más!

Los soldados escondieron los cuerpos
y el rey Apasionado se juró no regresar.
Volvió a su viejo castillo
y de Perspectiva nunca volvió a hablar.

Algunos dicen que esta historia no es real;
dicen que esa ciudad nunca existió.
El caso es que si la buscas en un mapa,
no la verás, y tampoco yo.

Cierro el cuadernillo y me quedo observando la primera página, sorprendida por lo que acabo de leer. ¿Esto es un poema para niños? Es igual de macabro que sus dibujos. ¡Y ahora Moby cree que es una historia real!

—Sabes que esto es ficción, ¿verdad?

Bajo la vista hacia Moby, pero tiene los ojos cerrados. No me había dado cuenta de que se había quedado dormido mientras leía. Dejo el cuento en la mesita, apago la luz y regreso al Primer Cuarto. Sagan está en la cocina, ayudando a Honor a lavar los platos.

—Y a ti, ¿qué te pasa?

Ambos se voltean hacia mí, pero yo mantengo la vista fija en Sagan.

—¿Es una pregunta abierta?

—¡Has asesinado a una ciudad entera de gente inocente!

Él asiente y cambia de expresión.

—Ah, le has leído el cuento a Moby.

—¡Es una historia perturbadora! ¡Y se ha convertido en su cuento favorito!

—¿De qué estás hablando? —me pregunta Honor.

Señalo en dirección al macabro de su novio.

—Le ha escrito un cuento en verso a Moby, pero como cuento infantil no puede ser peor.

—No es tan malo —se defiende Sagan—. Tiene un mensaje positivo.

—Ah, ¿sí? —Sigo estupefacta y no puedo disimularlo—. Pues el mensaje que me ha llegado a mí ha sido que un dirigente materialista estaba descontento con los campesinos a los que contrató para que le construyeran un castillo, y por eso los mató a todos, ocultó sus cuerpos en la montaña y continuó viviendo su vida como si nada.

Honor hace una mueca para mostrarle lo disgustada que está. Tomo nota mental de no poner nunca esa cara. Al verla en mi hermana, me doy cuenta de lo poco atractiva que resultaría en mí.

—Pues entonces es que no has entendido el mensaje —replica él—. Es un poema sobre la perspectiva.

—¿De qué están hablando? —pregunta Utah mientras entra en la cocina.

—Del cuento que le escribí a Moby.

Utah, que ha ido directo al refrigerador por un refresco, se echa a reír.

—Me encantó esa historia —comenta antes de dar un trago—. No pienso pasarme toda la noche aguantando esto. —Se seca la boca con la mano y señala hacia el Tercer Cuarto, donde siguen discutiendo—. ¿Alguien viene a nadar?

—Nosotros nos apuntamos —responde Honor refiriéndose a Sagan y a ella—. Cualquier cosa antes de quedarnos en casa.

Todos voltean hacia mí. Nadie pronuncia las palabras, pero por su modo de mirarme supongo que me están invitando a unirme a ellos.

—No, gracias.

Nunca he acompañado a Utah y a Honor a nadar en la piscina del hotel y ya se han cansado de invitarme, pero supongo que la situación ha hecho que se sientan obligados. Cuando rechazo su invitación no verbal, Honor parece aliviada.

—Tú misma. —Se encoge de hombros y lanza el trapo sobre la encimera.

Sagan sigue mirándome con curiosidad.

—¿Estás segura de que no quieres venir?

Tengo la sensación de que agradecería mi presencia, lo cual hace que me sienta tentada a cambiar de idea. Con Honor y Utah nunca tengo dudas. Sé que prefieren estar sin mí y que no ven mi presencia como un valor añadido, sino como un inconveniente. La mirada de Sagan me dice todo lo contrario; cualquiera diría que le gusta mi compañía.

Me desconcierta. Hace que me den ganas de ir a nadar

con mis hermanos por primera vez desde que empezaron a ir, cuando Utah sacó la licencia de conducir.

La puerta que lleva al Tercer Cuarto se abre y Luck hace su aparición en la cocina con las manos metidas en los bolsillos. Mi padre y Victoria lo siguen de cerca. Mi padre se aclara la garganta antes de decirnos:

—Luck se va a quedar con nosotros una temporada. Victoria y yo les agradeceríamos que lo hicieran sentir como uno más.

Es raro, porque aunque parece que Luck ha ganado la partida, su actitud no es nada victoriosa, todo lo contrario.

—Bienvenido —le dice Utah—. ¿Quieres venir a nadar?

—¿Tienen piscina? —Luck alza las cejas, pero Utah enseguida lo saca de su error.

—No, pero hay un hotel en el pueblo con una piscina climatizada y Honor tiene contactos.

—Genial, voy a buscar un traje de baño. —Luck se dirige a la puerta, pero antes de llegar se gira hacia mí.

—Tú también vienes, ¿no?

Por su tono, tengo la sensación de que me está rogando que no lo deje solo con mis hermanos. Supongo que es normal, soy la única persona con la que ha interactuado más allá de un saludo o una presentación, así que asiento con la cabeza.

—Sí, yo también voy.

Sagan está a punto de doblar la esquina, pero cuando me oye aceptar su invitación, hace una pequeña pausa y me mira por encima del hombro, aunque enseguida sigue andando.

—¿Dónde está Moby? —pregunta Victoria.

—Durmiendo. Lo he acompañado a la cama.

Con esas palabras doy por terminada nuestra conversación de antes y me dirijo a mi habitación.

Hace un rato me lamentaba por haberme encontrado a Luck en la tienda, pero parece que al fin tendré un amigo en esta casa. Nunca voy a la piscina con Utah y Honor porque no me parece que quieran que vaya, pero temo que, si no voy esta noche, se hagan amigos de Luck y vuelva a quedarme marginada.

Agarro un traje de una pieza y una camiseta que me queda muy grande y salgo al pasillo. Sagan, que está saliendo de su habitación, se detiene al verme. Abre la boca pero, antes de que pueda decir lo que sea que quiere decirme, Honor abre su puerta y Sagan cierra la boca de golpe.

Y ahora voy a pasarme el resto de la noche preguntándome qué quería decirme.

Los dos siguen a Utah y a Luck y salen de casa. Yo me detengo en el baño y agarro unas cuantas toallas. De camino a la puerta, levanto la cara hacia la estatua de Quesucristo.

Me pregunto si Dios es capaz de responder a las oraciones ya antes de rezar. ¿Será Luck la respuesta a mi plegaria de hace un rato? ¿Será la distracción que necesito para no pensar en Sagan?

—¿Eres la responsable de este atuendo tan sacrílego? —La voz de mi padre, que se encuentra a un par de metros observando la estatua, me aparta de mis elucubraciones.

—Nop —miento—. Debe de haber sido el milagro de la Inmaculada Concepción del Modelito.

Mientras cierro la puerta de la calle, oigo la voz de mi padre, cada vez más lejana:

—Como pierdan los Cowboys, ¡estás castigada!

Las probabilidades de que los Cowboys pierdan son grandes, las de que mi padre acabe llevando a cabo su amenaza no tanto.

6

Uno de los vehículos preferidos por todos es el Ford Windstar, por sus siete plazas, pero al ritmo al que va creciendo mi familia últimamente, pronto tendremos que cambiarlo por uno más espacioso. Aunque soy la última en llegar, el novio de Honor se ha sentado en los asientos de atrás y me ha dejado uno libre en la fila de en medio, al lado de Luck. Honor se ha sentado delante, junto a Utah.

Vivimos en medio de la nada, en un pueblo demasiado pequeño e irrelevante para tener hotel, y menos uno con piscina. La tienda más cercana queda a veinte kilómetros y el hotel está un poco más lejos aún, por lo que tenemos por delante un trayecto de casi veinticinco kilómetros, pero, al estar en una zona rural, no nos llevará más de un cuarto de hora llegar hasta allí.

—Así que... ¿eres el hermano de Victoria? —Utah rompe el hielo.

—Hermanastro —especifica.

Me aguanto la risa porque tengo la sensación de que le gusta tan poco como a nosotros estar emparentado con ella.

—¿De dónde eres?

—De todas partes. Victoria y yo tenemos el mismo padre, pero somos de madres distintas. Ella vivía con su madre y yo con la mía y con nuestro padre. Cambiamos de domicilio muchas veces antes de que mis padres se acabaran divorciando.

—Lo siento —dice Honor.

—No importa, le pasa a todo el mundo —dice como si nada, pero su comentario nos deja a todos sin habla—. No me has dicho que tuvieras una hermana gemela, Merit —sigue hablando, y esta vez se dirige a mí.

—Porque no has parado de hablar en ningún momento. —Miro por la ventanilla para no tener que devolverle la mirada—. No me has dejado espacio para introducir la historia de mi vida entre tu charla.

—No es cierto, solo te hacía preguntas para que me contaras algo de la historia de tu vida —se defiende riendo.

—Y no me sacaste gran cosa, ¿verdad?

—Lo suficiente, logré que me hablaras sobre el tipo que te gusta.

Volteo la cabeza bruscamente hacia él y alzo una ceja para advertirle que ha ido demasiado lejos con ese comentario.

—¿Perdona? —Honor se gira en el asiento y me clava la mirada—. ¿Te gusta alguien?

Pongo los ojos en blanco y vuelvo a mirar por la ventanilla.

—No.

—¿Quién es? —Esta vez Honor lo intenta con Luck.

Me rasco los jeans , nerviosa, y espero que no se le ocurra abrir la bocota. No lo conozco en absoluto; tal vez le parezca divertido dejarme en ridículo.

—No me acuerdo de su nombre, pregúntaselo a Merit.

Honor vuelve a sentarse mirando hacia delante.

—Merit no me cuenta esas cosas. —Su voz suena acusadora.

Cuando miro a Luck, veo que me está observando fijamente.

—Vaya par. No parecen gemelas en absoluto.

—No estoy de acuerdo —protesto—. Hay un falso estigma ligado a los gemelos.

—Exacto. —Por una vez, Honor me da la razón—. No todos los gemelos tienen cosas en común, aparte del parecido físico.

—Pues a mí me parece que ustedes dos tienen más cosas en común de las que piensan —interviene Sagan desde la última fila.

Honor le dirige una mirada asesina por encima del hombro. A mí me gustaría hacer lo mismo, pero es que yo siento cosas cada vez que lo miro, a diferencia de Honor. Ni siquiera sé si mi hermana se siente atraída por él; no lo mira como lo miraría yo si fuera mi novio. Además, si fuera mi novio, yo iría atrás, sentada a su lado y no delante, como ella.

Me siento mal por él, que está mucho más comprometido en su relación que ella. Lo sé por cómo me besó cuando pensaba que la estaba besando a ella. Él se ha mudado a nuestra casa y en cambio ella solo se entretendrá con él hasta que aparezca un tipo menos sano.

Luck se voltea hacia el novio de mi hermana.

—¿Cuál es tu rol en esta familia?

—Su rol es estar conmigo. —Honor responde en su lugar.

Si Sagan fuera mi novio, dejaría que contestara él a las preguntas que le hicieran.

—¿Cómo se conocieron Honor y tú?

Yo sigo mirando por la ventana, pero con las orejas bien abiertas. Nunca le he preguntado directamente, por lo que solo sé lo que he ido sacando de sus conversaciones mientras pensaban que nadie los oía.

—Algo que comí me provocó una reacción alérgica —responde él—. Acabé en el hospital y allí fue donde la conocí.

Luck se voltea hacia delante.

—¿Tú también estabas ingresada?

Honor niega con la cabeza, pero no aporta más detalles sobre su visita al hospital. Siento la tentación de contarle a Luck que si mi hermana estaba allí es porque había ido a despedirse de otro de sus novios y que se fijó en Sagan pensando que estaba a punto de irse al otro barrio.

—Honor había ido a visitar a un amigo. —Esta vez es Sagan quien contesta por ella.

Carajo, ¿es que no pueden responder a sus propias preguntas?

Seguimos el camino en silencio durante varios minutos, a pesar de que me gustaría hacerle un millón de preguntas a Luck y otro millón a Sagan.

Cuando llegamos a la zona de estacionamiento del hotel, Utah le hace una pregunta a Luck por encima del hombro.

—¿Por qué te odia tanto tu hermana?

—Hermanastra —nos recuerda Luck—. Sigue enojada conmigo por algo que hice hace cinco años.

—¿Qué hiciste? —pregunta Honor mientras se desabrocha el cinturón de seguridad.

—Maté a nuestro padre.

Me detengo en seco con la mano sobre el cinturón. Luck es el único que se desabrocha el cinturón y sale de la minivan. Los demás nos hemos quedado paralizados por su comentario. Una vez fuera, se endereza el kilt y mira hacia el interior del coche.

—Oh, vamos. Era broma.

Honor suelta el aire que estaba conteniendo.

—No hace gracia —sentencia mientras abre la puerta.

Una vez dentro del hotel, Honor se acerca al mostrador de recepción y hace sonar la campanita. Instantes más tarde aparece Angela Capicci, una de sus amigas del instituto.

A mí Angela nunca me ha caído bien. Iba un curso arriba de nosotras, pero se ha llevado bien con Honor desde que eran pequeñas. Teniendo en cuenta que no dejan venir a nadie a nuestra casa a causa de los rumores —infundados o no— sobre nuestra familia, Honor y yo nunca logramos tener amigas de verdad, solo conocidas. Y yo muchas menos que Honor, porque no puedo disimular cuando alguien me cae mal y Angela siempre me ha caído fatal. Es del tipo de chica que mide su valor por la atención que recibe por parte de los hombres. Y por su modo de examinar a Luck ahora mismo, debe de necesitar que le suban un poco la autoestima.

—Hola —lo saluda, y sonríe con coquetería—. Tú eres nuevo.

Él asiente y le devuelve una sonrisa canalla.

—Recién llegado.

Ella alza una ceja y busca a Honor con la mirada.

—Acabo el turno a las once. Si siguen por aquí, los iré a buscar.

—Tenemos que estar en casa a las diez —se excusa Honor, que alza la tarjeta para añadir—: ¡Gracias!

Angela asiente y se fija una vez más en Luck.

—Vuelve cuando quieras —lo invita en un tono que es pura miel y no aparta sus ojos de él mientras nos dirigimos a los baños.

Honor y yo entramos en el de chicas. Ella se quita la camiseta y se cambia allí mismo sin utilizar los cubículos. Yo soy más pudorosa y no soporto la idea de que entre alguien mientras me estoy poniendo el traje de baño. Desde dentro del cubículo, donde me he quitado ya los jeans y la camiseta, me llega la voz de Honor, que me hace la pregunta inevitable.

—¿A quién se refería Luck?

Me quedo paralizada un momento, pero enseguida sigo subiéndome el traje de baño.

—¿De qué hablas?

—Antes, en la camioneta —me aclara ella, aunque sé perfectamente a qué se refiere—. Ha dicho que le contaste que te gustaba alguien. ¿Lo conozco?

Cierro los ojos y trato de imaginarme qué pasaría si

admitiera que el chico que me gusta es su novio. Sería el apocalipsis, el fin del mundo..., o al menos el fin de nuestra relación como hermanas, que ya está bastante deteriorada.

Abro la puerta y me vuelvo a poner la camiseta sobre el traje de baño.

—Estaba mintiendo, no hay nadie. Apenas salgo de casa, ¿cómo quieres que conozca a alguien?

Honor parece un poco decepcionada por mi respuesta, aunque lo que más destaca de ella no es eso, sino que está... impresionante.

—¿Es nuevo? —le pregunto señalando el bikini rojo con orilla negra. Le cubre todo lo que puede cubrir un bikini, pero el color y el corte le quedan perfectos.

Frunzo el ceño cuando bajo la vista hacia la camiseta extragrande que me he puesto para taparme el feo traje de baño negro que no me favorece en absoluto.

—Hace unos cuantos meses que lo tengo —me responde mientras se recoloca la parte de arriba del bikini para que le realce el pecho—, pero como nunca vienes con nosotros, no lo habías visto.

—Ya sabes que no me gusta nadar —murmuro.

Honor dobla sus jeans y los deja en la encimera, junto a los lavamanos. Nuestras miradas se encuentran a través del espejo.

—¿Es esa la razón?

Aunque podría parecer que no, la pregunta es retórica. Honor ya conoce la razón por la que nunca voy a nadar con ellos, y no tiene nada que ver con el agua. Si no los acompaño es porque nuestra relación es tensa, y lleva así cinco años.

Cuando sale del baño, me espero un poco antes de seguirla, porque no quiero ver la cara que pondrá su novio cuando la vea con ese bikini.

Me he dado cuenta de que a veces me refiero a él como «el novio de mi hermana». No sé si alguna vez dejará de ser el novio de mi hermana y podré usar su nombre, porque me gusta mucho el nombre de Sagan. Es elegante y sexy. Ojalá no le quedara tanto, pero le queda muchísimo. Y bueno, por eso mismo voy a seguir refiriéndome a él por su título: el novio de Honor. Así no me resultará tan atractivo.

O eso espero.

Me quito la camiseta y me observo en el espejo. Me pregunto por qué todo le queda mejor a Honor a pesar de que somos idénticas. Le sientan mejor los jeans, está más guapa que yo con vestido, más alta que yo con tacones, más sexy en traje de baño. Tenemos el mismo cuerpo, la misma cara, el mismo pelo... Somos idénticas por fuera y, sin embargo, ella lo lleva todo con una madurez y una sofisticación que yo nunca lograré alcanzar.

Tal vez se deba a que tiene más experiencia que yo. En el tema de la virginidad me lleva tres años de ventaja. Quizá esa sea la causa de que camine con una confianza que a mí se me escapa. El único tipo con el que me he involucrado fue Drew Waldrup y no llegamos demasiado lejos. Aquella experiencia desastrosa no me hizo ganar confianza; al contrario, acabé muerta de vergüenza.

Pero al menos me llevé un trofeo.

Sé que estoy siendo ridícula. Perder la virginidad no hace que una chica sea más mujer que una virgen. Solo significa que tu himen está roto. Hurra.

Vuelvo a ponerme la camiseta. No pienso nadar delante del novio de Honor con este aspecto y menos cuando Honor está espectacular.

Cuando llego a la sala de la piscina climatizada, los otros cuatro ya están en el agua. Voy con la mirada fija en el suelo porque no quiero establecer contacto visual con ninguno de ellos. No tengo nada claro que vaya a meterme en el agua, por lo que de momento me siento en la orilla, en la parte menos honda, y balanceo las piernas en el agua. Los observo nadar durante una media hora, sin hacer caso de las súplicas de Luck para que me una a ellos. Cuando me niego por tercera vez, se acerca a mí. Al llegar, me sonríe y apoya la espalda en la pared. Utah y Sagan están haciendo una carrera de punta a punta de la piscina y Honor se ha sentado en la orilla del extremo hondo y espera a que lleguen para declarar quién es el ganador.

—Tu hermana y tú son idénticas, ¿verdad? —Luck se da la vuelta para mirarme.

—Por fuera.

Alarga la mano y me jala la camiseta.

—Entonces ¿por qué escondes el traje de baño con esto?

—Me siento más cómoda tapada.

—¿Por qué?

Resoplo, exasperada.

—¿No te cansas de hacer preguntas?

Él señala hacia Honor.

—Si la gente la ve a ella, es como si te estuviera viendo a ti. Es lo mismo.

—Somos dos personas distintas. Y ella lleva bikini, yo no.

—¿Es una cuestión religiosa?

—No.

Solo hace medio día que lo conozco y está a punto de arrebatarles el puesto a Utah y a Honor en la lista de personas molestas.

Se inclina hacia mí para preguntarme susurrando:

—¿Es por Sagan? ¿Te sientes incómoda en su presencia?

—Yo no he dicho que me sintiera incómoda, sino que estoy más cómoda con la camiseta.

Luck ladea la cabeza.

—Merit, la diferencia de actitud entre tu hermana y tú es abismal. Estoy tratando de entender a qué se debe.

—No hay ninguna diferencia. Es solo que... ella es más extrovertida.

Él sale del agua levantándose a pulso y se sienta a mi lado en la orilla de la piscina. Utah también sale del agua, pero solo porque está sonando su teléfono. Responde a la llamada y sale de la piscina cubierta.

Honor y Sagan siguen en la parte honda de la piscina. Él parece estar ayudándola a hacer el muerto, con las manos en su espalda debajo del agua. Él se ríe mientras le explica cómo debe hacerlo. Siento que los celos me queman la garganta, pero trato de tragármelos.

—Eres demasiado transparente.

—¿Qué?

Luck los señala con la cabeza.

—Tu manera de mirarlos. No los mires así.

Me avergüenza que se haya dado cuenta, aunque no tengo ninguna intención de admitirlo, así que cambio de tema.

—¿Por qué te odia tanto Victoria?

Es la primera vez que su expresión se vuelve triste. O tal vez sea arrepentimiento lo que veo. Da una patada que levanta agua a bastante altura.

—Nuestro padre apenas estuvo presente ni en la vida de Victoria ni en la mía. Cuando mi madre empezó a tener problemas para controlarme, pensó que me vendría bien pasar una temporada con Victoria, así que fui a vivir con ella. Yo estaba a punto de cumplir quince años y no tardé ni una semana en decepcionarla. Robé todas sus joyas y las empeñé.

Espero a que siga hablando, pero al ver que no lo hace, le pregunto:

—¿Eso es todo? ¿Le robaste unas joyas cuando eras un niño y por eso te echó de casa y lleva cinco años sin hablarte?

Él ladea el cuerpo a un lado y al otro antes de contestar:

—Bueeeno, es que eran unas joyas muy especiales para ella. Al parecer, habían pasado de generación en generación en la familia de su madre y tenían un gran valor para ella. Y cuando me lo echó en cara, respondí como lo que era: un adolescente maleducado e insensible que se había enganchado a los porros. Tuvimos una discusión muy fuerte y me marché para siempre.

—¿No volviste a hablar con ella después de aquello?

—No, tampoco es que tuviéramos mucha relación antes.

—¿Por qué te ha perdonado hoy?

—Le he dicho que mi madre había muerto y que no tenía adónde ir. —Hace una pausa—. Además, localicé una de las joyas, un anillo. Se lo he devuelto y me he disculpado. Ha sido una disculpa sincera, me arrepiento de lo que hice. Creo que en realidad lo único que Victoria necesitaba era que le pidiera perdón.

Qué curioso que Victoria necesite que la gente le pida disculpas teniendo en cuenta que ella nunca nos ha pedido perdón por destrozar nuestra familia.

—Y ahora, ¿qué?

—Supongo que ahora pasaré una temporada conociendo a mis sobrinos y sobrinas.

—No nos llames así; suena muy raro.

—¿Por qué te parece raro?

—No lo sé, pero me costaría mucho verte como a un tío.

—¿Te resulto atractivo?

Hago una mueca y me estremezco un poco. Luck es guapo, y mentiría si dijera que no es lo primero que he pensado al conocerlo, pero eso ha sido antes de descubrir que era el hermano de Victoria. O medio hermano, da igual. Ahora que lo sé, cualquier rastro de atracción ha desaparecido. No me veo capaz de coquetear con él.

—Tampoco te emociones.

Él se echa a reír y se señala de arriba abajo.

—No te creas que es tan fácil.

Vuelvo a observar a Honor y a su novio. Están los dos haciendo el muerto y se dan la mano. Me pregunto si habrá diferencias entre las dos en las cosas sencillas como darse la mano. ¿Le daría yo la mano a Sagan de la misma manera? ¿Besamos igual? ¿Notó Sagan que el beso que nos dimos en la fuente era distinto a los que se había dado con ella? ¿Alguna vez se confunde al mirarnos?

—¿Puedes distinguirnos? —le pregunto a Luck.

Él niega con la cabeza.

—La verdad es que no, pero son tan distintas que probablemente no tarde en hacerlo.

—¿Cómo sabes que somos distintas? Solo hace unas horas que nos conoces.

—Se nota. Emiten unas vibraciones muy diferentes. No sé, es difícil de explicar. Tú pareces... más seria que ella.

—Quieres decir que ella te parece más divertida que yo.

Él me mira fijamente.

—No he dicho eso, Merit.

—Bueno lo sé, pero eso es lo que piensa todo el mundo. Yo soy la gemela callada y disgustada. Ella es la sociable, la divertida.

—No las conozco lo suficiente como para poder decir si estoy de acuerdo o no.

—Ya, pues no tardarás demasiado, y entonces Honor será tu favorita y preferirás estar con ella, con Sagan y Utah, y se harán amigos los cuatro.

Él me empuja con el hombro.

—Deja de hacer eso, no es nada atractivo.

Su comentario me hace reír.

—Mejor, no tienes que sentirte atraído por tu sobrina.

—Como sigas echándote mierda encima, no tendrás que preocuparte por eso. —Se voltea hacia Honor—. Tienen unos nombres muy raros, ¿no?

—Dice el tipo llamado Luck. ¿Cómo se le ocurrió a tu madre? ¿Te vestía con pijamas de herraduras o de tréboles de cuatro hojas? —En cuanto acabo de decirlo, me doy cuenta de mi falta de tacto. Probablemente siga de luto por su madre fallecida—. Perdón, eso ha sido muy insensible por mi parte.

—No te preocupes, era una persona horrible. Llevaba años sin verla.

—Pensaba que vivías con ella... y que habías venido aquí porque había muerto.

—No, eso es lo que le he contado a Victoria, pero no he tenido domicilio fijo desde que Victoria me echó de su casa. Fui a Canadá en autobús y estuve un tiempo en casa de un amigo. Luego conseguí una identificación falsa y entré a trabajar en un crucero. Así he pasado los últimos cinco años.

—¿Has estado trabajando en cruceros?

Él asiente con la cabeza.

—De momento he estado en treinta y seis países.

—Eso explica lo de tu acento cambiante.

—Tal vez. Me gusta reinventarme en cada crucero. El trabajo acaba siendo rutinario, por eso me invento una personalidad nueva cada vez que zarpamos. Tengo dominados una quincena de acentos. He pasado tanto tiempo haciéndolo que a veces se me mezclan sin querer.

Me giro hacia él y lo miro mientras él contempla el agua.

—Eres... interesante.

Él endereza la espalda y se da una palmada en las rodillas.

—Es un modo de decirlo. —Se levanta—. Vuelvo en un rato.

Agarra una toalla y se aleja sin dar más explicaciones.

Lo observo hasta que sale de la sala climatizada y cierra la puerta. Al darme la vuelta, veo que Sagan es el único que sigue en la piscina y que viene nadando directo hacia mí. Trato de fijar la vista en otra parte, pero solo consigo sentirme aún más incómoda, por lo que me obligo a sostenerle la mirada y a no escuchar el repentino martilleo caótico de mi corazón.

—¿Por qué no te metes? —me pregunta.

—Estaba hablando con Luck.

De pronto, me siento expuesta fuera del agua. Salto a la piscina y me quedo unos instantes en el fondo antes de volver a la superficie. Me aparto el pelo de la cara y, al abrir los ojos, veo que Honor se marcha también.

Me volteo hacia él y le pregunto:

—¿Adónde va?

—A mear.

Se acerca a la pared de la piscina y se sienta. Al estar en la parte menos honda, los hombros le quedan fuera del agua. Me siento a su lado para no tener que mirarlo. A mí el agua me llega por el mentón. El silencio del recinto contrasta con la animación de hace unos minutos. Sin embargo, la calma no me tranquiliza, solo logra que el pulso se me acelere más aún, por lo que me fuerzo a romper el silencio.

—¿Cuál es tu historia?

Él se voltea a mirarme. Tiene gotas de agua en los labios, que se caen cuando sonríe.

—¿Podrías concretar un poco?

Trago saliva con dificultad.

—¿Por qué te has mudado a vivir con nosotros?

—¿Te molesta que viva en su casa?

Me encojo de hombros.

—Honor solo tiene diecisiete años, creo que es un poco pronto para que traiga a su novio a vivir a casa.

—No soy su novio.

Lo dice como si le pareciera bien que mi hermana no quiera una relación exclusiva con él.

—¿No estás lo bastante muerto como para que quiera hacerlo oficial?

A él no le hace gracia; ya sabía que no lo haría, ha sido un golpe bajo. Cuando vuelve a apoyar la espalda en la pared, me alegro. Me resulta mucho más fácil hablar con él cuando no lo tengo enfrente. Sigo sin poder soportar el silencio. Me hace sentir tan incómoda que me sorprendo al desear que vuelvan Utah y Honor. Intento sacar un tema de conversación que no me recuerde que lo hace con Honor todos los días.

—¿Por qué te llamaron Sagan? ¿Tus padres eran fans del astrónomo?

Esta vez, cuando me mira, lo hace con los ojos más abiertos.

—Me sorprende que sepas quién es Carl Sagan, pero no, no me pusieron el nombre en su honor, aunque no me habría importado. Sagan era el apellido de soltera de mi madre.

Levanto los brazos y creo olas que se alejan de mí.

—No sé mucho sobre Carl Sagan, pero mi padre solía tener uno de sus libros en la mesita del salón. *Cosmos*. Lo hojeaba de tanto en tanto cuando era pequeña.

—Yo me he leído todos sus libros, me parece una persona fascinante, pero tal vez me falta imparcialidad por eso de que compartimos nombre. —Desaparece bajo el agua y, cuando vuelve a salir, se alisa el pelo hacia atrás—. ¿Cuál es tu segundo nombre, Merit?

—No tengo. Nuestros padres pensaban que solo iban a tener una hija y que la llamarían Honor Merit Voss, pero fuimos dos, así que nos dieron un nombre a cada una y no se molestaron en buscar más.

Sagan ladea la cabeza y me observa con curiosidad.

—¿Qué pasa?

A él se le escapa una sonrisa.

—Tienes un lunar café en el ojo derecho. Honor no la tiene.

Me sorprende que se haya fijado, muy poca gente lo hace. De hecho, creo que es la primera vez que alguien me lo hace notar. Es muy observador y eso me hace darle vueltas al dibujo que encontré en su libreta. ¿Qué lo llevaría a dibujarnos a Honor y a mí apuñalándonos por la espalda? Me sumerjo bajo el agua porque empiezo a tener frío. Cuando regreso a la superficie, me abrazo y lo miro a los ojos, pero no se me ocurre nada que decirle. O quizá es que tengo tantas cosas que decirle que no sé por dónde empezar.

Sagan parece darme las gracias con la sonrisa. Alza la mano y me aparta algún mechón de pelo mojado que se me ha pegado a la mejilla.

—Nunca me habías dicho tantas palabras seguidas —comenta como si nada.

Aunque retira los dedos enseguida, sigo notándolos sobre mi piel, igual que su mirada y que el escalofrío que me ha recorrido el brazo cuando me ha rozado la mejilla.

Asiento, un poco cohibida por su comentario.

—No soy muy habladora.

—Ya me he dado cuenta.

Me asaltan dos sensaciones al mismo tiempo. Por un lado, el peso de la atracción que me despierta, que es como un ancla que tratara de hundirme bajo el agua. Y, por otro, siento que debo defender a mi hermana. Si yo tuviera un novio que le tocara la mejilla a Honor como acaba de hacer Sagan con la mía, no me parecería correcto.

Un ser humano no puede luchar contra la atracción que le despierta otra persona, pero sí puede controlar su reacción a esa atracción. Y apartarme el pelo de la cara mirándome como me ha mirado es una reacción que él debería haber evitado. Y hablo con conocimiento de causa, porque desde que descubrí que era el novio de Honor he luchado con todas mis fuerzas contra esa atracción, por respeto hacia mi hermana. Él, en cambio, no parece estar luchando demasiado, porque me mira como si quisiera sumergirme bajo el agua y traspasarme todo el aire que tiene en los pulmones.

Echo un vistazo por encima del hombro hacia la puerta, esperando que alguien regrese, me sirve cualquiera. A estas alturas agradecería incluso la presencia de Utah, porque siento que me falta el aire cuando estoy a solas con Sagan.

Vuelvo a mirar hacia el otro extremo de la piscina y me obligo a preguntarle más cosas. Tal vez descubra algo terrible sobre él que me ayude a dejar de sentir lo que siento.

—Al final no me has dicho por qué te mudaste a vivir con nosotros.

Él fuerza una sonrisa tensa, con los labios apretados.

—Es una historia bastante deprimente.

—Vaya, ahora tengo más ganas de oírla.

Él entrecierra los ojos como si quisiera asegurarse de que soy de fiar, pero acaba dándome una versión resumida.

—Mi situación familiar es un poco complicada ahora mismo.

Al ver que no añade nada más, insisto.

—¿Más que la nuestra?

—Tu familia no está tan mal.

Sí, claro. Cómo se nota que él no está en casa por obligación.

—Sí, bueno, lo que tú digas, pero a mí no me parece que sea una familia de la que ir presumiendo por ahí.

Su expresión no deja traslucir nada. Me contempla con la calma del agua que nos rodea. Cuando nuestras rodillas se rozan, me estremezco de arriba abajo. Noto que a él le pasa lo mismo porque se le eriza la piel de los brazos mientras me observa los labios. Igual que el día en que me confundió con Honor y su beso despertó a la vida a este monstruo en mi interior. Necesito que se aparte de mí. Unos metros. No, mejor unos cuantos kilómetros. O que se abalance sobre mí de una vez.

Igual que se está abalanzando sobre el teléfono.

Hace un segundo estaba aquí y ahora está allí.

Ha salido de la piscina de un salto en cuanto ha oído sonar el celular. No conozco a nadie que se ponga tan nervioso como él cuando lo llaman. Me gustaría descubrir por qué se pone así, aunque también espero no descubrirlo nunca, porque para eso sería necesario mantener otra conversación.

Sagan atiende la llamada mientras sale del recinto. Me he quedado sola y ahora la piscina me parece un lugar tétrico, por lo que salgo del agua de un salto y me tapo con la última toalla disponible. Agarro la llave magnética y el resto de mis cosas y me dirijo al baño para cambiarme.

Honor vuelve a tener el maquillaje impecable y se está cepillando el pelo. Se ha quitado el bikini y ya está vestida.

—¿Todo el mundo está listo para irse?

—Más que listos —respondo mientras entro en un cubículo.

—Estaré en la camioneta —se despide.

Yo me cambio de ropa, pero no me molesto en peinarme ni en maquillarme. El aspecto no es tan importante para mí como lo es para ella.

Cuando llego al mostrador para devolver la tarjeta, veo que Sagan está en el vestíbulo hablando por teléfono. Honor le da su ropa seca y él le agradece con una sonrisa antes de dirigirse a los baños. Honor y Utah salen del hotel y una vez más... vuelvo a quedarme sola, porque la encargada de la recepción no aparece.

—Angela —la llamo.

Voy dando golpecitos en el mostrador con la tarjeta para llamar su atención, porque no sé si debería dejar la tarjeta y marcharme o esperar para devolvérsela en mano.

—Ya va.

Su voz suena muy alegre, tal vez demasiado. Cuando se abre la puerta del despacho, Angela pasa por el hueco y se peina el pelo con los dedos mientras sonríe, tal vez demasiado.

—Te devuelvo esto.

Deslizo la tarjeta sobre el mostrador y estoy a punto de dirigirme a la salida, pero me detengo cuando la puerta por la que ha salido Angela se abre un poco más y aparece Luck. No se ha cambiado, todavía viste el traje de baño. Busco a Angela con la mirada, pero ella aparta la vista y se faja la camisa por dentro de la falda.

Miro a Luck, pero no le digo nada porque él se me adelanta.

—¿Está ya todo el mundo listo? —me pregunta tan tranquilo, como si no acabara de interrumpir lo que sea que estuviera ocurriendo en aquel cuartito.

Asiento con la cabeza y me dirijo a la salida en silencio porque me ha dejado sin palabras.

¿En serio acaba de pasar lo que pienso que ha pasado?

Hace un cuarto de hora Luck estaba charlando conmigo y de pronto se ha levantado y se ha ido. ¿Cómo ha acabado relacionándose con una chica a la que ni siquiera conocía en tan poco tiempo?

Estoy molesta y ni siquiera sé por qué. No podría importarme menos con quién se acuesta Luck; ni siquiera lo conozco. Lo que me enoja es lo poco que sé yo de sexo. Estoy tan verde que no me entra en la cabeza que alguien pueda hacerlo con un desconocido. Para mí el sexo es algo prodigioso, algo a lo que debería llegarse después de varios meses, no en un cuarto de hora.

Cuando llego a la camioneta, la puerta está abierta. Honor está sentada en uno de los asientos de la segunda fila, por lo que le dejo el otro a Sagan y me siento en la fila de atrás. A estas alturas, creo que no quiero sentarme al lado de nadie.

Sagan sale del hotel y elige el asiento del copiloto.

—¿Dónde está Luck? —pregunta Honor.

—Se está cambiando —responde Sagan.

—Lo han entretenido —añado—. Estaba ocupado tirándose a Angela en la oficina.

Honor gira la cabeza hacia atrás, con los ojos muy abiertos.

—¿Qué dices? ¡Pero si está saliendo con Russell!

Me importa muy poco, la verdad.

—Ah, ¿sí? —interviene Utah—. Es el hermano mayor de Shannon, ¿no?

Honor se sienta mirando hacia delante.

—Llevan unos dos años saliendo, ¡no puedo creer que le haga eso!

Por sus palabras, uno podría pensar que está disgustada por la posibilidad de que Angela engañe a su novio, pero su tono de voz la delata. Está entusiasmada, siempre le ha gustado el chisme, es una de las muchas cosas que tiene en común con Utah.

Al fin aparece Luck, que se va poniendo la camiseta mientras camina hacia nosotros. En cuanto cierra la puerta de la camioneta, Honor no pierde el tiempo.

—¿Es verdad que acabas de coger con Angela?

Luck se da la vuelta hacia mí.

—¿En serio, Merit?

Ahora me siento culpable por haberle contado. Parece que me ha faltado tiempo para ir compartiendo chismes, pero en realidad le he contado porque... No lo sé. ¿Por qué le he contado?

Luck se voltea hacia delante.

—No voy hablando de mis conquistas por ahí.

—Tiene novio —le informa Honor.

—Estupendo —replica Luck, como si no pudiera importarle menos.

—Nos vas a complicar la vida todavía más —insiste Honor.

—¿Qué se supone que quieres decir con eso?

—La familia Voss tiene una reputación terrible en el pueblo por culpa de nuestro padre y Victoria. Y ahora vienes tú y resulta que eres un semental.

Luck se echa a reír.

—¿Es que nadie coge en este pueblo?

—Claro que sí —salto yo—, pero normalmente el proceso de selección y valoración dura más de un minuto.

—Sí, bueno. Me temo que no le doy al sexo la misma importancia que ustedes.

—¿Y qué pasa si ha significado algo más para Angela?

Luck se gira hacia Honor, que es quien le ha hecho la pregunta.

—No sufras por eso, para ella tampoco ha significado nada.

—¿No le has dejado un recuerdo imborrable? No sé en qué lugar te deja eso —replico burlona.

Él se da la vuelta y me mira fijamente, abrazado al respaldo.

—Hablando de sexo... —me interpela desafiándome con la mirada—. ¿Te has acostado alguna vez con ese chico que te gusta? ¿Cómo has dicho que se llamaba?

Niego con la cabeza, rogándole en silencio que no siga por ahí, pero veo que lo he hecho enojar con mis comentarios. No me extrañaría que nombrara a Sagan para vengarse de mi indiscreción.

—Estás roja como un tomate —me reta, con los ojos entrecerrados—. ¿Qué pasa, Merit? No me digas que eres virgen.

Probablemente sea la única virgen del grupo. Es triste, ya lo sé, pero no tengo ninguna intención de hablar sobre el tema.

—¿Lo eres? —me presiona Luck.

—Ya basta —ordena Sagan desde la primera fila. Me sorprende lo autoritaria que suena su voz.

Luck alza una ceja y voltea lentamente hacia delante. Cuando Sagan mira por el retrovisor, nuestros ojos se encuentran. No tengo ni idea de qué está pasando por su cabeza, pero no parece ser nada bueno. Mantiene el contacto visual unos segundos antes de apartar la vista. Yo cierro los ojos y apoyo la frente en el respaldo del asiento de Luck.

No debería haber venido esta noche. Por eso nunca salgo con ellos, porque nunca acaba bien.

7

Aunque el día de hoy tiene las mismas horas que todos los demás, me parece el doble de largo.

Cuando llegamos a casa después de la piscina, pasaban unos minutos de las diez. Sagan fue el primero en ducharse y luego lo siguió Honor. Utah tiene baño en su dormitorio, así que Luck y él se turnaron para usar su regadera. Cuando me tocó a mí, ya no quedaba agua caliente. Ni siquiera me he podido lavar el pelo, pero me da igual. Ya me ducharé mañana, cuando se hayan marchado todos.

He rescatado del cajón el dibujo que me ha hecho Sagan esta mañana y lo he colgado en la pared, al lado de mi cama. He decidido que quiero poder mirarlo todo el rato. Lo contemplo desde el suelo, donde me he sentado, con la espalda apoyada en la pared que separa mi dormitorio del de Honor. Sagan y ella han empezado a discutir y no quiero perderme ni una palabra. No lo consigo porque Sagan mantiene el tono bajo y calmado; es Honor la que levanta la voz.

—¡Ya lo sabías cuando nos conocimos! —grita, y

cuando él replica algo en tono inaudible, añade—: ¡Parece que esté hablando con mi padre!

Él dice algo más y ella pierde los nervios del todo.

—¡No lo soy! —chilla—. ¡Lo conocí a él antes que a ti, así que no te atrevas a hacerme sentir culpable!

Oh.

Eso suena mal.

Segundos más tarde, oigo un portazo en la habitación de Honor, seguido de otro en el cuarto de Sagan. Luego alguien llama a mi puerta.

Me levanto de un brinco porque probablemente sea Honor y ya solo me faltaría que me encontrara pegada a su pared, espiando.

Al abrir la puerta, veo que no se trata de Honor, sino de Luck.

—Oh, hola.

—¿Puedo pasar?

Cuando abro un poco más, Luck entra y le echa un repaso a mi habitación, mientras yo le doy un repaso a él. Lleva unos pants color azul marino y calcetines disparejos. Va sin camiseta, pero se ha puesto una bufanda.

—¿Y esa bufanda?

—Hace frío en mi habitación.

—¿Por qué no te pones una camiseta?

—Porque las he echado todas a lavar.

Su tono de voz es serio, como si llevar una bufanda sin nada debajo fuera lo más normal del mundo. Se acerca a mi cama, se deja caer sobre ella boca abajo y apoya la cabeza en la mano.

—¿Estás enojada conmigo?

Me siento en la cama y me recuesto contra la cabecera.

—¿Enojada contigo? No, ¿por qué?

Se acuesta de espaldas y al ver el boceto que he colgado alarga la mano y lo toca.

—No todo el mundo aprecia mi compañía.

Me echo a reír.

—Pues has llegado al lugar perfecto; podríamos montar un club.

Él sigue trazando el dibujo con el dedo.

—¿Es de Sagan? ¿Lo ha hecho para ti?

—Sí.

No sé por qué me siento un poco culpable al responder. Tal vez porque Sagan no debería ir dibujando bocetos para la hermana de su novia. Sé que ha sido un gesto inocente por su parte, pero mi reacción a su gesto no lo ha sido en absoluto. Su detalle ha hecho que me guste aún más que antes.

—Ya entiendo lo que ves en él —comenta Luck, y se pone de lado—. ¿Coquetea contigo?

—No —respondo, drástica—. A él le gusta Honor; dudo que sepa ni que existo.

—¿Estás ciega? ¿No estabas en el coche cuando te ha defendido?

—No me ha defendido. Solo quería que dejáramos de hablar de sexo.

Luck niega con la cabeza.

—Se ha puesto a la defensiva cuando te he preguntado si eras virgen. Sospecho que tus sentimientos pueden ser correspondidos.

Luck no sabe de lo que está hablando. No lleva aquí ni un día.

—No me estaba defendiendo.

—De acuerdo. ¿Me prestas una camiseta?

—Busca en mi armario.

Luck se arrastra por la cama y se acerca al ropero. Tras curiosear un poco, me dice:

—No me extraña que sigas siendo virgen. ¿No tienes nada más que camisetas? ¡Qué aburrida!

Decido no sentirme ofendida por sus palabras.

—Probablemente no, me gustan las camisetas.

Él descuelga una de mis favoritas y se la pone. Es una de color lila con el texto: «Pregúntame por mi camiseta lila».

Luck, que se ha dejado la bufanda puesta, vuelve a la cama, pero esta vez se sienta a mi lado.

—No te he dicho que fuera virgen —puntualizo.

Él apoya el mentón en el hombro y me dirige una sonrisa irónica.

—Ni falta que hace. Estás incomodísima cada vez que pronuncio la palabra.

Lo miro, exasperada.

—¿Eres un experto en el tema? ¿Con cuántas personas te has acostado?

—Con cuarenta y dos.

—Te lo pregunto en serio, Luck.

—Y yo te respondo en serio.

—¿Has cogido cuarenta y dos veces?

Él niega con la cabeza.

—No. Me has preguntado con cuánta gente me he

acostado. La respuesta a eso es cuarenta y dos, pero he cogido trescientas treinta y dos veces.

Se me escapa la risa.

—¡Vamos!

—Tengo pruebas. ¿Quieres verlas?

—Sí, por favor.

Esta vez se levanta de la cama de un salto y sale de la habitación. Aprovecho su ausencia para intentar imaginarme lo que debe de ser acostarse con tanta gente. ¿Y cómo lo hará para recordar el número exacto de veces?

Cada vez me parece un tipo más raro.

Cuando regresa, cierra la puerta y vuelve a sentarse en el mismo sitio. Ha traído una libreta, pequeña y gastada.

—Llevo la cuenta.

Cuando abre la primera página, veo que es un listado. En la parte izquierda de la página hay iniciales; en el centro, la localización, y las fechas las anota en el extremo derecho. Le arrebato la libreta y empiezo a hojearla.

> P. K., *cabinas de los tripulantes*, 7 *de noviembre de* 2013
>
> A. V., *piscina de la cubierta*, 13 *de noviembre de* 2013
>
> A. V., *piscina de la cubierta*, 14 *de noviembre de* 2013
>
> B. N., *hotel en Ciudad del Cabo*, 1 *de diciembre de* 2013

Voy pasando páginas, llenas de encuentros de 2014, 2015 y 2016.

—¡Ay, Dios! Luck, estás enfermo.

Él me arrebata la libreta.

—No lo estoy.

Muevo la cabeza con incredulidad.

—¿Por qué llevas la cuenta de algo así?

Él se encoge de hombros.

—No lo sé. Me gusta el sexo. Me imaginé que algún día podría batir algún récord o que tal vez me gustaría escribir un libro sobre mis aventuras. Anotarlo me ayuda a recordarlo.

Vuelvo a quitarle la libreta y busco la última página escrita. Cómo no, ya ha anotado la cogida de hoy con Angela, aunque solo ha apuntado la letra A.

—No recuerdo el apellido —admite.

Agarro un bolígrafo de la mesita de noche y se lo doy.

—Es Capicci.

Él sonríe y añade la letra C junto a la A.

—Gracias.

Tras dejar la libreta y el bolígrafo en la cama, echa la cabeza hacia atrás.

—¿Has estado enamorado de alguna de ellas?

Él niega con la cabeza.

—Nunca de manera recíproca.

Suspiro.

—Te entiendo.

Tras unos instantes en silencio, se despide.

—Gracias por la camiseta, Merit. Me voy a acostar, mañana tengo que ir a buscar trabajo.

Es curioso, porque estaba disfrutando de su compañía.

—Espera.

Luck se detiene a medio levantarse y espera a que siga hablando, pero cuando se da cuenta de que me cuesta decir lo que quiero decir, vuelve a acomodarse contra el respaldo.

—¿Qué te ronda por la cabeza?

Lo suelto antes de poder cambiar de idea.

—¿Cómo fue tu primera vez?

Él se echa a reír.

—Horrible, al menos para ella; para mí no tanto.

—¿Sabía ella que era tu primera vez?

—No. Ni siquiera hablaba inglés. Se llamaba Inga. Yo era el nuevo de la tripulación, por lo que estaba muy solicitado. De principio a fin no debió de durar más de treinta segundos.

—Ay, Dios. Qué vergüenza.

Él se encoge de hombros.

—En aquel momento me lo pareció, pero a todo el mundo le pasa algo similar. La primera vez es la peor. A partir de ahí, fui mejorando. Además, tuve la oportunidad de compensárselo dos años más tarde, así que pude redimirme.

—¿Por qué crees que las primeras veces son las peores?

Él mira al techo, pensativo.

—No lo sé. Supongo que es por culpa de las expectativas. La sociedad le da mucha importancia a perder la virginidad, pero, en mi opinión, lo mejor es librarte de ella cuanto antes. A poder ser con alguien que no te importe demasiado para que la experiencia sea menos embarazosa. Así, cuando conozcas a alguien que te gusta de verdad, podrás acostarte con esa persona sin estar incómoda.

Curiosamente, me parece que lo que dice tiene sentido. Odio estar siempre preocupada por cómo será la primera vez, con quién será y cuántos años tendré. Odio preocuparme por si nunca llega a pasar. Temo llegar a vieja sin haber experimentado nunca el sexo ni el amor ni las relaciones. Yo no soy como Honor, no me enamoro con tanta facilidad. Ni siquiera tengo facilidad para coquetear. Y no me parezco en nada a Luck. Todavía no acabo de entender lo que ha pasado antes con Angela. No me entra en la cabeza que puedas conocer a una persona y minutos más tarde estés compartiendo una experiencia tan íntima con ella.

Tal vez por eso no lo entiendo, porque estoy dando por hecho que el sexo y la intimidad van de la mano.

—¿Alguna pregunta más?

Niego con la cabeza.

—No, creo que con esto tengo bastante para no pegar ojo en toda la noche.

Luck se ríe mientras se levanta. Antes de salir, se detiene frente al estante de los trofeos. Agarra el de primera posición en esgrima y me dirige una mirada desconfiada.

—¿Esgrima? —Deja el galardón en su sitio y lee las placas del resto de los trofeos antes de mirarme por encima del hombro con la ceja arqueada—. ¿Has ganado alguno de estos trofeos?

—Define *ganar* —respondo sonriente.

Luck sacude la cabeza.

—He conocido a mucha gente en mi vida, Merit, y es posible que tú seas la más rara de todos.

—Me viene de familia.

Mientras cierra la puerta, siento que el celular vibra bajo la almohada. Hablando de bichos raros, es un mensaje de mi madre.

Si estás despierta, ¿podrías bajarme
una rasuradora? Estoy
en la regadera y se me ha roto.

Exasperada, suelto el teléfono en la cama. ¿Por qué demonios se depila? ¡Nadie se va a enterar de si tiene pelos o no! ¡No se relaciona con nadie!

Agarro un rastrillo desechable del baño y se lo llevo al Cuarto Cuarto. Sigue en la regadera, por lo que entro en el diminuto baño y se lo paso por encima de la cortina.

—Gracias, cariño —me dice—. Ya que estás aquí, ¿te importaría llevarte los platos que están en el refrigerador?

—Claro.

Cierro el baño y encuentro los platos de varios días apilados sobre el refrigerador. Están limpios, a pesar de que no tiene fregadero; debe de haberlos lavado en el lavamanos.

Lo normal sería que echara de menos desesperadamente tener su propia cocina. No logro entender por qué sigue viviendo aquí. Podría mudarse a la casa que Utah está remodelando. Podría encerrarse en su habitación si quisiera y no salir de allí, pero al menos no estaría confinada en un sótano. La casa ha estado vacía desde que los últimos inquilinos se fueron hace seis meses. Vivir aquí abajo no puede ser sano para nadie, y menos para ella.

Mientras me dirijo a la escalera con los platos en la mano, veo el montón de pastillas que tiene en la mesita, junto al sofá. Siempre se ha medicado, al menos desde que tengo uso de razón, ya fuera medicamento para el cáncer, para el dolor de espalda, para la ansiedad... Me volteo hacia el baño para asegurarme de que la puerta sigue cerrada, dejo los platos en el sofá y agarro uno de los frascos de pastillas. Es el medicamento que toma para el dolor.

Me empiezan a temblar las manos cuando abro la tapa. Siempre me pasa cuando le robo alguna pastilla. Tengo miedo de que me sorprenda o de que se dé cuenta luego de que le falta medicamento. Aunque con tantos adolescentes como hay ahora mismo viviendo en Dollar Voss, le sería imposible señalar a un responsable.

Me vuelco algunas pastillas en la mano y me las guardo en el bolsillo. Vuelvo a dejar el frasco donde estaba y subo los platos a la cocina. Cuando llego a la habitación, las saco para contarlas. Hay ocho. Nunca había robado tantas de una sola vez. Prefiero hacerlo de manera más espaciada para que no se note tanto. Pero el frasco estaba casi lleno, así que a lo mejor no se da cuenta de que han desaparecido ocho de golpe.

Me dirijo al armario en busca del bote de pastillas que escondo en una de mis botas negras. Las guardo aquí desde que empecé a robarlas. A Honor mis botas le parecen horribles, así que no tengo que preocuparme por si un día las toma prestadas y descubre mi alijo. Abro el bote de Tylenol vacío que voy rellenando con las pastillas que robo y añado las ocho a las veinte que ya tenía.

No me he tomado ninguna. Para ser sincera, ni siquiera sé por qué las robo. No tengo ninguna intención de convertirme en una adicta a las pastillas como ella, por lo que creo que las robo por resentimiento, igual que hice con el trofeo de Drew Waldrup.

Normalmente no voy robando cosas por ahí. Las pocas

veces que lo he hecho ha sido para vengarme de alguien que me ha enfurecido. Una vez le tomé dos uniformes de hospital a Victoria, estampados con motivos de San Valentín. No tenía intención de ponérmelos, pero la certeza de que ella tampoco podría usarlos hizo que el robo mereciera la pena. Los doné a beneficencia y fingí no saber de qué hablaba cuando nos preguntó si habíamos visto sus uniformes rosas con corazones.

Aparte del trofeo de Drew Waldrup, los uniformes y las pastillas, nunca he robado nada más. Y no porque no quiera, ya que no puedo quitarme de la cabeza cómo sería quitarle el novio a Honor.

Dejo la bota en su sitio y cierro el armario. De camino a la cama, piso algo que no es la alfombra. Al bajar la vista, veo un papel en el suelo. Lo recojo y le doy la vuelta.

Supongo que la chica del dibujo soy yo, ya que Sagan lo ha colado bajo mi puerta y no bajo la de Honor. Me ha dibujado sentada en el fondo de una piscina. Llevo una cuerda atada a la cintura. En el otro extremo de la cuerda hay un bloque de hormigón flotando en la superficie. Le doy la vuelta y leo el título.

«Bajando por aire.»

Me siento en la cama sin dejar de observarlo. ¿Bajando por aire? ¿Qué demonios significa? ¿Por qué ha dibujado esto?

Sin darme tiempo a cambiar de idea, cruzo el pasillo y llamo a su puerta.

—Está abierto —responde.

Cuando abro la puerta, lo encuentro sentado en la cama con el cuaderno de bocetos en el regazo. Y cuando levanta la cara y me ve, se lleva la libreta al pecho.

—¿Qué significa esto? —Le muestro el dibujo.

Él me observa durante unos instantes y luego vuelve a centrar la atención en su nuevo boceto.

—A veces se me ocurren cosas y las dibujo.

—¡Me has dibujado ahogándome! ¿Se supone que tiene que hacerme sentir bien?

—No te he dibujado ahogándote.

—Y entonces, ¿qué es?

Él suspira y deja la libreta en la cama. Aparta la colcha y se levanta. No lleva camiseta y mi pobre mente no puede procesar nada más, ni siquiera el hecho de que se está acercando a mí. Tengo mil ideas dándome vueltas por la cabeza, pero, cuanto más se acerca, más revueltas están. Cuando llega a mi lado, me arrebata el dibujo, pero no rompe el contacto visual.

—Me gusta que te gusten mis dibujos, Merit. Hice este y pensé que te gustaría, no significa nada especial.

Lo deja sobre la cajonera y vuelve a sentarse en la cama. Recupera la libreta y sigue con lo que fuera que estuviera dibujando cuando lo he interrumpido.

Me siento avergonzada, pero me obligo a disimularlo. ¿Por qué me está haciendo sentir como si mi reacción fuera exagerada?

Me dirijo a la puerta, pero antes de llegar me doy la vuelta y recupero el dibujo. Cierro con un poco más de ímpetu del que pretendía, lo cual me hace sentir todavía más avergonzada.

Cuelgo el boceto junto al de esta mañana. No me gusta que me haya dibujado dos veces en un día, preferiría que me ignorara antes que ser el centro de su atención artística.

8

Esta mañana ni siquiera me he molestado en fingir que me preparaba para ir a clase. He oído a todo el mundo creando el caos habitual de la familia, pero me he quedado en la cama. Me extraña que Honor y Utah no le hayan dicho a mi padre que llevo dos semanas sin ir a clases. Me machacaron durante unos días, pero al darse cuenta de que no los escuchaba, me dejaron en paz. Nadie ha llamado a la puerta para interesarse por mí, ni siquiera mi padre.

Me pregunto si alguien se daría cuenta si me escapara de casa.

Supongo que sí, aunque no creo que se disgustaran al enterarse.

Busco el celular debajo de la almohada para ver qué hora es y veo que tengo un mensaje de mi padre, de hace una hora.

> Los Cowboys perdieron anoche.
> Te hago responsable de su derrota.
> Haz el favor de quitarle esa ropa
> al Cristo y quemarla en cuanto
> vuelvas del instituto.

Sé que trata de ser gracioso, pero que no se haya dado cuenta de que no voy al instituto invalida lo demás. Es como si no tuviéramos padres. Nuestra madre vive en el sótano, y nuestro padre, en su propio mundo. Nadie se entera de lo que le pasa a nadie por aquí.

Miro la hora, acaban de dar las doce. Me visto y asalto la cocina en busca de algo de comer. No hay nadie y he visto que la puerta de Luck está abierta, por lo que supongo que estará buscando trabajo como me dijo ayer.

Me como un sándwich y luego voy a la cochera por la escalera de mano. La próxima festividad es Acción de Gracias, pero no estoy de humor para disfrazar a Quesucristo. Con ayuda de la escalera, retiro la cinta adhesiva con la que enganché el trofeo a la muñeca de la estatua.

La puerta del sótano se abre de manera inesperada. Me imagino que será mi madre, que ha decidido salir, pero no lo es.

Es mi padre.

Cierra la puerta sin hacer ruido y se dirige a la cocina, donde se bebe una botella de agua entera. Se faja la camisa por dentro de los pantalones, agarra el saco que ha dejado en el respaldo de una de las sillas y se dirige a la puerta. Una vez fuera, cuando está a punto de cerrar la puerta, me ve al fin.

Es como si los dos hubiéramos visto un fantasma.

Se gira hacia el sótano y vuelve a mirarme.

¿Qué hacía en el sótano?

¿Por qué ha tenido que fajarse la camisa?

¿A qué viene esa expresión de culpabilidad?

No puedo moverme. Sostengo el trofeo de fútbol en

una mano y el sombrero en forma de queso en la otra. Mi padre sigue observándome, paralizado. Baja la vista a los pies y parece estar a punto de cerrar la puerta, pero en el último momento la vuelve a abrir y me mira.

—Merit —pronuncia mi nombre en tono tímido y arrepentido.

Yo no digo nada y él tampoco añade nada más. Tras titubear unos instantes, cierra la puerta y me deja a solas con Quesucristo.

Tardo unos segundos en reaccionar, demasiado sorprendida para bajar de la escalera. Cuando al fin lo hago, me dirijo al sofá, donde me siento con la mirada clavada en la puerta del sótano.

¿Acaba de acostarse con mi madre?

¿Y ella lo ha permitido?

No logro procesar lo que acaba de suceder. No soy capaz.

A la carrera, cruzo el Primer Cuarto y abro la puerta del Cuarto Cuarto. Bajo corriendo la escalera y cuando llego abajo me encuentro a mi madre sentada en la cama, subiéndose el cierre del vestido. Miro la cama deshecha y luego examino su aspecto: el pelo despeinado y las mejillas sonrosadas.

—¿Te has acostado con él?

Al oírme, mi madre muestra el mismo estupor que mi padre hace unos momentos.

—¿Perdona?

Señalo hacia la escalera.

—Acabo de verlo salir de aquí. Ni siquiera ha sido capaz de mirarme a los ojos.

Mi madre se sienta en la cama, perpleja.

—Merit, hay cosas que, a tu edad, aún no puedes entender.

Se me escapa la risa.

—La edad no tiene nada que ver con esto, madre. ¿En serio te acuestas con él sabiendo que duerme con Victoria todas las noches? ¿Es por eso por lo que te niegas a mudarte a otro sitio? ¿Piensas que la dejará y volverá contigo?

Ella se levanta y se dirige al baño. Se mira en el espejo y se limpia el rímel corrido.

—¿Por eso te arreglas todos los días? ¿Estás tratando de robárselo a Victoria?

Ella se voltea bruscamente y da un paso hacia mí.

—Soy tu madre y no voy a consentir que me faltes el respeto así.

Esto me hace gracia.

—¿En serio te consideras una madre?

Incapaz de mirarla a la cara, me doy la vuelta y subo la escalera. Cuando estoy a mitad de camino, me detengo y bajo dos escalones. Ella está al pie de la escalera, mirando hacia arriba.

—No has sido mi madre desde que tenía doce años. ¡Ni conmigo ni con ninguno de nosotros! Y ahora sé por qué. ¡Porque lo único que te importa es papá! —Acabo de subir los escalones que faltan. Ella me llama, pero no regreso. Justo antes de cerrar de un portazo, le grito—: ¡Lo único que te separa de ser la loca de los gatos son los gatos!

Vuelvo a mi habitación y pego otro portazo. Me desplomo en la cama y, al revisar los mensajes, veo que tengo dos, uno de papá y otro de Honor.

Papá:

Siento lo que has visto. Déjame hablar contigo antes de sacar conclusiones precipitadas.

Borrar.
Honor:

¿Podrías hacerte pasar por mí mañana?

Vaya, otra adúltera en potencia. De tal palo tal astilla.

¿Hacerme pasar por ti delante de quién? ¿De papá o de Sagan?

De los dos. Luego te doy más detalles, tengo que guardar el celular.

Dejo el teléfono bajo la almohada. Siento curiosidad por saber qué le está ocultando a Sagan. Por lo que oí anoche mientras discutían, sospecho que tiene que ver con otro chico. Estoy segura de que alguno de sus amiguitos de internet está a punto de morir y quiere acompañarlo en sus últimos momentos de un modo que Sagan no aprueba.

A Dios pongo por testigo que mi familia es lo puto peor. No me extraña que tanta gente nos odie.

Me coloco de lado, mirando hacia la pared. Observo los dibujos de Sagan y repaso las líneas con el dedo. Voy por la tercera ronda cuando alguien llama a la puerta.

Antes de poder decir que está abierta, la puerta se abre y Luck aparece con el pelo de color negro azabache. Su amplia sonrisa solo consigue que me ponga de peor humor.

—¿Sabes qué?

—Pues no.

Se deja caer en la cama a mi lado.

—Tengo trabajo.

Vuelvo a clavar la mirada en la pared.

—Estupendo. ¿Dónde?

—¿Sabes dónde nos conocimos?

—¿Vas a trabajar en el Tractor Supply?

—No, pero sí en un local de esa misma calle. La cafetería. Soy mesero.

Aunque no tengo ganas de sonreír, lo hago, porque el puesto es perfecto para él.

—Cuando dices la cafetería, ¿te refieres al Starbucks?

—Sí, eso, Starbucks.

Me río porque me hace gracia que no recuerde el nombre del Starbucks. Pero es Luck, así que tiene sentido.

—¿Es por eso que ahora llevas el pelo negro? ¿Tenías una entrevista?

—Qué va. Quería teñírmelo de verde, pero me temo que me he dejado el tinte demasiado rato. Y, hablando de cosas negras, ¿por qué está tan oscura esta habitación? Esta lámpara es un insulto a Thomas Edison. —Mientras habla acaricia el cordón de la lamparita. Tira de él para apagarla y vuelve a encenderla.

—No hay ventana.

—Ya lo veo, pero ¿por qué?

Me acuesto de espaldas.

—Mi padre dividió todas las habitaciones en dos cuando nos mudamos y Honor se quedó con la parte que tiene ventana.

Luck arruga la nariz.

—Eso no es justo.

—Yo no quería ventana.

—Ah, pues entonces todos contentos. —Se desliza por la cama hasta que se queda acostado a mi lado—. ¿Qué haces en la cama todavía?

Siento la tentación de contarle lo que acaba de pasar entre mis padres, pero decido no hacerlo. Antes quiero hablar con mi padre, porque espero haberme equivocado en mis conclusiones. Confío en que valore su segundo matrimonio más de lo que valoró el primero. Me ayudaría poder pensar que ha aprendido algo tras haber destrozado nuestra familia, porque ahora mismo no tengo la sensación de que haya servido de nada. Para él, es más importante el sexo que sus esposas o que mantener a su familia unida.

—¿Realmente el sexo es para tanto? —le pregunto a Luck—. ¿Por qué la gente arriesga tantas cosas por él?

—Se lo estás preguntando a la persona equivocada. Creo que yo no lo valoro tanto como otras personas.

—Espero ser como tú.

No quiero que el sexo domine mi vida y mis decisiones como parece dominar las de mi padre. Y las de Victoria y mi madre. Quiero que sea algo insignificante para mí, para que no me controle. De hecho, me gustaría poder quitarme ya el tema de encima.

Me coloco de lado y apoyo la cabeza en la mano.

—¿Luck?

Él me dirige una mirada preocupada.

—¿Qué?

Trago saliva, nerviosa.

—¿Crees que nosotros... podríamos... tal vez...?

Él se echa a reír, pero yo me mantengo muy seria, aunque no soy capaz de terminar la pregunta. Al ver que no bromeo, se apoya en el codo.

—No, soy tu tío.

—Tiastro.

—Es lo mismo.

—No lo es. Eres mi tío político, no de sangre.

—No me conoces de nada.

—Te conozco más de lo que tú conocías a Ángela y lo hiciste con ella.

Él entrecierra los ojos.

—Eres virgen, Merit. No voy a acostarme contigo. —Se acuesta de espaldas, como dando la conversación por acabada.

No pienso rendirme.

—Fuiste tú quien dijo que la gente le da demasiada importancia a la virginidad. Yo solo quiero librarme de ella. ¿Qué más te da? El sexo no significa nada para ti, ¿no?

Él permanece en silencio durante un momento.

—¿Por qué? ¿Por qué yo? ¿Por qué ahora?

Me encojo de hombros y le devuelvo sus palabras de ayer:

—No soy del gusto de todos. Es la primera oportunidad que se me ha presentado de librarme de la virginidad.

Cuando me mira, veo en sus ojos que lo está pensando. No sé si es porque quiere ayudarme o porque es un tipo y pocos tipos dejarían pasar por alto una oportunidad como esta.

—No te gusto, ¿verdad? —me pregunta.

—¿En qué sentido?

—¿Te sientes atraída por mí?

Me planteo mentir por si eso lo ayuda a tomar una decisión, pero me ciño a la verdad. No quiero que piense que siento algo que no siento, por mucho que eso pudiera ayudarme a conseguir mi objetivo actual.

—No. Quiero decir, me pareces un chico atractivo, pero si te dijera que me siento atraída por ti, estaría mintiendo.

Tras mirarme fijamente unos instantes, me advierte:

—Merit, más te vale estar segura, porque para mí el sexo es solo sexo y lo que pase no me va a poder importar menos.

—No quiero que te importe, de eso se trata.

—Entonces, ¿es solo un medio para un fin?

Asiento con la cabeza.

—El fin de mi virginidad, en concreto.

Me observa con atención, como si estuviera esperando a que cambie de idea. Al ver que me mantengo firme, se encoge de hombros.

—Pues bien, voy a buscar un condón.

En cuanto se levanta de la cama de un salto, me acuesto de espaldas. Ha dicho «condón» con acento extranjero. Y si me ha llamado la atención es porque ya habla sin acento casi todo el rato. No me puedo creer que esté pensando en esto cuando acabo de pedirle a un chico que se acueste conmigo, un chico por el que ni siquiera me siento atraída.

¿Está pasando de verdad?

¿Quiero que pase?

Sí. Quiero quitármelo de encima, rápido, como quien se arranca un curita. No quiero que signifique nada en absoluto. Quiero que sea algo banal, que no afecte a mi modo de vivir, justo lo contrario de lo que les pasa a mis padres.

Cuando Luck regresa, cierra la puerta y echa el pasador.

—¿Te importa si apago la luz? —me pregunta.

—No, de hecho lo prefiero.

Tras apagar la luz, se mete en la cama y nos quitamos la ropa bajo las sábanas.

—¿Estás segura, Merit?

—Sip —respondo mientras me peleo con los jeans. El corazón me va cada vez más acelerado y la consciencia está intentando saltar los muros que he levantado a su alrededor, pero no paro hasta que me lo he quitado todo. Cuando estamos los dos desnudos bajo las sábanas, Luck se acerca a mí.

—Probablemente no te guste —me advierte. No sé por qué, su comentario me hace reír—. Lo digo en serio. —Me apoya la mano en la cadera—. Es posible que te duela.

—No pasa nada. No tengo las expectativas demasiado altas.

Él se acerca un poco más, sin apartar la mano de la cadera.

—¿Quieres que te bese?

Me quedo pensando unos momentos, pero no lo tengo

claro. ¿Es raro? Sí, por supuesto que es raro; todo esto es rarísimo.

—Lo dejo a tu elección.

Luck asiente y desliza la mano hacia mi cintura. Cuando llega al pecho, empiezo a sentir el peso de lo que está a punto de pasar, pero intento no dejar que me abrume demasiado.

Es solo sexo.

Puedo hacerlo.

Casi todos los adultos del mundo han pasado por esto.

Puedo hacerlo.

Me acuesta de espaldas con delicadeza y alarga la mano para agarrar el preservativo. Mientras se lo pone pasan unos treinta segundos que podría emplear en cambiar de idea, pero no lo hago. Luck se instala encima de mí, apoyándose en las manos que ha colocado a lado y lado de mi cabeza. Me aparta el pelo de la cara en un gesto que, curiosamente, me resulta muy dulce. Luego desliza la mano entre los dos y me separa las piernas.

Cierro los ojos y él apoya la frente sobre la almohada, a mi lado.

—¿Estás segura?

—Sí —susurro.

Mantengo los ojos cerrados y trato de no pensar que he tomado la decisión demasiado a la ligera. En realidad, no se me ocurre qué consecuencia negativa podría derivar de esto. Ya no tendré que preocuparme por perder la virginidad y Luck podrá añadir otra línea a su libreta. Todo son ventajas.

—Última oportunidad para cambiar de idea, Merit.

—¿Cuánto suele durar? —susurro.

Luck se ríe y noto el aire en mi oído.

—¿Ya quieres que acabe? ¿Tan mal la estás pasando?

—No es eso, es que... —Dejo de hablar porque lo único que logro es que el momento resulte aún más incómodo.

Cuando pienso que mi virginidad está a punto de quedar en el pasado para siempre, el teléfono se ilumina.

—Alguien te está llamando —me informa Luck.

Miro hacia la izquierda y busco el celular a tientas. Trato de apagarlo, pero la pantalla sigue iluminada. Luck me está observando desde arriba, pero hace una mueca y se aparta de encima de mí.

—No puedo —admite, acostado de espaldas.

—¿En serio? ¡Pero si estábamos a dos segundos de conseguirlo!

—Lo sé y lo siento, pero es que... cuando se ha iluminado el celular... has puesto una cara que me ha recordado a Moby.

Hago una mueca horrorizada.

—Se parece a Honor y a ti. Me da una mala sensación.

Me cubro con la sábana para taparme los pechos.

—Es asqueroso.

Él no lo desmiente.

—¿Estás bien?

—Sí —respondo, aunque mi voz no suena demasiado convincente.

Enciende la lámpara y se sienta en la cama. Yo aparto la vista mientras se quita el preservativo y se pone los pantalones.

—¿Estás enojada conmigo?

Supongo que ya es seguro mirar en su dirección. Tiene la camiseta en la mano y me está dirigiendo una mirada triste, arrepentida.

—No. Seguro que algún día encontraré a alguien con quien hacerlo —bromeo, o casi.

Trata de animarme con una sonrisa compungida.

—Sea quien sea la persona con la que te acuestes, seguro que será mejor de lo que habría sido esto, lo prometo.

Me echo a reír.

—Sí, estoy segura de que no puede ser mucho peor que esto.

Luck me muestra el dedo.

—Eh, normalmente soy espectacular en la cama y siempre llego al final. Lo de hoy ha sido una excepción.

Me gusta que sea capaz de bromear sobre el tema. Acabamos de vivir una de las experiencias más incómodas que dos personas pueden compartir, pero, por suerte, parece que nada ha cambiado entre nosotros.

Luck elige el peor momento posible para abrir la puerta. Sagan, que pasa por delante en ese momento, se detiene en seco. La mirada que cruzamos no dura más de dos segundos, pero me despierta más emociones de las que he sentido con Luck durante el último cuarto de hora. Se voltea hacia él un instante antes de mirarme de nuevo a mí. Aunque Luck se apresura a salir y cerrar la puerta, no es lo bastante rápido para evitarme el episodio más vergonzoso de mi vida.

Me cubro la cabeza con las mantas y deseo borrar los últimos diez segundos. No quería que mi familia se enterara de lo que ha estado a punto de pasar entre Luck y yo, pero Sagan menos todavía.

Mientras me doy la vuelta, noto que se me empiezan a llenar los ojos de lágrimas.

Los remordimientos me ahogan.

—Bajando por aire —susurro.

Han pasado varias horas desde que he estado a punto de perder la virginidad. Sigo siendo la misma, y tengo la sensación de que me sentiría igual aunque mi himen ya no estuviera intacto. Sé que no me sentiría más sexy, ni más sofisticada, ni me convertiría en alguien seguro de sí mismo de un instante para otro. Me siento un poco... decepcionada. Aún no entiendo por qué la gente arriesga tanto por el sexo.

Hasta ahora, lo único que me ha provocado ha sido humillación. Temo tanto el momento de reencontrarme con Sagan que no he salido de la habitación desde que pasó por delante de la puerta. Espero que no pensara lo peor, pero Luck salió de mi habitación sin camiseta y Sagan me vio en la cama, cubierta con la manta de un modo inconfundible. Era obvio que no llevaba nada debajo.

Lo que me avergüenza no es que pudiera haberme descubierto acostándome con alguien. A Sagan no debería importarle con quién me acuesto porque él no es mi novio; él sale con mi hermana. Lo que me avergüenza es que me viera con Luck. Tenemos un pariente en común. Es algo perturbador, y seguro que ahora Sagan piensa que soy un monstruo.

Luck se ha pasado por mi habitación a la hora de la cena y me ha preguntado si quería que me trajera alguna cosa de comer. Creía que él era el culpable de que no me atreviera a salir de la habitación, pero no tiene nada que ver con él. No me arrepiento de lo que casi ha ocurrido entre nosotros, de verdad, lo único que lamento es que Sagan nos haya visto.

Por muy avergonzada que me sienta, sé que esto no es nada comparado con lo que debe de estar sintiendo mi padre al saber que he descubierto que se sigue acostando con mamá. Estoy segura de que debe de estar aterrorizado por si decido contarle a Victoria..., o a cualquier otro miembro de la familia. Tan avergonzado tiene que estar que ni siquiera se ha pasado por mi habitación en todo el día. La única señal de vida que me ha dado ha sido su mensaje de mierda: «Siento lo que has visto. Déjame hablar contigo antes de sacar conclusiones precipitadas». O, en otras palabras, que agradecería que le diera la oportunidad de hacerme jurar que no le diré a nadie antes de que los demás se enteren de lo que se está cociendo por aquí.

Se esconden tantos secretos en esta casa... Y, sin embargo, el que debería haber contado hace años es el que guardo en el más absoluto silencio.

Y hablando de silencio, hace rato que no oigo a nadie rondando por la casa, por lo que supongo que se habrán acostado ya. Me muero de hambre, y seguro que a nadie se le ha ocurrido ponerle comida a Wolfgang. Voy a la cocina y me abro un plato de comida preparada. Mientras se calienta en el microondas, agarro una jarra de debajo del fregadero para llenarla de comida para perro.

Mientras la enjuago, mi padre tiene huevos para hablar conmigo. Lo he oído abrir la puerta de su habitación justo después de poner en marcha el microondas. Lo he oído entrar en la cocina mientras me agachaba por la jarra. He sentido cómo titubeaba a mi lado mientras la enjuagaba y ahora no puedo dirigirme a la puerta de atrás porque se interpone en mi camino.

—Tengo que darle de comer a Wolfgang —le digo en un tono que debería dejarle claro que no quiero hacer nada más aparte de eso. Y lo que menos quiero es hablar con él sobre sus infidelidades.

—Merit. —Me ruega con la mirada—. Tenemos que hablar de esto.

Lo rodeo y me acerco a la bolsa de croquetas.

—Ah, ¿sí? —Lleno la jarra de comida antes de voltearme hacia él—. ¿En serio quieres hablar del tema conmigo, papá? ¿Me vas a explicar al fin por qué engañaste a mamá cuando más te necesitaba? ¿Vas a explicarme al fin por qué pusiste a Victoria por delante de todos nosotros? ¿Te ves capaz de explicarme por qué estabas tirándote a mamá en el sótano mientras se suponía que estabas en el trabajo?

Alarmado, da un paso hacia mí y me pide que baje la voz.

—Por favor —susurra.

Tiene cara de pánico, como si temiera que Victoria pudiera oírnos. Qué gracia. Si no quiere que lo descubran, ¿por qué lo hace?

Asiento con la cabeza.

—Ya veo. No quieres hablar de lo patético que eres como esposo. Lo único que quieres es que te prometa que no le contaré a nadie.

—Merit, eso no es justo.

¿Justo? ¿Se va a poner a darme sermones sobre la justicia? Llevo varios años sin sentir respeto por él, pero hoy ha pulverizado el poco que quedaba.

—Tranquilo, papá. No le diré a nadie. Lo último que necesita esta familia es otra razón para odiarte.

Cuando suena el pitido del microondas, mi padre gira la cabeza en su dirección y yo aprovecho que hemos roto el contacto visual para salir al patio. Por suerte, mi padre no me sigue. Cruzo el patio y me acerco a la caseta de Wolfgang, que alza la cara hacia mí pero no se levanta. Ni siquiera la comida lo anima. ¿Estará deprimido? ¿Pueden deprimirse los perros? ¿Les hará efecto el Xanax para humanos? Porque si le ayudara, le daría unas cuantas pastillas de mi madre.

Cuando me siento cerca de la caseta, Wolfgang repta un poco hacia delante y apoya la cabeza en mi regazo. Al notar que me lame la mano, siento que es lo más dulce que han hecho por mí en todo el día. Al menos él me aprecia.

—No eres tan mal perro, ¿sabes?

Le rasco entre las orejas y él mueve un poco la cola. Bueno, no sé si la ha movido voluntariamente o si ha sido una especie de tic. Me da la sensación de que lleva tanto tiempo sin ser feliz que se le ha olvidado cómo le funciona la cola.

—Voy a buscarte agua.

Agarro el tazón vacío y me dirijo a la manguera que hay en la pared lateral de la casa. Mientras se llena, miro hacia la izquierda, hacia la ventana del dormitorio de Sagan. Hay una luz encendida, lo que supongo que significa que está dibujando. Me pregunto qué dibujará. Probablemente algún morboso retrato mío perdiendo la virginidad.

El agua rebosa y me moja los pies.

—¡Mierda!

Retrocedo, vacío un poco el tazón y suelto la manguera.

—¿Merit?

Me doy la vuelta, pero no hay nadie a mi espalda.

—Aquí. —Es la voz de Sagan, que proviene de su ventana. Ha descorrido la cortina y está apoyado en el marco. Lo único que nos separa es la mosquitera y unos cuantos centímetros—. ¿Qué haces?

—Le doy de comer a Wolfgang.

Me estoy peleando con la llave del agua, pero la presencia de Sagan me tiene tan alterada que no me fijo en el cable metálico que sujeta la tapa de la llave hasta que me hago un corte en la muñeca.

—¡Ay!

Doy un brinco. Al darle la vuelta al brazo, veo que me sale sangre del corte.

—¿Estás bien? —Se pega más a la mosquitera.

—Sí, me he cortado, pero no pasa nada, es un corte superficial.

—Te llevo un curita. —Deja caer la cortina y lo oigo caminar por su habitación.

Mierda, viene hacia aquí.

Cierro los ojos e inspiro hondo. Espero que no se me note que sigo muerta de vergüenza. Y espero que no se le ocurra hablar de lo de antes. No creo, no es asunto suyo.

Me limpio la muñeca en la camiseta y le llevo el agua a Wolfgang. Me siento en el mismo sitio de antes mientras se abre la puerta del patio. Es de noche, pero hay luna llena, y eso significa que tendré que establecer contacto visual con él, como si fuera una persona normal.

Wolfgang levanta la cabeza y gruñe cuando Sagan se acerca.

—No pasa nada, chico.

Mi caricia lo tranquiliza. Vuelve a apoyar la cabeza en mi regazo y suspira.

Cuando Sagan llega a nuestro lado, se agacha y me da el curita. Lo abro, agradecida porque no haya tratado de ponérmelo él, ya que se habría dado cuenta de que estoy temblando.

—Así que este es el infame Wolfgang, ¿eh?

Alarga la mano para acariciarlo y Wolfgang lo permite. Intento no pensar en que el perro tiene la cabeza apoyada en mi regazo, por lo que Sagan está tocando algo que está en mi regazo y... ¿cómo era eso de respirar? Se me ha olvidado.

—Bonito perro. —Sagan se sienta a mi lado, tan cerca que nuestras rodillas se rozan. El contacto hace que lo de respirar se vuelva aún más complicado, pero trato de disimular lo mejor que puedo. Sagan no ha apartado la mano—. ¿Siempre está tan desanimado?

Me encojo de hombros mientras me pongo el curita.

—Antes no; creo que está deprimido.

—¿Cuántos años tiene?

Pienso en la época en la que empezó la guerra entre mi padre y el reverendo Brian. Yo debía de tener ocho o nueve años.

—Debe de tener unos diez.

Sagan suspira al oírme.

—Tal vez no le quede mucho tiempo.

—¿Por qué dices eso? Los perros viven más de diez años, ¿no?

—Algunos sí, pero los labradores suelen vivir doce años de media.

—No se está muriendo; lo que pasa es que echa de menos a su dueño.

Sagan le acaricia la barriga.

—Mira, ¿notas esto? —Me toma la mano y hace que recorra el mismo camino que la suya hace un momento—. Tiene el vientre hinchado. A veces es un síntoma de que están a punto de morir. Y esa actitud tan letárgica...

Algo se me queda atascado en la garganta. Hago un ruido que empieza como un grito ahogado y acaba en tos. Me tapo la boca, pero no puedo evitar que los ojos se me llenen de lágrimas. ¿Por qué estoy triste, si me he pasado la vida odiando a este perro? ¿Qué más me da si se muere?

—Mañana llamaré a un veterinario —comenta Sagan—. No estará de más que le echen un vistazo.

—¿Crees que le duele algo? —pregunto con un hilo de voz. Al notar que se me escapa una lágrima, me la seco con discreción, o eso pienso, porque él se da cuenta y esboza una sonrisa.

—¿Quién lo iba a imaginar? Merit tiene un corazón escondido por ahí.

Le dirijo una mirada exasperada y acaricio a Wolfgang con las dos manos.

—¿Pensabas que no tenía corazón?

—La verdad es que a veces eres un poco insoportable.

No esperaba una respuesta tan honesta y su sinceridad me hace reír.

—¿Es esa tu manera de llamarme maldita?

Él niega con la cabeza.

—Nunca te diría algo así.

Bueno, no me lo diría, pero eso no significa que no lo piense. Lo que pasa es que Sagan no dice cosas desagradables en voz alta. Quizá en su casa recibió una buena educación, o tal vez sea un santo o algo parecido. O un ángel enviado a la Tierra para poner a prueba mis principios morales.

Wolfgang se da la vuelta y se acerca más a mí. Levanto la vista hacia Sagan, pero, cuando veo que me está mirando, vuelvo a bajarla hacia el perro. Una vez más recurro al truco de buscar algo negativo en él para que no me guste tanto.

—¿A qué eres alérgico?

Sagan ladea la cabeza.

—A nada. —Parece confuso—. ¿A qué viene esa pregunta?

—Anoche en la camioneta dijiste que habías tenido una reacción alérgica a algo que habías comido, y que así fue como conociste a Honor en el hospital.

Él asiente y sonríe.

—Ah, eso. —Tras una breve pausa, añade—: Mentí, por Honor.

¿Cómo no? Eso es lo que los buenos novios hacen por sus novias.

—¿En qué mentiste? ¿En lo de la reacción o en que eres alérgico a algo?

Sagan arranca una brizna de hierba y juguetea con ella.

—Conocí a tu hermana a través de un amigo. Fui a visitarlo al hospital. —Suelta la hierba—. Y estaba allí, de visita, cuando ella llegó.

Espero a que añada algo más, pero de nuevo aporta la mínima información. Me imagino que mintió sobre el motivo de que estuviera en el hospital porque se sentía culpable. No debe de querer que alguien sepa que su amigo moribundo le presentó a Honor, y que, al parecer, están saliendo con la misma chica.

Qué situación tan retorcida.

Supongo que por eso discutían el otro día en la habitación de Honor. Y supongo que eso explica también que Honor quiera visitar al amigo de Sagan sin que él se entere.

Curiosamente, me siento mejor que hace un rato. Ahora que sé que Honor se está viendo con los dos y que Sagan sale con ella mientras coquetea conmigo... siento que soy mejor persona que ellos, cuando hace un rato pensaba que era el peor ser humano del mundo.

—¿Qué pasó entre Honor y tú? —me pregunta—. Parece que hay un poco de hostilidad entre ustedes.

Me echo a reír.

—¿Un poco?

—¿Siempre se han llevado así?

La sonrisa se me congela en la cara. No puedo sostenerle la mirada, por lo que la bajo hacia Wolfgang.

—No, antes estábamos muy unidas. —Pienso en las veces que nos negábamos a irnos a dormir si no estábamos en la misma habitación. En las ocasiones en que nos intercambiábamos la ropa para engañar a nuestro padre. En cada vez que comentábamos la suerte que teníamos de ser gemelas—. ¿Y tú? ¿Tienes algún hermano o hermana?

Al volverme bruscamente hacia él, lo descubro mirándome con el ceño fruncido, pero su expresión cambia de la preocupación al estoicismo.

—Sí, una hermana.

—¿Cuántos años tiene?

—Siete.

Su cara ha perdido toda expresión. Tal vez no le gusta hablar de ella porque la echa de menos.

—¿La ves a menudo?

Esta debe de ser la fuente de conflicto con su familia, porque inspira hondo, se echa hacia atrás y se apoya en las manos.

—Pues no, no la he visto nunca.

Oh. Sin duda hay una historia aquí, pero su voz suena tan triste que no insisto. Enseguida se echa hacia delante y acaricia a Wolfgang, como si diera el tema por zanjado. Es obvio que no quiere profundizar respecto a su situación familiar. Me da mala impresión, porque me gustaría que sintiera que puede confiar en mí, pero está claro que no lo hace. Me pregunto si mantendrá este tipo de conversaciones con Honor.

Pensar en mi hermana es como un peso que me carga de culpabilidad. Me paso la mano por la boca y la dejo ahí, con el brazo apoyado en la rodilla.

—¿Has deseado alguna vez tener una familia distinta? ¿Una con la que poder comunicarte? —le pregunto.

—No te imaginas cuánto.

—Me encantaría tener una relación así con Honor y con Utah. No estamos nada unidos, y me temo que, cuando vayamos a la universidad, todavía lo estaremos menos. Ahora solo hablamos porque vivimos en la misma casa.

—No es demasiado tarde para cambiar las cosas.

Intento sonreír, pero no tengo fuerzas y no logro que resulte convincente. Sé que mi familia nunca va a cambiar.

—No sé qué decirte, Sagan. Mi familia carga con demasiado lastre emocional. Tengo la sensación de que esto es como una lotería. A veces tienes suerte y naces en una familia con la que te entiendes, pero otras... —Lucho por controlar una lágrima tan inesperada como vergonzosa—. Otras veces te encuentras atrapada en una familia que no hace más que cagarla y donde nadie se disculpa ni sufre las consecuencias.

Cuando logro contener las lágrimas, me giro hacia él y veo que me está dirigiendo una mirada compasiva. Hay algo en él que me hace sentir segura. Tal vez sea el modo en que escucha sin juzgar. Asiente para hacerme saber que me entiende, pero enseguida se encoge de hombros.

—No todos los errores deben tener consecuencias. A veces lo único que necesitan es perdón.

Aparto la vista con brusquedad, porque su comentario me ha robado el aire como un puñetazo en el estómago. Ojalá pudiera aplicar esa manera de pensar con mi familia, pero no estoy segura de tener tanta capacidad de perdón.

Sagan dobla una rodilla y apoya el mentón sobre ella mientras se abraza la pierna. Mira al frente, a ningún lugar en concreto.

—¿Merit?

Cierro los ojos con fuerza. No quiero mirarlo porque noto en su voz que está a punto de preguntarme algo a lo que no quiero responder.

—¿Qué? —susurro.

Cuando al fin me armo de valor para encararlo, siento el corazón hinchado o, mejor dicho, abotargado.

—¿Qué es lo que ha pasado antes, en tu habitación?

Rompo el contacto visual al instante. Por favor, que no se esté refiriendo a lo que ha visto desde el pasillo.

—¿Luck y tú...?

Sí, se está refiriendo justo a eso.

—¿Te has acostado con él?

Me sorprende que me lo haya preguntado tan abiertamente. Abro la boca, pero vuelvo a cerrarla porque me da demasiada vergüenza responder. Y también me da rabia. ¿Qué le importa a él? Él se está acostando con la novia de su amigo moribundo. ¿Por qué le interesa saber con quién me acuesto yo?

Le dirijo una mirada exasperada antes de levantarme del suelo.

—Esa pregunta es muy impertinente, sobre todo viniendo de ti.

Él parece un poco avergonzado, pero no se disculpa. Me observa en silencio mientras vuelvo a la casa. Voy directamente a mi habitación y cierro la puerta. Mientras echo el cerrojo, me acuerdo de la comida que se ha quedado en el microondas.

—Genial —murmuro.

No pienso volver a salir de la habitación, pero odio tener hambre; me pone de mal humor. Y si además estoy enojada, me pone de un humor de perros. Y así estoy, enojada y hambrienta. Y encima, como le he echado un vistazo al celular, voy a tener que leer todos los mensajes que me ha enviado mi hermana.

Me acuesto en la cama y deslizo el dedo por la pantalla hasta llegar al primer mensaje.

Bueno, lo de mañana. Voy a visitar
a mi amigo, Colby. Tengo que ir
a Dallas, por lo que no llegaré
hasta muy tarde.

Esta mañana le he prometido
a Sagan que no iría, y no quiero
que se entere.

Y papá tampoco. Si se entera,
se enojará tanto como Sagan.

Me molesta mucho que escriba cada frase en un mensaje distinto. ¿Por qué no lo envía todo junto?

Mañana Sagan sale de trabajar
pasadas las diez. Sobre las nueve le
escribiré diciéndole que estoy cansada
y que me voy a la cama, así que
por él no sufras.

Pero igual papá se da cuenta de que
no estoy. Si comenta algo, dile que no
me encontraba bien y que me he ido
a la cama. Y si quiere ir a ver cómo
estoy, dile que ya has ido tú
y que no necesito nada.

Dejaré la puerta cerrada
para que nadie pueda entrar
y ver que no estoy.

¿Te llegan mis mensajes?

¿Merit?

¿Me puedes hacer este favor?
Te deberé una.

Eso me hace reír. ¿En qué momento de mi aburrida vida voy a necesitar que me hagan un favor?

De acuerdo.

¡Gracias!

Una duda. ¿Por qué le haces esto
a Sagan?

¿Podrías no juzgarlo todo
por una vez en la vida?

Está bien. Pospondré el juicio
de tus indiscreciones hasta
pasado mañana.

Gracias.

Dejo el teléfono en la mesita. Apago la lámpara y mi habitación se sume en la oscuridad total. Sin ventanas ni luces que la iluminen desde fuera no veo nada. Es el primer momento de paz que he tenido en todo el día.

Me pregunto si la muerte será algo parecido a esto. Simplemente... la nada.

9

—Deberías ir a ver si Honor quiere comer algo antes de acostarte —dice mi padre.

Honor... Mi pobre hermana enferma y encerrada en su habitación toda la noche. Pobrecita.

—Ya le he llevado antes —miento.

Quito el tapón del fregadero y dejo que se vacíe el agua. Esta noche le tocaba a ella lavar los platos, pero no está aquí. Ya me debe otro favor.

—¿Se ha tomado alguna medicina?

Asiento con la cabeza.

—Sí, antes le he dado una justo después de que vomitara por todo el suelo del baño. —Si me pongo a mentir por ella, me pongo en serio—. No te preocupes, estuve media hora limpiando el estropicio. Había vómito por todas partes. Hasta eché a lavar las toallas.

Mi padre se cree todo.

—Muy amable de tu parte.

—Para eso están las hermanas.

Debería aflojar un poco o se va a notar que les estoy soltando una mentira tras otra.

—Espero que no sea contagioso —comenta Victoria—. Lo último que necesito ahora mismo es un virus. Tenemos auditoría oficial la semana que viene.

Siempre es agradable ver cómo se preocupa por mi hermana enferma.

—Buenas noches, Merit —me desea mi padre.

Veo que aún me mira con desconfianza. Al parecer sigue con miedo de que devele su terrible secreto.

—Buenas noches, papá. Te quiero.

Le dirijo una sonrisa que él no me devuelve. Sabe que lo estoy provocando o, como diría Sagan, que estoy siendo un poco insoportable.

Apago las luces de la cocina y me voy a duchar. Justo antes de entrar recibo un mensaje.

Es Honor.

¿Alguien sospecha?

Nop. Todo el mundo se ha ido
a la cama.

Uf, bien. Acabo de escribirle a Sagan
para decirle que me iba a dormir.
Gracias, te debo una.

Me debes dos. Esta noche te tocaba
a ti lavar los platos. De nada.

Lavaré los platos por ti
durante un mes.

Voy a hacer una
captura de pantalla
de esta conversación.

Me paso todo el rato que estoy en la regadera reviviendo la conversación de anoche con Sagan, una y otra vez. Todavía no me creo que tuviera el descaro de preguntarme por Luck. Aunque tal vez estoy confundiendo descaro con valentía. En cualquier caso, fue una impertinencia. Está saliendo con mi hermana, no conmigo. Debería preocuparle con quién se acuesta ella.

Cuando salgo de la regadera, las emociones de anoche han regresado con fuerza. Creo que estoy tan enojada porque me gustó que Sagan pareciera un poco celoso cuando me preguntó por Luck, y no quiero sentirme así. No quiero tener en mi vida a un tipo que ensanche la brecha entre Honor y yo, aunque Honor esté por ahí haciendo vete a saber qué ahora mismo.

Sagan debe de estar a punto de llegar, y si no estoy en mi habitación cuando lo haga, me veré obligada a mentirle.

Me preguntará por Honor, si sé cómo se encuentra, si ha comido. Tal vez incluso quiera pasar a verla, pero yo tendré que convencerlo de que no lo haga.

Me parece injusto que lo trate así. Sé que él tampoco es del todo inocente en esto, pero al menos él es sincero, mientras que ella está con su mejor amigo moribundo, Colby.

Honor es como mi padre... y supongo que también como mi madre.

Me dirijo al cuarto de lavado para sacar la pijama de la secadora. La vacío y rebusco entre la ropa hasta encontrar mi pijama. La de Honor también está. Las pongo una junto a la otra y las comparo.

Ya entiendo por qué ella es la gemela guapa, a pesar de ser idénticas: sus camisones y sus bikinis son más sexis. Y el pelo. Se lo trenza cada noche al salir de la regadera para que al día siguiente le quede ondulado. Yo no me tomo tantas molestias. Tampoco es que se note tanto o, al menos, eso es lo que me digo. Es verdad que le queda mejor que a mí, pero yo lo llevo recogido casi siempre, por lo que da igual lo que le haga por la noche.

Le echo otro vistazo a la pijama y me pregunto cómo sería llevar ropa como esa. Mi pijama son unos shorts de algodón y una camiseta que no va a juego con los pantalones. Ella duerme con un camisón de seda negra. No deja nada a la vista, pero igualmente es sexy. Me pregunto si pasará mejor noche la gente que se siente sexy mientras se duerme.

Pues lo voy a comprobar. Total, Honor no se va a enterar.

Me aseguro de que la puerta esté cerrada, dejo caer la toalla y me pongo el camisón de mi hermana. Miro mi reflejo en la ventana, pero sigo sin sentirme tan guapa como ella cuando lo trae puesto.

Me quito la toalla de la cabeza y me peino con los dedos hasta que se desenreda lo suficiente para poder trenzarlo. Me paso la melena sobre el hombro derecho y lo trenzo hasta la punta. Yo no tengo ninguna liga de pelo, pero hay una en el baño. Mi hermana no está aquí, así que no sentiré que la estoy imitando si duermo así esta noche.

Apago la luz y regreso al baño para agarrar una de las ligas de mi hermana.

—¿Te encuentras mejor?

Me quedo paralizada. Sagan está cerrando la puerta de la entrada. Todas las luces están apagadas, con la excepción de los pilotos de los electrodomésticos.

Mierda.

Cree que soy Honor.

No puedo confesarle que no lo soy. ¿Cómo le voy a explicar que me he puesto su camisón y que me estoy trenzando el pelo como ella? Esto es de lo más vergonzoso. ¿Por qué cada vez que me encuentro con él me muero de la vergüenza?

—Sip —le respondo, y trato de modular la voz para que suene un poco más como la de Honor; que sea más... agradable.

Mientras me dirijo al pasillo, me doy cuenta de que me he metido en un buen problema. No puedo volver a mi habitación porque Sagan se preguntaría por qué Honor entra en mi habitación. Pero tampoco puedo entrar en su habitación, porque está cerrada y ella tiene la llave.

—Hoy han despedido a David del estudio —comenta Sagan.

No tengo ni idea de quién es David. Mientras él se quita la chamarra, yo me quedo en el pasillo, en shock.

—Ya era hora —comento.

Sagan ladea la cabeza y deja escapar una risa confusa.

—¿Qué?

Vaya. Parece que el despido de David es algo malo.

Ni siquiera sé dónde trabaja Sagan. Esto no va a acabar bien.

—No, no quería decir eso —intento arreglarlo—. Quería decir que ya sabías que iba a pasar.

O eso espero.

Él asiente con la cabeza.

—Ya sé que es culpa suya por faltar tanto, pero igualmente me siento mal por él. Tiene cuatro hijos.

Se dirige al refrigerador y abre la puerta. La luz lo ilumina todo, incluyéndome a mí. Tengo miedo de hacer algo que me delate, por lo que me aparto de la luz y me acerco al sofá. Sagan me sigue hasta el salón. Cuando me siento, él se coloca a mi lado y apoya los pies en la mesita. Y cuando se estira por encima de mí en busca del control remoto, yo encojo las piernas y trato de apartarme. ¿Y si intenta besarme? ¿Cómo voy a salir de esta?

Puedo fingir que tengo ganas de vomitar. Puedo correr hasta el baño y encerrarme allí, pero sé que me seguirá y, conociéndolo, sé que se esperará en la puerta hasta que haya acabado.

Sagan enciende la televisión, que ilumina todavía más que el refrigerador. Me encojo aún más, mientras siento que me empiezan a sudar las manos por los nervios. Y como si tenerlo sentado a mi lado no fuera lo bastante grave, va y me toca. Levanta la mano y me recoloca el pelo por detrás de la oreja como si no me faltara ya suficiente oxígeno.

—¿Estás bien?

Asiento mientras intento tragar saliva, porque tengo la garganta demasiado seca para hablar.

—Honor.

Quiere que lo mire. Ay, Dios, quiere que lo mire a los ojos, pero siendo Honor, no yo. Tengo que aclararle todo ya. Me giro hacia él, dispuesta a explicarle estos últimos cinco minutos, pero me detengo al ver la expresión de su cara. Me está mirando como mira a Honor. O, mejor dicho, está mirando a Honor como mira a Honor. Pero yo no soy Honor, yo soy yo, y es a mí a quien está mirando como si fuera muy importante para él.

—¿Sigues enojada?

Niego con la cabeza.

—No.

Al menos eso es verdad. No puedo hablar por Honor, pero yo no estoy enojada con él.

Él asiente mientras me aprieta la mano.

—Ya sabes lo que pienso, pero no soy nadie para decirte lo que tienes que hacer.

Honor es horrible, un ser humano espantoso. ¿Cómo puede mentirle y engañarlo de esta manera? Quiero contarle la verdad, pero me recuerdo que él está engañando a su amigo y eso me ayuda a justificar la actitud de mi hermana. O eso creo..., no lo sé. Estoy muy confundida.

Cierro los ojos porque me estoy bloqueando. Está muy cerca y no puedo evitar preguntarme si seguirá sabiendo a helado de menta. Daría cualquier cosa por volver a probar su sabor.

Honor no se enteraría.

Ni siquiera está aquí.

Si llegara a pasar, sería culpa suya, no mía. Toda esta

situación es culpa suya. Si no se hubiera ido a besarse con otro, no estaría pasando. Tal vez todo lo esté orquestando su karma.

Hago lo que mejor se me da, que es actuar sin pensar.

Me inclino hacia delante y uno mis labios con los suyos. Cuando él me sujeta por los hombros, me aparto lo justo para permitir que él diga:

—Honor.

Lo odio.

No quiero que vuelva a pronunciar su nombre nunca más. Solo quiero que me bese.

Me monto sobre él hasta quedar sentada sobre su regazo. Con los ojos cerrados, deslizo las manos sobre su pecho hasta llegar a la nuca. No quiero que se fije en que no llevo lentes de contacto. Honor las lleva siempre puestas, yo no.

Noto que me clava los dedos en la cintura y espero que me bese como el día en que nos conocimos, pero lo veo dudar.

Vuelvo a unir nuestros labios con impaciencia, pero él se resiste. Esto no se parece en nada a nuestro primer beso. Tiene los labios en tensión, firmes y cerrados. Me suelta la cintura y asciende por mis brazos hasta sujetarme por las muñecas y obligarme a soltarlo.

—¿Qué haces? —me pregunta.

Abro los ojos y veo que me mira sin entender nada. Me aparto lo justo para darnos espacio para reflexionar, pero no es suficiente. Con el pulgar me roza el curita que llevo en la muñeca y baja la mirada hacia allí. Es el curita que él me dio, la que me puse para cubrir el arañazo que me hice anoche. Que me hice yo, no Honor.

Contengo el aliento cuando veo en sus ojos que se ha dado cuenta. Baja la vista hacia el curita y luego vuelve a mirarme a los ojos.

—¿Merit?

Permanezco inmóvil y ni siquiera trato de excusarme. Aquí estoy, vestida como Honor, montada sobre él. No sé cómo salir de esta situación. Nunca he rezado pidiendo nada parecido, pero estoy rogando con todas mis fuerzas para que Dios me envíe un rayo que me deje muerta aquí mismo.

No puedo apartar los ojos de los suyos, aunque sé que en cualquier momento me va a mirar con repulsión y me va a empujar para sacárseme de encima. Pero no lo hace, sigue mirándome fijamente. Cuando al fin me suelta las muñecas, no me agarra de los hombros para apartarme, sino que me sujeta la cara.

Y me besa. Me devora.

«A mí.»

«No a Honor.»

Cierro los ojos y me fundo por completo. Me fundo en su pecho, entre sus brazos, en su boca. Cuando su lengua encuentra la mía, me cuesta responderle con el mismo entusiasmo porque mi mente parece haber desconectado. Es como si a mis miembros los moviera una fuerza externa. Le hundo las manos en el pelo mientras él baja las suyas hasta mi cintura, pero no se quedan ahí y siguen descendiendo. Esto no se parece en nada a nuestro primer beso.

Es mejor.

Es real.

Soy yo.

No es Honor.

Su boca es como una polifonía de sabores que luchan por imponerse a los demás, deliciosamente mezclados, unos dulces como el azúcar y otros sabrosos y salados.

¿Es esta la respuesta a mis rezos del otro día? ¿Dios ha hecho que Honor lo trate mal para que a él no le quede más remedio que conformarse conmigo?

Aparto esa idea de mi mente de un empujón al mismo tiempo que Sagan me empuja a mí y acabo de espaldas sobre el sofá. No deja de besarme mientras se acuesta sobre mí. Los dos estamos igual de desesperados por abarcar todo lo posible del otro.

Es tan surrealista que me dan ganas de sonreír, pero al mismo tiempo es tan trascendental que también siento ganas de llorar. Tengo las emociones a flor de piel. Las siento por todo el cuerpo, al igual que sus manos, que descienden por el muslo y se entretienen en la pierna, que coloca alrededor de su cintura. Esta nueva posición hace que los dos contengamos el aliento. Ya no me besa, pero me busca el cuello con la boca.

—Merit —susurra entre besos. Podría pasarme la eternidad escuchándolo pronunciar así mi nombre—. Merit. —Me besa la mandíbula—. ¿Qué está pasando?

Muevo la cabeza para indicarle que no quiero que me haga preguntas, que no pare, que siga, que tiene el semáforo en verde para llegar hasta el final.

No sé cómo, pero él confunde mi luz verde por luz ámbar porque se detiene. Apoya la frente en mi sien y se toma un momento para recuperar el aliento. Yo aprovecho para hacer lo mismo.

—Merit —repite mientras se aparta para mirarme a los ojos. Su mirada desciende hacia mi pecho antes de volver a ascender—. ¿Por qué te has puesto esto?

Al sostener la mayor parte de su peso con los brazos, ha dejado de apoyarse en mí. No quiero; quiero volver a sentir la presión. Trato de atraerlo de nuevo hacia mí, pero él se libera del agarre de mis manos. Apoyando todo el peso en un brazo, busca el inicio de la trenza, hunde los dedos en ella y la deshace. Va alternando la mirada entre la trenza, mi cara, el camisón, mi cara... Esto no tiene buen aspecto.

Se echa hacia atrás y se sienta sobre los pies. Está arrodillado ante mí en el sofá, entre mis piernas.

—¿Por qué llevas la ropa de Honor?

Me siento y encojo las piernas para apartarme de él. Estamos cara a cara, pero él es mucho más alto que yo, incluso de rodillas. Se cierne sobre mí, cuestionando mis decisiones. Cierro los ojos porque no puedo soportarlo.

Siento que me sujeta el mentón con delicadeza.

—Eh —susurra—, mírame.

Obedezco, porque haría cualquier cosa que me pidiera en ese tono dulce y protector. Mientras me retira el pelo hacia atrás, vuelve a preguntarme:

—¿Por qué te has vestido como ella?

Noto que se me llenan los ojos de lágrimas y sacudo la cabeza para mantenerlas a raya.

—Por curiosidad.

Él deja caer las manos sobre el regazo.

—¿Curiosidad?

Me encojo de hombros.

—Solo quería saber lo que se siente al ser como ella, pero entonces has llegado tú.

Él frunce los labios, se pasa una mano por el pelo y se echa hacia atrás.

—¿Por qué has tratado de besarme? —me pregunta bajando los pies al suelo—. Cuando aún no sabía que no eras ella.

Suelto el aire con firmeza, pero da igual porque el resto del aire de la habitación tiembla. Todo mi cuerpo está temblando. La verdad me asusta. No se me da tan bien como él espera.

—No lo sé. Supongo que quería besarte otra vez.

Bajo los pies al suelo, me siento a su lado en el sofá y me tapo la cara con las manos. Por Dios, como si la semana no hubiera sido ya lo bastante vergonzosa.

Noto que Sagan se levanta y lo oigo caminar de un lado a otro. Cuando se detiene, me destapo los ojos y levanto la cara hacia él. Él me mira desde su posición de superioridad, con las manos en las caderas.

—¿Piensas que Honor y yo...? —Señala hacia el sofá—. ¿Crees que hago estas cosas con ella? ¿Piensas que tenemos ese tipo de relación?

Se me abre la boca, pero me obligo a cerrarla. Sus preguntas me están confundiendo.

—Pues sí, ¿no?

Él se me queda mirando en silencio, como si no diera crédito, y acaba respondiendo:

—No.

Pronuncia esa palabra con tanta honestidad que estoy tentada a creerle, pero tiene que ser mentira. Por supuesto que hacen estas cosas. Claro que se besan.

—Merit, Honor es mi amiga. Se está viendo con mi mejor amigo y yo nunca le haría algo así a Colby. —Suspira y añade—: Es complicado.

—Pero... —sacudo la cabeza, porque cada vez lo entiendo todo menos— ¿por qué ambos actúan como si estuvieran juntos?

A él se le escapa una risa incrédula. Alza la cara y se queda observando el techo un instante.

—No lo hacemos. Eres tú la que ha decidido verlo así.

Pienso en estas últimas dos semanas, en todas las veces que alguien se ha referido a él como el novio de Honor y me doy cuenta de que siempre ha salido de mi boca. Él nunca lo ha dicho, y Honor tampoco. Además, aparte de algún abrazo, nunca he visto que él la besara. Los vi darse la mano una vez, en la piscina.

Pero eso no explica por qué me besó el día en que nos conocimos a la salida de la tienda de antigüedades. Aquel día, él pensó que era Honor y me besó. ¿Y a qué vino la discusión del otro día sobre Colby?

Vuelvo a taparme la cara con las manos y trato de organizar el caos de sentimientos que me provoca esta situación.

—Pero... ¿la discusión del otro día? No querías que viera a Colby y...

Él me interrumpe.

—Colby es mi amigo, pero Honor también. No me gusta verla tan inmersa en este tipo de relaciones tan poco sanas. Me enojo con ella cuando no me escucha y discutimos. Es normal entre amigos.

—Ah...

Sagan se pone a dar vueltas de nuevo por el salón y se detiene frente a mí.

—¿Por qué me has besado cuando te he confundido con Honor?

Estoy casi segura de que ya le he respondido a esa pregunta.

—Ya te he dicho. Yo... —Cuando alzo la cara hacia él, veo que está enojado y se me quitan las ganas de seguir hablando. Es la primera vez que me mira así.

Él inspira hondo, tratando de controlarse.

—Vamos a ver si lo he entendido bien. ¿Tú pensabas que yo era el novio de Honor y te has puesto su ropa para hacerte pasar por ella y besarme?

Intento defenderme negando con la cabeza, pero mi cuerpo no me obedece y se resiste a moverse.

—Sagan...

—¿Qué clase de persona le hace eso a su propia hermana, Merit?

Hace una mueca y se da la vuelta, con las manos en la nuca. Se dirige a la cocina y agarra la sudadera con capucha que ha dejado en una silla. Cuando me levanto y doy varios pasos hacia él, sé que debo de tener un aspecto patético.

Se dirige a la puerta y la abre, pero se detiene antes de salir. Cuando me mira, veo en sus ojos una gran decepción.

—Qué idiota eres.

Cuando cierra la puerta, yo voy tambaleándome hacia atrás hasta que vuelvo a sentarme en el sofá.

«Qué idiota eres.»

Me han llamado muchas cosas en la vida, pero creo que nunca me habían llamado eso y me duele muchísimo más que cualquier otra cosa que me hayan dicho.

Supongo que me equivocaba. Soy la peor de los tres.

10

Aguzo el oído esperando el sonido de un coche que arranca, pero no oigo nada. Si Sagan se ha marchado, ha sido andando, lo que significa que está por aquí cerca o que se ha quedado fuera tratando de calmarse. Quiero echar a correr tras él y pedirle que me perdone, pero no estoy segura de querer que lo haga..., no sé si me lo merezco.

Me abrazo las rodillas y me pregunto cómo he podido estar tan ciega. Di por hecho que estaba enamorado de Honor. Hacen tantas cosas juntos y hablan como si fueran una pareja. Y cada vez que me he referido a él como su novio, nadie me ha corregido. Es como si quisieran que lo creyera. O tal vez solo era Honor la que quería que lo creyera.

Uso la mantita del sofá para secarme las lágrimas. Jesús me observa desde las alturas, juzgándome.

—¡Oh, déjame en paz! —Pongo los ojos en blanco—. ¿Acaso no estás ahí para que a la gente como yo se nos perdonen nuestros terribles pecados?

Me recuesto en el sofá. Siento la necesidad de soltar un grito, así que hundo la cara en un cojín y lo hago. Estoy frustrada, avergonzada, enojada, disgustada, nada que ver con cómo me estaba sintiendo mientras Sagan me besaba hace unos minutos. Es como si me hubieran arrancado del calor de los trópicos y me hubieran lanzado de cabeza a las aguas heladas de la Antártida.

No quiero volver a sentir nada. Con las turbulencias emocionales de los últimos días tengo bastante para el resto de mi vida. Estoy harta. Harta, harta, harta.

—Harta, harta, harta —repito en voz alta mientras me levanto del sofá.

Voy a la cocina en busca de un vaso de plástico y luego abro la puerta del congelador y agarro una botella de licor. Ni siquiera sé de qué licor se trata. Nunca he probado el alcohol, pero qué mejor momento que ahora, en la misma semana en la que casi pierdo la virginidad y molesto a la única persona por la que siento algo en esta casa.

No sé qué cantidad hace falta para emborracharse, pero lleno el vaso hasta la mitad. Está medio lleno. O quizá medio vacío. ¿Soy optimista o pesimista? Bajo la vista hacia el vaso.

Pesimista, sin duda.

Trago todo lo que puedo hasta que siento que me estoy atragantando con una bola de fuego. Carraspeo, toso e incluso se me escapa algo de saliva en el fregadero.

—¡Qué asco!

Me seco la boca con una servilleta de papel, pero el alcohol continúa quemándome por dentro mientras desciende por mi pecho. Y lo peor es que la frustración, el enojo y la tristeza siguen ahí.

Con esfuerzo, me acabo el resto del vaso. Cuando salgo de la cocina, me llevo el vaso y la botella. No quiero que Sagan me encuentre aquí cuando vuelva de tomar el aire. Abro la puerta de mi habitación, pero está vacía, solitaria, deprimente. Me recuerda demasiado a mí. Dejo la botella en la cómoda, pero el vaso se cae al suelo. Y a mí, ¿qué? Está vacío.

Lo primero que hago es quitarme el camisón de Honor y ponerme mi pijama. Luego termino de deshacerme la trenza y me hago un moño alto. Ya no quiero ser ella; no ha resultado ser tan divertido como pensaba. Y tampoco quiero estar sola, aunque la única persona que podría apiadarse de mí y comprenderme sería Luck. No sé si estará durmiendo, así que, cuando abro la puerta de su habitación, procuro hacer el mínimo ruido posible. Entro y me volteo hacia la puerta para cerrarla con las dos manos. Al darme la vuelta, veo que la computadora de mi padre está encendida, lo que me proporciona un hilo de luz, suficiente para llegar hasta el sofá cama.

Oigo gruñir a Luck y avanzo de puntillas por el despacho. El piso cruje, como si Luck se estuviera dando la vuelta.

—¿Luck? —El colchón cruje de nuevo, como si me estuviera dejando espacio libre a su lado—. ¿Estás despierto? —susurro mientras me siento en el borde de la cama.

—¡Mierda! —escucho de repente, aunque la palabra no sale de la boca de Luck y tampoco de la mía.

—¿Merit? —Esta vez sí que reconozco la voz de Luck.

—¿Luck?

—Pero ¿qué diablos? —Y esta es la voz de Utah.

¿Utah? Me levanto de un salto.

—¡Mierda! —exclama Luck—. ¡Merit, sal de aquí!

Algo se cae al suelo. ¿Tal vez la lámpara?

—¡Vete! —grita Utah.

—¡Mierda! —repite Luck.

Hay tanto caos a mi alrededor que tardo unos instantes en reaccionar y dirigirme a la puerta. Mientras la abro, cometo el error de echar un vistazo por encima del hombro. A la luz que llega de fuera los veo a los dos mientras tratan de vestirse. Utah se queda paralizado cuando nuestras miradas se cruzan. Solo ha logrado meter una pierna en su pantalón. No lleva ropa interior.

—Ay, Dios.

Esto me va a dejar marca para siempre. Luck está en el otro lado del sofá cama, peleándose con los bóxers.

Me tapo los ojos con la mano mientras Utah vuelve a gritar:

—¡Lárgate de una vez, Merit!

Cierro dando un portazo.

Por favor, que sea una pesadilla.

De vuelta en mi habitación, tomo la botella y ni siquiera me molesto en usar el vaso. Necesito dejar de sentir lo que estoy sintiendo. Necesito olvidar, olvidar, olvidar. ¿Qué demonios acabo de ver?

Cierro los ojos con fuerza. ¿Por qué estaban desnudos, juntos, en la cama? ¿Cómo no me había dado cuenta de nada?

Luck estuvo a punto de acostarse conmigo ayer. Me dijo que no podía hacerlo porque le recordaba a Moby,

¡pero Utah se parece mucho más a Moby que yo! ¿Y ahora se acuesta con mi hermano? Si esto no es el colmo del rechazo, yo ya no sé qué es.

¿Qué me pasa? ¿Cuál es mi problema para que Luck prefiera acostarse con mi hermano a hacerlo conmigo? Sagan me ha llamado idiota justo después de revolcarnos en el sofá. Drew Waldrup cortó conmigo mientras me tocaba una teta. ¿POR QUÉ SOY TAN REPULSIVA?

—¡Merit! —Es Utah, que llama a la puerta mientras yo recorro la habitación como un animal enjaulado.

¿Qué demonios acabo de interrumpir?

Cuando abro la puerta, Utah me empuja para entrar y la cierra a su espalda.

—No se te ocurra abrir la boca. Lo que yo haga no es asunto tuyo.

Doy un paso hacia él.

—¿Acaso he hablado de más alguna vez? —Su enojo se infla como un globo cuando menciono sus deslices del pasado—. No pensarás que he olvidado aquello, ¿no, Utah? Pues ¿sabes qué? No. No lo he olvidado, y nunca lo olvidaré.

Hace una mueca de culpabilidad, pero no me da pena. Quiero darle un puñetazo, aunque no soy una persona violenta, o eso creo; no estoy segura, porque aprieto los puños justo antes de que él salga de la habitación y cierre la puerta.

Lo odio. Y me odio a mí misma por no haberle contado la verdad a nadie.

Me siento en la cama y cierro los ojos con fuerza. Tengo ganas de vomitar, pero no sé exactamente por qué.

Creo que por todo un poco: por Luck, Sagan, Utah, Honor, mi padre, Victoria, mi madre.

Esta familia es tan horrible como piensan en el pueblo, o peor. Estoy harta de tantos secretos y mentiras. Estoy cansada de ser la persona que tiene que cargar con todos ellos.

Cargo con el secreto de Utah.

Con el de mi padre.

Y el de mi madre.

El de Honor.

Y el de Luck.

¡Y no quiero seguir cargando con ellos ni un día más!

Tal vez, si me librara de ellos, dejaría de sentir que me estoy ahogando.

Sí, eso podría servir. Tal vez, si lo saco todo fuera, dejaré de sentir que estoy a punto de implosionar.

Tomo un bolígrafo de la mesita de noche y luego abro el cajón y busco una libreta que tenga bastantes páginas en blanco, donde quepan todos estos secretos.

Todavía me duele todo lo sucedido en estos últimos días. Tomo la botella de... ¿qué demonios estoy bebiendo? Leo la etiqueta: tequila. Con el tequila en la mano, me deslizo por la pared hasta sentarme en el suelo, porque empiezo a estar mareada. Abro la libreta por la primera página en blanco y cierro los ojos tratando de aclararme la vista. Me noto débil, me tiemblan las manos cuando comienzo a escribir.

Queridos habitantes de Dollar Voss:

Esto va para todos y cada uno de vosotros, excepto

Moby. Él es la única persona de esta casa que aún me cae bien y por la que aún siento respeto a estas alturas.

Estoy llena de rabia por dentro, y no tiene nada que ver conmigo. Mi rabia va dirigida a casi todas las personas de esta casa, por culpa de los secretos que esconden de los demás, del mundo exterior. Me niego a seguir cargando con secretos ajenos ni un segundo más. Cada día hay más y más secretos y estoy harta de parecer la mala del cuento. Todos me odian y me echan las culpas de todas las peleas que hay en la casa. Y se preguntan por qué soy tan IMPERTINENTE *todo el tiempo.* ¡PUES POR SU CULPA!

No sé ni por dónde empezar.

¿Y si empiezo por el secreto más antiguo? ¿Pensabas que me olvidaría, Utah? ¿Pensabas que, como solo tenía doce años, me olvidaría de la noche en que me obligaste a besarte?

Es difícil olvidarse de algo así, Utah. Si supieras cómo adoraba a mi hermano mayor, entenderías por qué me cuesta tanto olvidar lo que me hiciste.

«No es para tanto, Merit.»

Eso es lo que me dijiste cuando te aparté de un empujón. Trataste de hacerme creer que mi reacción era exagerada, pero yo estaba viendo una película con mi hermano en su habitación y de golpe él intentó besarme.

¿Te parece exagerado que saliera corriendo de allí para no volver? No he vuelto a poner un pie en tu habitación desde ese día, y tampoco me he quedado nunca a solas contigo. Y tú actúas como si no te importara. Ni siquiera te disculpaste. ¿Te sientes culpable al menos?

¿Es por eso por lo que te cuesta tanto mirarme a la

cara? Aunque, las pocas veces que lo haces, me miras con desprecio y repugnancia. Igual que yo a ti.

Todos piensan que lo trato mal, que soy una maleducada, y me dicen que me calme. ¿Les gustaría que su familia quisiera obligarlos a ser agradable con la persona que les robó el primer beso?

Me das mucho asco, Utah, mucho. Nunca lo olvidaré y nunca te perdonaré.

Pero no creo que te importe, porque sigues teniendo a Honor. Ella te adora porque nunca ha tenido que sufrir esa faceta tuya. Piensa que eres dulce e inocente, el mejor hermano que se puede tener. Ella me mira igual que lo haces tú, porque no entiende que te trate tan mal cuando no has hecho nada para merecerlo.

Sé que te costará creerlo, papá. Sí, ahora me dirijo a ti, Barnaby Voss. A Utah ya le he dicho lo que tenía que decirle.

Has sido un ejemplo perfecto sobre cómo debemos tratarnos entre nosotros, ¿no crees? Creaste una bonita familia, pero, en cuanto tu mujer se puso enferma y ya no pudo satisfacer tus necesidades, te acostaste con su enfermera. Y ni siquiera fuiste capaz de hacerlo con discreción. Podrías haberte acostado con ella y luego fingir que no había pasado nada cuando mamá se recuperó. Pero no. Tenías que llevar las cosas un paso más allá en la escala del egoísmo, así que te la cogiste sin condón. Por eso ahora nos toca cargar con una mujer que nos odia y que odia a nuestra madre.

Me pregunto cómo le sentaría a Victoria enterarse de que sigues acostándote con mamá.

Sí, ya me imagino la cara de sorpresa de TODOS al leer esta última frase.

Lo siento, Victoria, pero es verdad; lo vi con mis propios ojos. Al menos ahora sabemos por qué nuestra madre se sigue arreglando todos los días. Vive en tu sótano, esperando a que su exmarido se escape a visitarla, y por eso siempre va perfectamente maquillada, peinada y sin un pelo en las piernas.

Tu marido es probablemente la causa de que nuestra madre siga viviendo en el sótano. Le ha hecho tanto daño a nivel psicológico que la tiene bajo su control. Se acuesta contigo en el dormitorio y con mi madre en el sótano. Y como las dos se llaman Victoria, ni siquiera tiene que preocuparse por si grita un nombre equivocado. ¡El sueño de cualquier hombre! Y tampoco se tiene que preocupar por si coinciden, porque tiene a mi madre tan dopada con el medicamento que ni siquiera se atreve a salir del sótano.

Pero no creas que tú te vas a quedar sin mancha, madre, solo porque sienta lástima por ti. Me caías mejor antes de enterarme de que te acostabas con papá, porque al menos podía excusar que siguieras viviendo aquí, en un calabozo, echando a perder tu vida. Pensaba que era por tu fobia social, pero ahora sé que estás jugando a un juego retorcido para recuperar a papá. Pues ¿sabes una cosa, mamá? ¡No lo vas a conseguir! ¿Para qué iba a hacerlo si ya te abres de piernas cada vez que él quiere?

Probablemente eres más patética tú que él. Por lo menos él se ocupa de sus hijos y trabaja para poner comida en la mesa y un techo sobre nuestras cabezas. Lo de la paternidad se le da como el culo, pero es mucho mejor padre que tú. Así que sí, considera esto una despedida, porque no pienso volver a bajar al sótano nunca más. Si te importamos, aunque sea un poco, ponte las pilas, trabaja y múdate a otra casa. ¡Búscate una vida!

¿Quién falta?

Ah, no me vaya a olvidar de la última adquisición de Dollar Voss: ¡Luck Finney! Parece un tío simpático, ¿verdad? Se presenta por la cara, hace las paces con su hermana y luego casi se coge a su sobrinastra.

No voy a mentir, la idea de perder la virginidad con él fue mía. Pensé que no le importaría, ¡ya que lo ha hecho más de trescientas veces! Pero ahora que sé que va camino de cogerse a TODOS los hermanos Voss, me siento aún más facilona de lo que me sentí durante la que pensaba que iba a ser la peor experiencia sexual de mi vida... hasta que apareció él. Aunque lo de Luck no puedo considerarlo como un encuentro sexual... ya que no se atrevió a hacerlo.

Ahora que lo pienso, tal vez no pudo hacerlo conmigo porque prefiere los culos. O, al menos, el culo de Utah.

¡Oh! ¿No sabían que Utah era gay? Yo tampoco. No es que tenga nada en contra de ser gay. El amor es amor, ¿no? Solo es que no tenía ni idea de que Utah lo fuera. Pero sí, Utah es gay y se acuesta con Luck. Lo sé porque los vi juntos y ahora no me puedo quitar esa imagen de la cabeza por mucho que lo intente. Se me ha quedado grabada en la mente, igual que la de Sagan cuando me llamó idiota.

No se equivocaba. Soy una idiota, una imbécil y lo que quieran añadir. ¿Qué clase de persona traiciona a su hermana gemela de la peor manera posible? Ya, ya sé que no es tan grave que me hiciera pasar por Honor para acostarme con Sagan, porque Honor y él no son pareja, pero es que yo no lo sabía. ¿Cómo iba a saberlo si Honor no me cuenta nada? ¡Una hermana debería saber con quién sale su hermana gemela! Pero eso no impide que acabe cargando con los secretos de todos, hasta los de Honor, y que todos me piden que los mantenga bien guardados.

Como el que le estoy guardando a Honor ahora mismo, que no está en cama, enferma, sino con un tipo, probablemente desnuda con él en su lecho de muerte.

¿Podríamos hacer el favor de abordar este asunto?

¿Podemos hablar de lo inquietante que es que Honor esté obsesionada con los enfermos terminales?

¿Por qué lo aceptamos como si fuera normal?

¿Por qué no la has llevado al psiquiatra, papá?

¿QUIÉN EN SU SANO JUICIO BUSCA EL AMOR EN PERSONAS QUE SE ESTÁN MURIENDO?

Honor, de hermana a hermana: por favor, pide ayuda.

La necesitas, desesperadamente.

¿A quién me dejo? ¿A Moby? No quiero ni tocar el tema, pero, por favor, que alguien lo rescate de esta familia antes de que sea demasiado tarde.

Sagan, la verdad es que no tengo nada negativo que decir sobre ti. Probablemente seas la única persona cuerda que vive en esta casa. Podría decirse que ese es tu defecto. Podrías vivir en cualquier otra parte, pero, por alguna razón, has elegido quedarte con la familia más tarada de Texas. Tu familia debe de ser una auténtica mierda. ¿Por eso es por lo que ni siquiera conoces a *tu hermana? ¿Fuiste lo bastante listo para alejarte de ellos?*

Caramba, qué curioso. Me siento mucho mejor ahora que ya no tengo la responsabilidad de guardar sus secretos. De ahora en adelante, guarden sus mierdas, porque no quiero saber nada más. Me vale verga.

Voy a repetirlo por si no ha quedado claro.

Me.

Vale.

Verga.

Atentamente,

Merit

Dejo el bolígrafo sobre el papel.

Qué bien me ha sentado, muy pero muy bien. Es como si me hubieran quitado un gran peso de los hombros y lo hubieran distribuido entre todas las personas que viven aquí. O, al menos, así me sentiré cuando haga una copia para cada uno de ellos.

Si escribir la carta me ha sentado tan bien, no me quiero ni imaginar lo bien que me sentiré cuando reparta las copias. Arranco las páginas de la libreta y me levanto, pero tengo que sujetarme a la cajonera para no perder el equilibrio. Me echo a reír porque creo que he logrado beber lo suficiente para librarme de mis sentimientos. Aunque tal vez haya sido cosa de la carta. En cualquier caso, creo que soy fan del tequila. Me siento a toda madre. Me gusta tanto que me bebo el resto de la botella antes de regresar al despacho de mi padre para hacer fotocopias.

No me molesto en llamar a la puerta. He oído que Utah se encerraba en su habitación dando un portazo, por lo que sé que ya no está con Luck. Cuando abro la puerta, Luck, que está jugando con el celular, no parece muy contento de verme.

—¿Qué quieres?

—A ti no. —Me dirijo a la otra punta de la habitación—. Necesito la fotocopiadora.

Luck suspira y apoya la espalda en el respaldo del sofá cama. Coloco la primera página en la fotocopiadora y aprieto el número 7. En casa somos nueve, pero Moby no sabe leer y yo ya tengo el original. Tras darle al botón de copiar, me volteo hacia Luck.

—¿Qué? ¿Hay alguien en este planeta con quien no te acostarías nunca, aparte de mí?

—¿Has bebido?

Abro la tapa de la fotocopiadora y coloco la segunda página boca abajo. Mientras se copia, contesto:

—Sí, es la única manera de sobrevivir a esta familia, Luck, la familia de la que has elegido formar parte. —Me giro hacia él y le dirijo una mirada extrañada—. ¿Cómo se te ha ocurrido venir aquí voluntariamente?

Luck no me responde. Vuelve a bajar la vista al celular y se pone a teclear.

—¿Te falta mucho?

Coloco la última página en la fotocopiadora.

—Nop, ya casi estoy.

Al otro lado de la fotocopiadora veo la vieja libreta donde Luck anota sus conquistas. Lo miro disimuladamente para asegurarme de que no me está prestando atención y abro la última página. Por supuesto, ha anotado mi nombre. Pone: 332,5. M.V., su cama, NC.

Me he ganado un NC en mayúsculas. Un NO CONSUMADO bien hermoso.

—¿Me merezco al menos un trofeo de asistencia? —Cuando Luck me ve con la libreta en las manos, se levanta de un salto y me la arrebata. Regresa a la cama y, cuando se sienta, le lanzo un bolígrafo—. Toma, no te olvides de anotar las iniciales de Utah. El 333, un número de la suerte, sin duda.

Cuando la máquina acaba, reúno las copias y recupero el original.

—Vete a la cama de una vez —me dice, nervioso.

Agarro la engrapadora y la sacudo en su dirección mientras me dirijo a la puerta.

—Me caías mejor antes de conocerte —le suelto, al salir.

De vuelta en mi habitación, dejo las copias en el suelo, pero necesito descansar un rato la vista antes de poder ordenarlas porque no las veo con claridad. Cuando ya tengo casi todos los montones engrapados, alguien llama a la puerta.

—¡Largo! —Me arrastro hasta la puerta y echo el pestillo antes de que pueda abrir.

—Merit.

Es Sagan. Me encojo y hago una mueca al oír su voz. Al parecer el tequila no ha sido suficiente para amortiguar este sentimiento.

—¡Estoy durmiendo! —grito.

—Tienes la luz encendida.

—Es TU luz la que está encendida.

Él no insiste y me alegro, porque no sé ni qué quería decir con eso. Segundos más tarde oigo que se cierra la puerta de su cuarto.

Cierro los ojos con fuerza, porque la habitación ha empezado a dar vueltas. Apoyo la cabeza en el suelo; estoy demasiado mareada para seguir sentada. En cuanto cierro los ojos, oigo que me llega un mensaje al móvil. Alargo la mano hacia la cama y rebusco hasta que lo encuentro.

Es Honor.

¿Qué ha pasado?

Han pasado tantas cosas en las últimas dos horas que no sé por cuál de ellas me pregunta.

¿A qué te refieres?

Sagan me acaba de escribir para
decirme que vuelva con cuidado.
¿POR QUÉ sabe que no estoy en casa?

Bueno... No es fácil mentirle a Sagan.
Además, ¿qué te importa,
si ni siquiera es tu novio?

Me importa porque le mentí y,
gracias a ti, ahora lo sabe. Recuérdame
que no vuelva a pedirte que me cubras
las espaldas en el futuro.

Está bien. No vuelvas a pedirme que te
cubra las espaldas en el futuro.

¿Es normal odiar tanto a tu familia?

Busco la botella de tequila, pero sigue vacía. Y vacía no me va a ayudar a dejar de sentir lo que siento. Voy tambaleándome hasta la cocina y abro todos los armarios, pero no encuentro más alcohol. En el refrigerador, lo único que podría ayudarme a anestesiar un poco estos sentimientos que se me han agarrado al pecho son tres cervezas. Me las llevo a mi habitación, vuelvo a sentarme en el suelo y, tras abrir una de las latas, me quedo mirando las cartas que acabo de imprimir.

¿Qué hago? ¿Las reparto o no las reparto?

Supongo que no debería. Lo único que conseguiré es darles más motivos para odiarme. No sentirán lástima por mí, se enojarán conmigo por airear sus secretos.

Cuando me termino la primera lata, el estómago me duele aún más que antes, pero la presión en el pecho sigue igual. Me recuerda a algo, pero no caigo. Ah, sí. Es como lo que sentí el día que decidí no volver a clase. Estaba a punto de entrar en la cafetería cuando Melissa Cassidy me agarró del brazo y me dijo: «Honor, ven. No lo vas a creer. ¿Sabes de qué me he enterado?». Tiró de mí hacia una de las mesas, donde mi hermana se había sentado ya. Se giró hacia mí, volvió a mirar a Honor y me dijo: «Oh, perdona. Pensaba que eras Honor». Me soltó el brazo, regresó a la mesa y empezó a susurrar algo en el oído de mi hermana.

Yo me quedé ahí parada, observando a Honor. Mi hermana le caía bien a todo el mundo a pesar de ser una Voss.

Todo el mundo quería estar con ella y ser su amiga, no como yo, que era un simple sucedáneo, la hermana idéntica con menos que ofrecer. En esa mesa no había ni una sola chica que prefiriera mi amistad a la de Honor.

Aquel día no ocurrió nada dramático que me obligara a irme del instituto. Nunca se han metido conmigo, a pesar de la mala fama de mi familia. Era como si yo simplemente... pasara por allí. Si me mantenía al margen, sin hacer ruido, nadie se metía conmigo. Si me unía a algún grupo donde Honor estuviera charlando con sus amigas, a nadie le importaba. Era la gemela de Honor, y gracias a eso me toleraban. Lo que me mataba era su indiferencia; creo que lo sufría más que si me hubieran odiado.

Sentí como si me hubiera estado autoengañando durante diecisiete años y, de golpe, la realidad me diera un puñetazo en la cara ahí mismo, en la cafetería. Si Honor dejara de ir a clase, se enteraría todo el instituto, pero si dejara de ir yo, la vida seguiría igual... con o sin Merit.

Durante estas últimas dos semanas he recibido dos mensajes de compañeros de clase preguntándome por qué no iba al instituto.

Dos.

Ni uno más.

Y esa es otra de las razones por las que me he quedado en casa. Aunque no sé por qué pensé que estaría más a gusto en Dollar Voss que en un lugar donde no le importaba a nadie; no ha sido así, porque aquí tampoco le importo a nadie y lo odio. Si me retirara de la vida, igual que he hecho con las clases, todo el mundo seguiría adelante como si no hubiera pasado nada.

Con o sin Merit.

Me bebo la segunda cerveza y, cuando está vacía, lanzo la lata contra la puerta.

—Sin Merit —susurro, aunque nadie me escucha—. Así aprenderán.

Y entonces hago lo que mejor se me da en la vida: actuar sin pensar. Mi espontaneidad va a ser lo único que añore de mí. Voy hasta el armario a cuatro patas en busca de la bota negra. Saco el frasco de las pastillas robadas y lo abro. Agarro la tercera lata de cerveza, pero me tiemblan tanto las manos que tardo tres intentos en abrirla.

Bajo la vista. Tengo la cerveza en una mano y las pastillas en la otra. No titubeo. Me meto varias pastillas en la boca y trato de tragarlas. Al ver que no puedo con todas, escupo varias en la mano. Relajo la garganta y lo vuelvo a intentar. Esta vez lo consigo, así que me meto varias más en la boca y trago. No puedo con más de tres o cuatro a la vez, por lo que necesito la lata entera para tragarlas todas.

Lanzo la lata vacía a un lado y levanto las siete copias de la carta. Con una pluma, añado la palabra *sin* delante de cada firma. «Atentamente, sin Merit.» Mucho mejor así.

Empiezo por la habitación de Sagan, ya que es la que tengo más cerca. Hago pasar la carta por debajo de la puerta y hago lo mismo con Utah, Luck y Honor. Para que le llegue a mi madre, tengo que abrir la puerta y lanzar las fotocopias hasta el pie de la escalera, porque si las meto por debajo de la puerta ni se va a enterar. Luego me acerco al Tercer Cuarto y deslizo el último juego de fotocopias por debajo de la puerta del dormitorio de mi padre y Victoria.

Mientras regreso al Primer Cuarto, veo un papel en el sofá. Sé que antes no estaba allí, porque, en algún momento entre que fingí ser Honor y el beso con Sagan, me habría dado cuenta de que estaba sentada sobre una hoja de papel.

Está boca abajo, pero ya sé que se trata de otro boceto. Lo tomo y me lo llevo a mi habitación. Cierro la puerta y me siento en la cama. No sé qué ha dibujado, pero en la parte de atrás ha escrito:

«Corazón < Cadáver».

Me tapo la boca con la mano mientras le doy la vuelta al dibujo. Noto cómo me tiemblan los dedos mientras reúno el valor para mirar lo que ha dibujado.

Me estremezco al verlo y me abrazo el estómago con fuerza con la mano que me queda libre. Hay dos corazones, uno en cada extremo del sofá. Uno de ellos está entero; el otro, partido por la mitad.

¿Cuál es el mío?

Estoy mareada. Suelto el dibujo y lo veo flotar hasta el suelo, donde va a parar sobre el bote vacío de las pastillas. Tengo la mirada clavada en la palabra *cadáver*.

Cadáver. Muerte. «Muerta.»

Me acuesto de lado y me abrazo las rodillas. Cierro los ojos con fuerza y trato de dejar la mente en blanco.

No pienses en nada.

Pero no funciona porque los ojos se me llenan de lágrimas que acaban cayendo, por mucho que los apriete. El labio inferior me empieza a temblar más que las manos.

No quiero morir.

Me abrazo con más fuerza.

No sé qué va a pasar ahora. ¿Y si es peor que esto?

Mis lágrimas de miedo se convierten en sollozos. Me tapo la boca con la mano, pero las palabras se escapan igual.

—No, no, no, no, no.

El pánico se apodera de mí al darme cuenta de lo que acabo de hacer. Si me quedo aquí tumbada un segundo más, es posible que no pueda hacer nada para ponerle remedio a la situación. Me siento, me agarro al colchón y trato de llegar hasta la puerta, a pesar de que la habitación no para de dar vueltas.

¿Qué he hecho?

Consigo abrir la puerta, pero vuelvo a caer de rodillas al suelo. No me veo capaz de levantarme, así que decido arrastrarme y así voy hasta el baño. Me meto los dedos en la garganta, pero no funciona.

Creo que nunca había llorado con tanto desconsuelo. Es un llanto mudo, que no me deja gritar ni respirar. No puedo respirar, no puedo respirar. Intento provocarme el vómito de nuevo, pero el resultado es el mismo: nada.

Cada vez que alcanzo el fondo de la garganta, los dedos se me encogen y no funciona, no funciona, ¡no funciona!

—Ayuda.

Qué patético. Mi voz suena patética entre los sollozos y así es como voy a morir, en el suelo del lavabo, dejando como recuerdo la que está a punto de convertirse en la carta de suicidio más despreciable que se haya escrito nunca.

Esto no puede estar pasando; tiene que ser un sueño. Estoy soñando. Por favor, me quiero despertar.

—Por favor, Dios mío —susurro—. No volveré a beber, no volveré a robar; ni siquiera volveré a escribir una carta, pero sálvame, por favor, por favor, por favor.

Consigo arrastrarme hasta la puerta y salir. La habitación de Utah es la que me queda más cerca. Trato de abrir la puerta, pero está cerrada por dentro.

—¡Utah! —intento gritar mientras golpeo la puerta. Sé que casi no me sale la voz, pero espero que oiga los golpes.

Estoy a cuatro patas y no me siento con fuerzas de llegar a otra puerta. No sé cuánto tardarán las pastillas en disolverse, pero no hace tanto que me las he tomado, ¿no? ¿Cinco minutos, tal vez?

Utah abre la puerta. Está pisando la carta, pero no se da ni cuenta. Se agacha y luego se pone de rodillas.

—¿Merit? —Me sujeta el mentón para que alce la cara hacia él. Sé que lo tengo sucio de lágrimas, mocos y babas, pero a él no parece importarle porque me lo limpia con su camiseta—. ¿Qué te pasa? ¿Estás enferma?

Me aferro a sus brazos, niego con la cabeza y le dirijo una mirada desesperada.

—Utah, la he cagado.

—¿Estás borracha?

—Las pastillas —respondo, casi ahogándome con las lágrimas—. Me las he tomado sin pensar, Utah. Te lo juro. No sé en qué estaba pensando.

Oigo que se abre otra puerta y, segundos más tarde, Sagan está junto a Utah. Estoy demasiado asustada como para sentir vergüenza a estas alturas.

—¿Qué pastillas? —pregunta Utah—. Merit, ¿de qué hablas?

Me echo hacia atrás, me apoyo en la pared y sacudo las manos porque se me han dormido.

—¡Las de mamá! —respondo, entrando en pánico—. Le robé las pastillas a mamá.

Utah mira a Sagan, y sé que están tratando de entender lo que me pasa, pero no lo consiguen.

—¡Me las he tragado!

Sagan aparta a Utah de un empujón.

—¡Llama a Emergencias!

Me agarra por la nuca, me echa hacia delante y me mete dos dedos en la boca. Mi cuerpo trata de rechazarlos, pero a él le da igual y los mantiene ahí hasta que vomito sobre el suelo, sobre él. No puedo mantener los ojos abiertos.

—¿Cuántas pastillas, Merit?

Niego con la cabeza; no lo sé.

—¿Cuántas te has tomado? —Su voz suena tan alterada como mi pulso.

No deja de preguntarme cuántas pastillas me he tomado, pero no me acuerdo. ¿Cuántas tenía? Robé ocho la otra noche... y las añadí a las veinte que había en el bote.

—Veintiocho —susurro.

—Dios santo, Merit.

Me mete otra vez los dedos en la boca y me asalta la garganta. La presión que siento desde dentro me hace echarme hacia delante y vuelvo a vomitar. Oigo a Utah, que grita al teléfono; Luck ha salido al pasillo, Moby está llorando y mi padre pregunta:

—¿Qué está pasando? ¿Qué demonios está pasando?

Abro los ojos y veo que Sagan está contando en voz baja, con urgencia.

—Veintidós, veintitrés, veinticuatro... —Tiene la vista clavada en el suelo y va cribando lo que acaba de salir de mi estómago—. Veinticinco, veintiséis, veintisiete, ¡VEINTIOCHO! —grita.

Cuando mi padre le dice que me lleve al sofá, me levanta en brazos y me carga hasta allí. Yo sigo mareada, como si estuviera a punto de vomitar otra vez.

—¿Qué te has tomado? —me pregunta Utah, que está arrodillado ante mí, con el teléfono en la oreja.

Victoria se acerca con un paño húmedo. Sagan lo toma y me limpia la cara.

—Merit —me dice—, necesitan saber qué clase de pastillas te has tomado.

—¿Se ha tomado pastillas? —pregunta mi padre, que camina de un lado a otro detrás de ellos.

Luck se encuentra a su espalda, con la mano en la boca.

—¿Qué eran, Merit? —insiste Sagan, que parece tan asustado como mi padre, mientras me retira el pelo de la cara.

Al fijarme, veo que Utah está igual de asustado que

ellos, y que Victoria..., o Luck. Incluso Moby, que se ha aferrado al cuello de su madre, parece aterrado.

—¿Qué pasa?

Todo el mundo se voltea hacia la entrada cuando Honor cierra la puerta.

La que faltaba.

—¿Y tú dónde estabas? —Mi padre se dirige hacia ella, pero se detiene y niega con la cabeza—. Ya hablaremos tú y yo más tarde. —Regresa junto a mí y me pregunta—: Merit, ¿qué te has tomado?

Miro hacia arriba porque mi padre se cierne sobre mí. Todos lo hacen.

—Las ha devuelto todas. —Sagan.

—Pero ¿qué eran? —Mi padre.

—Probablemente aspirinas. —Victoria.

—Ha dicho que las había robado. —Utah.

—¿Qué está pasando? —Honor.

—Merit se ha tomado pastillas. —Luck.

—¿Has visto esto, Barnaby? —Victoria.

—Ahora no, Victoria. —Mi padre.

—¿Qué te has tomado, Merit? —Sagan.

—¡Tienes que leer esto, Barnaby! —Victoria.

—¡Victoria, por favor! —Mi padre.

—Merit, ¿qué eran? —Utah.

—Eran de mamá. —Yo.

—¿Te has tomado las pastillas de tu madre? —Mi padre se ha inclinado sobre mí desde detrás del sofá. Echo la cabeza hacia atrás para mirarlo y lo veo del revés, pero incluso así me doy cuenta de lo mucho que se parece a Moby—. ¿Las pastillas que le prescriben a tu madre? —insiste, y yo asiento con la cabeza—. Está bien —dice mi padre, tras soltar un suspiro de alivio—. Está bien, no le pasará nada. Esas pastillas son inofensivas. —Le quita el teléfono a Utah y se dirige a la cocina para hablar con la operadora de Emergencias—. ¿Hola? Ah, sí, hola, Marie. Sí, soy Barnaby. Sí, no pasa nada, ya está bien.

Está bien. Ella está bien.

Yo estoy bien.

Pero ¿cómo sabe que estoy bien? Ni siquiera sabe cuáles son las pastillas que tomé. Supongo que a estas alturas ya no importa, porque están en el pasillo, en medio de un montón de vómito.

—¿Te encuentras bien? —me pregunta Sagan. Cuando le confirmo que sí con la cabeza, añade—: Voy a buscar un poco de agua.

Cierro los ojos. Todo se está calmando al fin, tanto mi respiración como la conmoción general. Suelto el aire lentamente. Está bien. Ella está bien.

Estoy bien.

—¿Es esto cierto? —Es la voz de Victoria. Abro los ojos y veo que tiene las fotocopias en la mano. Las está mirando y su expresión podría describirse con cualquier palabra excepto *bien*.

Ya no estoy bien.

Se me contrae el estómago, como si quisiera volver a vomitar.

—Merit —insiste—. ¿Has escrito tú esto?

Asiento en silencio. Tal vez se sienta tan avergonzada al saber que mi padre la está engañando que irá a buscar el resto de las copias antes de que los demás puedan leerlas. Da un paso hacia mí, pero no parece enojada, aunque en la carta digo que mi padre le pone los cuernos. Parece... apenada.

Se vuelve hacia Utah.

—¿Le hiciste eso?

Utah me mira y luego se vuelve hacia Victoria.

—¿Le hice qué a quién?

Victoria se acerca a Utah y le estampa la carta en el pecho antes de seguir caminando en dirección a la cocina, donde está mi padre.

Miro a Utah, que está leyendo la primera página.

—Toma, bébete esto. —Sagan me ha traído el agua. Me ayuda a incorporarme para beber, pero no soy capaz de apartar los ojos de Utah. Rechazo el vaso con la mano mientras niego con la cabeza.

Y entonces lo veo.

Una lágrima.

Utah aparta la vista de la carta mientras le cae una lágrima por la mejilla. No puedo evitar preguntarme si llora de culpabilidad o de miedo porque al fin la verdad ha salido a la luz. Suelta las fotocopias y se pasa las manos por el pelo. Por supuesto, me rehúye la mirada todo el tiempo.

Oigo sirenas a la distancia.

—Gracias, Marie. —Mi padre se despide y cuelga la llamada.

Victoria, que estaba esperando, no tarda ni un segundo en susurrarle algo al oído. Señala a Utah, luego a mí y acaba señalando las páginas tiradas en el suelo. Mi padre mira a Utah y viene hacia el salón mientras la ambulancia se detiene frente a nuestra casa. Toma la carta del suelo y empieza a leerla. Pasa un minuto y después otro; Utah está petrificado. Cuando llaman a la puerta, mi padre ignora el timbre.

—Papá —susurra Utah.

Mi padre levanta al fin los ojos de la carta. Busca a Utah con la mirada y después a mí.

Vuelven a llamar a la puerta.

—Papá, por favor, puedo explicarlo —insiste Utah.

Otro golpe en la puerta.

Un puñetazo.

Honor que grita.

Utah está en el suelo y mi padre se cierne sobre él. Señalando hacia la puerta, lo sentencia con una sola palabra.

—Vete.

Honor, que está ayudando a Utah a levantarse, fulmina a mi padre con la mirada.

—Pero ¿qué demonios te pasa?

Utah se da la vuelta y se dirige a su dormitorio. Honor y Luck lo siguen. Sagan abre la puerta y deja entrar a los paramédicos.

—Está bien —les dice mi padre señalándome—. Examínenla, pero las pastillas que se ha tomado eran placebo.

Placebo.

«¿Por qué eran placebo?»

Durante los siguientes diez minutos vuelvo a sumirme en el caos mientras los paramédicos me bombardean con preguntas, me toman la presión, me miden los niveles de oxígeno, me examinan la boca, los ojos.

—No estaría de más que pasara la noche en el hospital —le susurra uno de los paramédicos a mi padre—. De lo contrario, tendremos que dar parte a servicios sociales de lo sucedido para que hagan el seguimiento.

Mi padre asiente, se acerca al sofá y se arrodilla ante mí, pero antes de que abra la boca, hago un esfuerzo y le digo:

—Estoy bien, no quiero ir al hospital.

—Merit, creo que deberías...

—No quiero ir —lo interrumpo contundentemente.

No oigo lo que le dice al paramédico, pero el tipo le da un apretón en el hombro. Deben de conocerse. Por supuesto que se conocen, aquí todo el mundo se conoce. Y como los paramédicos lo conocen, lo contarán a sus esposas y a sus amigos, y los amigos lo contarán a sus hijas, y todo el pueblo se enterará de que he tratado de quitarme la vida.

Con pastillas de placebo.

¿Por qué mi madre toma pastillas de placebo?

En cuanto esa idea me cruza la cabeza, mi madre aparece en lo alto de la escalera que lleva al sótano. La puerta está abierta y me está mirando desde allí.

—¿Estás bien? —Hace el amago de dar un paso hacia mí, pero, cuando pisa la madera, baja la vista hacia el suelo y retrocede rápidamente para no salir del sótano.

—Todo va bien, Vicky —la tranquiliza mi padre.

Busco a Victoria y veo que se marcha hacia su habitación acompañada de Moby. Ni siquiera soporta estar en la misma habitación que mi madre. Me pregunto si habrá llegado hasta el final de la carta. ¿Sabe que siguen acostándose?

—¿Qué ha pasado? —pregunta mi madre.

Daría cualquier cosa por un abrazo de mi madre. Sabe

que ha ocurrido algo malo o no habría abierto la puerta, pero le preocupa más no salir del sótano que cómo me encuentre yo. Bajo la vista y veo que me tiemblan las manos. Las ganas de vomitar todavía no se me han ido del todo.

—Te lo explicaré todo dentro de un rato —responde mi padre—. Trata de dormir un poco, ¿sí?

Cuando oigo que se cierra la puerta del sótano, sé que me he quedado sin abrazo.

—Papá —susurro mientras le dirijo una mirada suplicante—. He lanzado una copia de la carta al sótano. ¿Puedes ir a buscarla antes de que la lea, por favor?

—¡Merit! —grita Honor.

Alzo la cara y la veo acercarse por el pasillo, con la carta en la mano. Cruza el Primer Cuarto y se dirige directa hacia mí, como si estuviera dispuesta a atacarme, pero Sagan se interpone entre nosotras y le sujeta los brazos. Ella lucha por liberarse, pero cuando se da cuenta de que Sagan no está dispuesto a dejarla pasar, lanza las fotocopias en mi dirección.

—¡Eres una mentirosa!

Está llorando y al mirarla me doy cuenta de que no resultamos nada atractivas cuando lloramos. Odio pensar que no he parado de hacerlo en las últimas dos horas.

Tengo la sensación de estar viendo una película. No me parece estar viviendo esta situación, ni ser el objetivo de su furia. Por eso no le respondo, porque me siento totalmente desconectada de la realidad.

—Ahora no, Honor. —Sagan la empuja para alejarla de mí.

—¡No es verdad! —sigue gritando mi hermana—. ¡Diles que no es verdad! ¡Utah nunca haría algo así!

Yo lo observo todo acurrucada en el sofá y tapada con una manta. Victoria ha vuelto, esta vez sin Moby. Honor se acerca corriendo hacia ella, que está junto a mi padre.

—No puedes echarlo de casa, ¡está mintiendo!

Victoria se vuelve hacia mi padre.

—No puedes dejarlo pasar, Barnaby.

—¡Métete en tus asuntos! —Honor.

—Honor. —Mi padre.

—Oh, ¡cállate! —Honor.

—¡A tu habitación! —Mi padre—. ¡Todo el mundo a su habitación!

—¿Y yo? ¿Puedo volver a mi habitación? —Utah.

—No, tú te vas. Los demás a sus habitaciones. —Mi padre.

—Si Utah se marcha, yo me voy con él. —Honor.

—No, tú te quedas. —Mi padre.

—Yo me voy con Utah. —Luck.

—No, tú también te quedas. —Victoria.

—¿En serio vas a decirme lo que tengo que hacer? ¡Tengo veinte años! —Luck.

—Todo el mundo se queda. Está bien. Estoy bien, ya me voy. —Utah.

—¿Por qué te vas si no has hecho nada? —Honor.

Y aquí está: el momento de la verdad. El clímax.

Los hombros de Utah se alzan cuando inspira hondo, pero caen poco después como suele pasar con todos los grandes imperios. Me mira fijamente desde el otro extremo de la sala, pero no aprovecha la oportunidad para admitir su culpabilidad, ni siquiera para disculparse. Lo que hace es dirigirse hacia la puerta y, cuando ve que mi padre no se echa atrás en su decisión, se marcha dando un portazo que me sobresalta.

Sagan se sienta a mi lado con parsimonia. Está haciendo crujir los nudillos, como si estuviera enojado; lo que no me queda claro es con qué miembro de la familia, probablemente conmigo. Todo el mundo guarda silencio hasta que mi padre dice:

—Es tarde. Ya hablaremos de todo mañana. Todo el mundo a la cama. —Se vuelve hacia Luck y lo señala—. Y a ti no se te ocurra salir de tu habitación. Si te veo cerca de mis hijas, te largas.

Debe de haber leído el resto de la carta.

Luck asiente en silencio y se retira a su habitación. Honor mira a mi padre con los puños apretados.

—Todo esto es culpa tuya —lo acusa—, estamos así por tus elecciones de mierda. Eres un padre desastroso, ¡si esta familia está tan dañada es por tu culpa! —Se dirige a su habitación y también cierra dando un portazo.

Ya solo quedamos Sagan y yo... y mi padre, que se toma un momento para recuperarse. Se acerca y se arrodilla frente a mí para ponerse a mi altura.

—¿Estás bien?

Asiento en silencio, a pesar de que no es verdad. Volviéndose hacia Sagan, añade:

—¿Te molestaría vigilarla esta noche?

—En absoluto.

—No necesito cuidador.

—No lo tengo tan claro —replica mi padre—. Debo ir a hablar con Victoria.

Se levanta, pero antes de que se vaya, le pregunto:

—¿Por qué mamá toma pastillas de placebo?

Él me mira y en sus ojos veo grabada la marca de todos sus secretos.

—Doy gracias por que lo fueran, Merit.

Se da la vuelta y cruza la cocina, camino a su habitación, pero al pasar junto a la mesa de la cocina, se detiene. Apoya las manos en el respaldo de una de las sillas y deja caer la cabeza hacia delante. Permanece así unos diez segundos, pero luego levanta la silla, la lanza contra la pared y la hace añicos. Al llegar a su habitación, cierra de un portazo.

Sagan suspira al mismo tiempo que yo y se pasa las manos por la cara. Permanecemos en silencio durante un minuto; nos hemos quedado sin habla. Así seguimos, con la vista clavada en el suelo hasta que él me dice:

—Ve a ducharte, te sentirás mejor.

Asiento y, cuando me levanto, Sagan se levanta conmigo. Creo que nota que sigo mareada, porque me sujeta del brazo y me acompaña hasta el baño. Una vez dentro, descorre la cortina de la regadera, agarra el rastrillo y lo guarda en el bolsillo de sus jeans.

—No me fastidies, Sagan. ¿Crees que me voy a destrozar las muñecas con un rastrillo desechable?

Él no responde, pero tampoco me devuelve el rastrillo.

—Voy a limpiar el pasillo mientras estás en la regadera. ¿Quieres pasar la noche en mi habitación o en la tuya?

Lo pienso durante un momento. La verdad es que no quiero estar con él en mi habitación, en mi cama, el lugar donde he tratado de quitarme la vida.

—En la tuya —susurro.

Sagan cierra la puerta y me deja sola en el baño, pero, un instante más tarde, vuelve a entrar, abre el botiquín y se lleva un par de botes de pastillas.

—Oh, ¡vamos! ¿Qué piensas que voy a hacer con eso? ¿Tragarme ochenta gomitas vitaminadas?

Él se va sin responder.

Paso al menos media hora en la regadera, sin hacer nada más que observar la pared mientras el agua caliente me cae en la nuca. Creo que estoy en shock. Todavía me siento desconectada, ajena a todo lo que ha ocurrido esta noche, como si le hubiera sucedido a otra persona.

Sagan se ha asomado un par de veces en este tiempo para asegurarse de que estoy bien... o al menos viva. No sé cuánto voy a tardar en convencerlo de que lo de esta noche no se ha debido a una tendencia suicida, solo a que estaba borracha. He metido la pata hasta el fondo y ahora él cree que estoy aquí ideando maneras de quitarme de en medio.

No me quiero morir. Si quisiera, no habría ido a la habitación de Utah a buscar ayuda. ¿A qué adolescente no le pasa por la cabeza la idea de la muerte de vez en cuando? Mi problema ha sido que, al invocar a la muerte, esta se ha encontrado con mi temperamento impulsivo y con un montón de alcohol. La mayoría de la gente piensa bien este tipo de cosas antes de hacerlas. Yo no, yo me lanzo de cabeza.

Después de lo de esta noche, voy a necesitar un trofeo

enorme. Tal vez pueda encontrar un Óscar que nadie quiera por eBay.

—¿Merit? —La voz de Sagan me llega amortiguada desde el otro lado de la puerta.

Miro al techo, harta de su preocupación, y cierro el agua.

—Sigo viva —murmuro.

Agarro una toalla para secarme. Tras ponerme la pijama, voy a su habitación y cierro la puerta, porque quiero aislarme del mundo exterior.

Sagan está colocando un camastro en el suelo.

—Puedes dormir en la cama —me dice.

Me volteo hacia la cama y, cuando veo que ha traído mis almohadas, suelto un suspiro de alivio. Creo que nunca había tenido tantas ganas de acostarme.

Un vistazo a su reloj me informa que pasan de las tres de la madrugada.

—¿Tienes que madrugar mañana? —le pregunto, porque me siento mal.

Es tardísimo y mañana todo el mundo se levantará temprano para ir a trabajar o a clases. Y yo ni siquiera sé adónde va Sagan todos los días; no sé si estudia o si trabaja. No sé apenas nada del tipo al que han hecho responsable de mi vida durante esta noche. Muchas gracias, papá.

Él niega con la cabeza.

—Mañana estoy libre.

Me pregunto si será verdad o si tiene miedo de dejarme sola. Y aunque no me gusta que se preocupe así por mí, es una sensación muy agradable que alguien lo haga.

Me acuesto en la cama y me tapo. Su camastro está en

el suelo, al otro lado de la cama. Esta noche quiero estar lo más lejos posible de él. Me conozco y sé que, en cuanto la luz se apague, voy a tener que ahogar las lágrimas, por lo que cuanta más distancia entre nosotros, mejor.

—¿Necesitas algo antes de que apague la luz? —me pregunta desde la puerta, con la mano en el apagador.

Respondo que no con la cabeza y, justo antes de que la luz se apague, veo de reojo su copia de la carta. Está sobre la cómoda, abierta por la última página.

Lo ha leído todo. Cierro los ojos mientras camina hacia el camastro y me pregunto si los demás la habrán leído también. Tiro de la manta para cubrirme la cara. Pues claro que la habrán leído. Encojo las rodillas y me coloco en posición fetal. ¿Cómo se me ha ocurrido escribirla? Ni siquiera recuerdo lo que he escrito.

Hago un esfuerzo y la carta va volviendo a mí, párrafo por párrafo. Cuando llego al final, no puedo contener las lágrimas. Enrollo las mantas y las muerdo para acallar los sollozos.

No sabría definir lo que siento; no sé si me arrepiento de haberla escrito o no, aunque algo de arrepentimiento hay. Lo que no sé es si me arrepiento de haber escrito la carta o de haberme tomado las pastillas.

Tal vez me arrepiento de todo.

La única certeza que tengo es que no puedo estar más avergonzada. Sé que debería estar acostumbrada a sentirme así, pero no. No creo que nadie logre acostumbrarse nunca a esto.

Aún no me creo lo que he hecho esta noche. Ni lo que hice ayer. Ojalá pudiera volver atrás en el tiempo. Si no hubiera dejado las clases, nada de esto habría pasado. Carajo, ojalá pudiera retroceder varios años y así evitar aquel momento con Utah. Y si retrocediera todavía más, hasta el día en que Wolfgang apareció en nuestro patio trasero, podría haber matado al maldito perro y así no habríamos acabado viviendo en esta iglesia. Papá no habría conocido a Victoria y mamá no se habría vuelto loca ni habría sentido la necesidad de esconderse en el sótano.

Hundo la cara en la almohada e intento con todas mis fuerzas que Sagan no se dé cuenta de lo triste que estoy.

Pero no sirve de nada. Noto cómo levanta las mantas y se mete en la cama, a mi espalda. Me rodea con un brazo y me acerca hasta pegarme a su pecho. Cuando encuentra mis manos aferradas a la manta, me las aprieta. Y luego se dobla sobre mí, me cubre las piernas con las suyas y me apoya la barbilla en la cabeza. Me está abrazando con todo el cuerpo y no soy capaz de recordar la última vez que alguien me abrazó en esta casa. Los abrazos de Moby no cuentan porque solo tiene cuatro años. Mi padre hace años que no me abraza; no recuerdo la última vez que Utah me abrazó, y Honor y yo no nos hemos vuelto a abrazar desde que éramos pequeñas. A mi madre no le gusta el contacto físico, por lo que sus abrazos dejaron de estar disponibles desde que su fobia social empeoró hace unos años. Darme cuenta de que este es el primer abrazo que me dan en años hace que llore todavía con más sentimiento.

Noto el contacto de sus labios en la cabeza.

—¿Quieres que te cuente un cuento? —susurra.

Se me escapa la risa entre mis patéticos sollozos.

—Tus cuentos son demasiado morbosos para un momento como este.

Él mueve la cabeza un poco y pega la mejilla a la mía. Qué sensación tan agradable. Cierro los ojos y él me dice:

—Tú lo has querido, te cantaré una canción de cuna.

Me río de nuevo, pero dejo de reír cuando él empieza a cantar de verdad. Aunque más que cantar lo que hace es... rapear.

—*Y'all know me, still the same OG...*

—Sagan —protesto riendo.

—*But I been low key...*

—Para.

Pero no me hace caso y se pasa varios minutos rapeando la canción *Forgot about Dre* hasta el final. Cuando al fin me duermo, las lágrimas ya se me han secado.

11

Me cuesta imaginar el caos que debe de haber en la casa de una familia normal la mañana después de que uno de sus miembros haya intentado suicidarse. Tiene que ser un no parar de llamadas a terapeutas, lágrimas, disculpas, de gente rondando preocupada, preguntándose: «¿Cómo ha podido pasar?», o «¿Cómo se nos han podido pasar por alto las señales?».

Me quedo observando el techo de la habitación de Sagan, dolida porque todo el mundo, excepto Sagan, se ha marchado de casa. Supongo, porque he oído la puerta cerrarse varias veces y nadie se ha molestado en venir para ver cómo estaba. Me pregunto cómo será vivir en una familia normal. Una familia en la que sus miembros se preocupen por los demás; no como la nuestra, donde todo el mundo va a lo suyo como si no hubiera tratado de quitarme la vida hace unas horas. Una familia en la que mi padre se levanta y se va directo al trabajo; en la que mi madre sigue negándose a salir del sótano, mi hermana gemela se marcha al instituto sin venir a verme y mi tiastro empieza su nuevo trabajo. Y ninguno de los miembros con los que comparto un vínculo de sangre se molesta en comprobar si estoy bien.

Entiendo que estén enojados conmigo. Decía cosas francamente odiosas en la carta y soy consciente de que, a estas alturas, todo el mundo la habrá leído más de una vez. Pero lo cierto es que la única persona que está a mi lado ahora mismo es Sagan, y eso demuestra que no han entendido nada de lo que les echaba en cara en la carta. Todo el mundo sigue culpándome de todo.

Me incorporo en la cama cuando oigo que alguien llama a la puerta y abre. Por un lado, me siento decepcionada al ver que es mi padre el que asoma la cabeza, aunque, por otro lado, es un alivio.

—¿Estás despierta?

Asiento en silencio y me abrazo las rodillas. Él cierra la puerta, se acerca a la cama y se sienta, no muy convencido.

—Yo, em... —Se aprieta la barbilla como siempre que no sabe qué decir.

—A ver si lo adivino —intervengo—. ¿Quieres saber si me encuentro bien? ¿Si sigo teniendo tendencias suicidas?

—¿Las tienes?

—No, papá. —Suspiro, frustrada—. Solo soy una chica que descubrió que sus padres estaban atados y que buscó una salida a su rabia en unas cuantas sustancias ilegales. Eso no me convierte en una suicida; me convierte en una adolescente.

Mi padre suelta un suspiro muy sentido y se voltea del todo hacia mí.

—De todos modos, creo que lo mejor es que vayas a ver al doctor Criss. Te he reservado una cita para el lunes que viene.

Por Dios.

—¿Me tomas el pelo? De todos los miembros de esta familia, ¿me obligas a mí a ir al psiquiatra? —Me hago hacia atrás, derrotada, y apoyo la espalda en la cabecera de la cama—. ¿Por qué no envías a tu exmujer, que no ha visto la luz del sol en dos años? ¡¿O a tu otra hija, que está a un paso de convertirse en necrofílica?! ¡¿O a tu hijo, al que le parece lo más normal del mundo acosar sexualmente a su hermana?!

—Merit, ¡para! —me interrumpe, frustrado. Se levanta y da unos pasos por la habitación—. Lo hago lo mejor que puedo, ¿de acuerdo? No soy un padre perfecto, ya lo sé. Si lo fuera, no habrías llegado al punto de preferir la muerte a vivir conmigo. —Se dirige hacia la puerta, pero luego se detiene y se gira. Tras dudar un instante, me mira a los ojos—. Lo hago lo mejor que puedo —repite, en voz mucho más baja y una expresión de amargura.

Cuando cierra la puerta, me dejo caer de nuevo en la cama.

—Bien, pues esfuérzate más, papá.

Espero a que se cierre la puerta de la calle antes de cruzar el pasillo. En mi habitación, me cambio y paso por el baño a cepillarme los dientes antes de hacer mi entrada triunfal en el Primer Cuarto, donde no hay nadie que me diga que se alegra de verme o de que las pastillas fueran solo un placebo.

Voy a la cocina y me sienten en la mesa, desde donde veo la marquesina de la entrada. Hoy es el primer día desde que nos mudamos a Dollar Voss en que el mensaje no se ha actualizado. El mensaje que Utah puso ayer sigue ahí.

SI LA HISTORIA DE LA TIERRA PUDIERA COMPRIMIRSE EN UN AÑO, LOS HUMANOS NO APARECERÍAN HASTA EL 31 DE DICIEMBRE A LAS 11 DE LA NOCHE.

Tengo que leerlo varias veces para captar el mensaje. ¿En serio somos los humanos tan insignificantes? De un año entero, ¿solo hemos existido una hora?

Sagan entra en la cocina desde la puerta de atrás con una jarra de agua en la mano.

—Buenos días —me saluda con cautela.

Me lo quedo mirando un instante y luego vuelvo a observar la marquesina.

—¿Crees que es verdad?

—¿El qué? —Se acerca a la mesa y se sienta frente a su cuaderno de dibujo.

Señalo hacia la ventana con la cabeza.

—Lo que Utah puso en la marquesina ayer.

Sagan sigue la dirección de mi mirada y se queda reflexionando un rato.

—Creo que no soy la persona más adecuada para responderte; creí en Papá Noel hasta los trece años.

Me río, pero es una risa patética, forzada. Enseguida vuelvo a fruncir el ceño, porque la risa es un remedio muy efímero para la melancolía, que parece ser mi estado habitual en estos últimos tiempos.

Sagan deja el lápiz sobre la mesa, se hace hacia atrás en la silla y se me queda observando, pensativo.

—¿Qué crees que pasa cuando nos morimos?

Vuelvo a contemplar la marquesina.

—No tengo ni idea. Pero si lo que pone ahí es verdad y los humanos somos realmente tan insignificantes en la historia, me pregunto por qué un dios iba a tomarse la molestia de hacer que un universo entero girase a nuestro alrededor.

Sagan agarra el lápiz y muerde la punta. La mordisquea un rato antes de comentar:

—Los humanos somos criaturas románticas, poco racionales, y nos hace sentir bien pensar que un ser que todo lo sabe y con poder para crear el universo ama a la humanidad por encima de todas las cosas.

—¿A eso le llamas tú ser romántico? Yo lo llamo ser narcisista y etnocéntrico.

Él sonríe.

—Supongo que depende de la perspectiva desde donde lo mires.

Retoma el dibujo, como si diera la conversación por terminada. Sin embargo, yo me he quedado trabada en la palabra *perspectiva*. Hace que me pregunte si soy de las que ven las cosas solo desde un punto de vista, porque la verdad es que suelo pensar que casi todo el mundo se equivoca casi todo el tiempo.

—¿Crees que lo veo todo desde una única perspectiva?

Él me responde sin levantar la mirada del papel.

—Creo que sabes menos cosas sobre la gente de las que te piensas.

Mi primera reacción es llevarle la contraria, pero no lo hago porque me duele la cabeza; debo de tener un poco de resaca de anoche. Y tampoco quiero discutir con él porque es la única persona que me dirige la palabra en esta casa y no quiero fastidiarlo. Por no hablar de que es muy maduro para su edad y no puedo competir con él en el aspecto intelectual..., aunque la verdad es que no tengo ni idea de cuántos años tiene.

—¿Cuántos años tienes?

—Diecinueve.

—¿Siempre has vivido en Texas?

—He pasado los últimos años en Texas, en casa de mi abuela, que murió hace año y medio.

—Lo siento. —Al ver que no añade nada más, sigo hablando—: ¿Dónde están tus padres?

Sagan se hace hacia atrás en la silla y me mira. Da varios golpecitos en la libreta con el lápiz y luego lo suelta sobre la mesa.

—Vamos. —Arrastra la silla hacia atrás—. Necesito salir de esta casa un rato.

Me dirige una mirada expectante, a la que no puedo negarme. Me levanto y lo sigo hasta la puerta. No sé adónde vamos, pero tengo la sensación de que lo que quiere no es huir de esta casa, sino de mis preguntas.

Una hora más tarde estamos en la tienda de antigüedades, delante del trofeo que no pude permitirme comprar hace unas semanas.

—No, Sagan.

—Sí. —Levanta el trofeo del estante y yo trato de quitárselo de las manos, pero no lo consigo.

—¡No voy a consentir que pagues ochenta y cinco dólares por esto, solo porque sientas lástima de mí! —Lo sigo por la tienda como una niña enrabietada.

—No lo compro porque sienta lástima de ti. —Deja el trofeo en el mostrador y saca la cartera.

Vuelvo a intentar arrebatarle el trofeo, pero él se interpone en mi camino.

—Si lo compras tú, no lo quiero. Solo lo quiero si puedo pagármelo yo.

Él sonríe como si le pareciera de lo más graciosa.

—Está bien, pues me lo pagas cuando puedas.

—No es lo mismo.

Sagan le entrega un billete de cien dólares al dependiente.

—¿Quiere una bolsa?

—No, gracias —responde Sagan, que se dirige hacia la salida con el trofeo en la mano.

Una vez fuera, lo esconde detrás de la espalda, como si yo no acabara de ver cómo lo compraba.

—Tengo una sorpresa para ti.

Miro al cielo, exasperada.

—Eres insoportable.

Él se ríe mientras me entrega el trofeo y yo lo acepto.

—Gracias.

La verdad es que me hace mucha ilusión tenerlo, pero odio que haya tenido que pagar tanto. Me hace sentir incómoda; no estoy acostumbrada a recibir regalos.

—De nada. —Me echa el brazo sobre los hombros—. ¿Tienes hambre?

Me encojo de hombros.

—La verdad es que no mucha, pero si quieres comer, te acompaño.

Me lleva hasta una sandwichería que hay calle abajo y nos dirigimos al mostrador.

—Querría el especial para la hora de la comida y dos galletas de azúcar, por favor. —Me mira—. ¿Qué quieres para beber?

—Agua está bien.

—Dos aguas —le pide a la mesera que nos toma el pedido.

—¿Para llevar?

—Sí.

Cuando está listo, cruzamos la calle y nos sentamos en una de las mesas que hay junto a la fuente donde nos besamos por primera vez. Me pregunto si lo habrá hecho expresamente, aunque lo dudo.

Es algo que me he preguntado muchas veces. Si no ve a Honor más que como a una amiga, ¿por qué me besó cuando me confundió con ella?

Y es evidente que me confundió con ella. Ni siquiera el mejor actor del mundo podría haber fingido la confusión y la sorpresa que sintió cuando Honor lo llamó por teléfono.

Sin embargo, no lo pregunto. Sacar el tema ahora me parece muy forzado y, además, no estoy muy segura de poder digerir su respuesta en mi estado actual. Las últimas veinticuatro horas me han dejado agotada y no quiero añadir más temas delicados a la conversación.

—¿Has llegado a probar alguna vez sus galletas de azúcar? —me pregunta.

—Nop. —Bebo un poco de agua.

—Pruébala, te cambiará la vida.

Me da una galleta y le doy un mordisco, y luego otro. La verdad es que es la galleta más deliciosa que he comido nunca, pero ha exagerado.

—¿Cuándo se supone que voy a empezar a notar el cambio? ¿Tengo que terminarme la galleta para conseguir resultados?

Sagan me mira entrecerrando los ojos.

—Qué lista —me acusa en tono juguetón.

Me acabo la galleta mientras él le da un bocado a su sándwich y me fijo en un nuevo tatuaje que tiene en el brazo. Parecen unas coordenadas de GPS.

—¿Es nuevo? —Lo señalo con el dedo.

Él baja la vista hacia el brazo y asiente.

—Sí, me lo hice yo la semana pasada.

—¿Qué quieres decir?

—Que me hago mis propios tatuajes.

Ladeo la cabeza y examino un par más de sus diseños.

—¿Te has hecho tú mismo todos estos?

De repente me resultan mucho más fascinantes que antes. Quiero saber qué significado tienen: de dónde es la bandera, por qué se ha tatuado una minitostadora con una rebanada de pan en la muñeca o qué quiere decir «Su turno, Doctor».

—¿Qué significa este? —Señalo la tostadora.

Él se encoge de hombros.

—Es solo una tostadora, no significa nada.

—¿Y este?

—Es la bandera de la oposición siria.

—¿Qué significado tiene?

Él se pasa el pulgar sobre la bandera tatuada.

—Mi padre es sirio. Supongo que me la hice como homenaje a mi herencia familiar.

—¿Tu padre sigue vivo?

Esa pregunta hace que su actitud cambie por completo. Se encoge de hombros y da un trago, mientras me rehúye la mirada. Es como si se alzara un muro detrás de sus párpados cada vez que no me quiere responder..., lo que ocurre frecuentemente. Respeto que necesite privacidad en lo que atañe a su familia, por lo que le agarro el brazo y le doy la vuelta en busca de más tatuajes.

—Entonces... ¿algunos tienen un significado y otros son cosas al azar?

—Algunos son de cosas al azar, pero casi todos significan algo.

Paso el dedo sobre las coordenadas de GPS.

—Este significa algo. ¿Es el lugar donde naciste?

Él sonríe y me busca la mirada.

—Algo así.

La mirada que me dirige mientras lo dice me altera demasiado como para continuar preguntándole cosas. Sigo examinando los tatuajes, pero lo hago en silencio. Le levanto un poco la manga de la camiseta para ver los del hombro. A él no parece molestarle, siempre y cuando no le haga preguntas indiscretas sobre su significado.

—¿Eres diestro? ¿Por eso solo tienes tatuajes en el brazo izquierdo?

—Sí, prefiero practicar conmigo antes que con otras personas.

—Puedes practicar conmigo.

—Cuando cumplas los dieciocho.

Le doy un empujón en el hombro.

—¡Vamos! ¡Los cumplo dentro de siete meses!

—Los tatuajes son permanentes; tienes que pensarlo mejor.

—Dice el tipo que lleva una tostadora en el brazo.

Cuando arquea la ceja, se me escapa la risa, y me resulta raro de inmediato después de lo de anoche. Me siento un poco culpable, como si fuera demasiado pronto, pero agradezco mucho que me haya animado a salir de casa. Estoy mucho mejor que si me hubiera quedado encerrada en mi habitación día y noche, que era lo que tenía previsto hacer.

Él niega con la cabeza.

—No pienso hacerte un tatuaje, solo soy aprendiz.

—¿Qué significa eso?

—Los días que no tengo clases ni trabajo, a veces voy al estudio de tatuajes del pueblo para aprender el oficio.

—¿Estudias en la universidad de Commerce?

Él me lo confirma con la cabeza mientras responde:

—Sí, tres días a la semana. Trabajo los días que no tengo clases, y trato de ir al estudio un par de noches a la semana.

—¿Quieres ser tatuador profesional?

Él se encoge de hombros.

—No, tengo otros planes de futuro. Me gusta como hobby.

—¿Qué estás estudiando?

—Estoy estudiando dos carreras, Ciencias Políticas y Árabe.

—Caramba, suena importante.

Él asiente con los labios fruncidos.

—Sí, bueno, están pasando cosas muy importantes en el mundo ahora mismo, y quiero formar parte de ellas.

La muralla se ha vuelto a alzar. Es invisible, pero siempre la veo.

Querría hacerle un montón de preguntas, como, por ejemplo, ¿por qué está estudiando Árabe? ¿Y Ciencias Políticas? ¿Acaso quiere trabajar para el gobierno? ¿Qué cosas importantes están pasando en el mundo y por qué quiere formar parte de ellas? A mí no me gustaría nada, pero eso solo demuestra lo distintos que somos. Él está trabajando para labrarse un futuro y yo ni siquiera sé si voy a volver al instituto la semana que viene.

Me siento... como una niña.

Cuando Sagan se acaba la galleta, agarra el trofeo y lo examina.

—¿Por qué coleccionas estas cosas?

Me encojo de hombros.

—Porque no tengo ningún talento y, como no puedo ganarlos por mí misma, colecciono los trofeos de otras personas cuando he tenido un día de mierda.

Él acaricia la plaquita con el pulgar.

—Un séptimo puesto no me parece demasiado meritorio.

Le arrebato el trofeo de las manos y lo admiro.

—No lo quería por el título, sino porque era absurdamente caro.

Sonriendo, Sagan me toma la mano libre y me ayuda a levantarme.

—Vamos.

—¿Adónde?

—A la librería.

—¿Hay una librería por aquí?

Él me dirige una sonrisa ladeada.

—Sabes muy poco del pueblo en el que vives.

—Técnicamente no vivo en el pueblo; mi casa está a veinticuatro kilómetros de aquí.

—Pero perteneces a este municipio, es lo mismo.

Bajamos por la calle principal hasta llegar a una pequeña librería. Cuando entramos, nos saluda una mujer desde detrás de la caja registradora, pero no hay nadie más en la tienda. Aparte de una canción tranquila de The Lumineers que suena de fondo, el local está en silencio. Me sorprende lo moderno que es por dentro; nunca lo habría dicho desde fuera. Las paredes son de color lila, que es mi color favorito. Varias de las estanterías que recorren las paredes están llenas de libros. En otras hay velas y otros productos.

—No parece que tengan demasiados libros —comento al ver el tamaño del local y la escasa cantidad de estanterías.

—Es una librería especializada. Solo venden libros donados y firmados por los autores, y todos los beneficios se destinan a la caridad.

Elijo uno de los libros y lo abro para comprobar si dice la verdad. Efectivamente, está firmado.

—Esto gusta bastante, ¿no?

Él se ríe y sigue echando un vistazo a las estanterías como si estuviera buscando algo que le llamara la atención. Yo agarro varios títulos y los hojeo, aunque ya sé que no voy a comprar nada. No traigo dinero y no pienso permitir que Sagan me compre nada más. Continuamos explorando la librería hasta que llegamos al final. Sagan se detiene ante los libros, los acaricia con el dedo y elige algunos para leer el texto de la contraportada; yo me limito a observarlo a él. Tras unos instantes suena su teléfono y, como de costumbre, actúa como si el resto del mundo quedara en suspenso.

Se saca el celular del bolsillo y mira quién llama. Suelta un suspiro de decepción, pero responde igualmente.

—Hola.

Se sujeta la nuca mientras la persona que ha llamado habla. Me mira brevemente y aparta la vista cuando contesta:

—Sí, sí. Todo va bien.

Todo va bien.

Siento curiosidad por saber con quién habla y si se refiere a mí y a mi situación con esa frase.

Señala hacia la puerta para indicarme que sale para seguir hablando en la calle. Asiento en silencio y lo observo abandonar la librería. Me acerco a un sofá que hay junto al escaparate y me siento a contemplarlo.

—¿Puedo ayudarte a buscar algo? —La mujer de la caja me mira fijamente, lo cual me pone un poco nerviosa.

Debe de rondar los cuarenta años, tiene el pelo encrespado y trata de domarlo recogiéndolo en la coronilla. Está sentada ante una laptop sin apartar la vista de mí, a la espera de que le responda.

—No hace falta, gracias.

Ella asiente, pero luego insiste:

—¿Estás bien?

Le digo que sí con la cabeza, un poco molesta por su interrogatorio.

Miro por la ventana y veo que Sagan camina de un lado

a otro, aunque apenas habla; básicamente escucha a la persona que lo ha llamado. Cuando veo que se aprieta la frente, me entristezco. Parece estresado, lo cual me hace sentir un poco culpable.

—¿Es tu novio? —me pregunta la mujer mientras se acerca.

Hago un esfuerzo y logro no poner los ojos en blanco, pero igualmente estoy segura de que se me nota que no tengo ganas de charlar.

—No.

—¿Tu hermano? —Se sienta a mi lado en el sofá.

—No.

Se pone cómoda y lo observa.

—Es lindo. ¿De dónde lo conoces?

Trato de conjurar a Sagan con la mirada. Si lo miro con la suficiente intensidad, tal vez se vuelva hacia mí y se dé cuenta de que necesito desesperadamente que venga a rescatarme. A la espera de que eso pase, no me queda más remedio que contestar a las preguntas de esta mujer. Voy a intentar responderle todo de golpe para no darle pie a que me siga preguntando cosas.

—Es un amigo de la familia. —Señalo la calle principal en dirección a los juzgados—. Justo allí me besó por primera vez, pero me confundió con mi hermana gemela y esa es la única razón que lo llevó a besarme, es decir, que fue algo accidental. He estado tratando de evitarlo durante estas últimas semanas, porque pensaba que estaba saliendo con mi hermana. Pero anoche me vestí con su ropa y volvimos a besarnos, solo que resultó que no está saliendo con ella. Discutimos y se marchó, por lo que fui buscando consuelo a la habitación de mi tiastro, pero él estaba cogiendo con mi hermano. Así que me emborraché, me tomé un montón de pastillas y casi no lo cuento. Sagan... —Lo señalo con el dedo—. Es su nombre. Pues Sagan ha pensado que una galleta de azúcar y una librería me harían sentir mejor, y por eso estamos aquí.

La mujer tiene los ojos muy abiertos, pero no parece escandalizada, solo un poco abrumada por la avalancha de información. Tras unos instantes, se hace hacia delante y dice:

—Pues diría que este chico es de los que valen la pena, porque es verdad que pocas cosas ayudan más a sentirse mejor que las galletas de azúcar y las librerías. —Se levanta—. ¿Tienes sed? Tengo refrescos en el refrigerador.

Diría que sí a cualquier cosa para lograr que me dejase tranquila un minuto.

—Está bien.

Se dirige a la trastienda mientras Sagan cuelga la llamada y vuelve a entrar. Pasea la mirada por la librería antes de localizarme en el sofá.

Me levanto cuando se acerca a mí.

—¿Todo bien? —le pregunto.

—Sí.

Asiento con la cabeza.

—¿Era mi padre? ¿Quería saber cómo estaba?

En vez de responderme, Sagan se guarda el celular en el bolsillo.

—¿Quieres volver a casa?

«Casa.»

Me echo a reír sin ganas. No estoy segura de que *casa*

sea la palabra adecuada para describir el lugar donde vivo. Lo que es seguro es que no es un hogar; no es más que un edificio lleno de gente que cuenta los días que faltan para poder marcharse de ahí y no tener que compartir su vida con los demás.

Trato de decir «sí», pero me atraganto con la palabra porque viene empapada en lágrimas. Sagan ni siquiera me pregunta por qué me pongo tan emocional de repente; solo me rodea con sus brazos y me atrae hacia él.

Hundo la cara en su pecho y le devuelvo el abrazo porque me hace bien, y, por mucho que esté tratando de fingir que soy fuerte, sigo muy triste. Me pesan los remordimientos por haber escrito la carta, me entristece haber causado tanto drama y todavía me hunde más pensar que todo lo que escribí era verdad. No quiero estar furiosa con Utah ni enojada con Honor. No quiero que mi padre engañe a Victoria, aunque sea con mi madre. Y tampoco quiero que mi hermana se obsesione con relaciones insanas. Quiero que seamos una familia normal, no puede ser tan difícil.

—¿Por qué no podemos ser una familia normal?

—No creo que exista tal cosa, Merit. —Sagan se aparta para mirarme a la cara—. Vamos, estás exhausta, se te nota en la mirada.

Cuando asiento con la cabeza, él me pasa el brazo por los hombros. Nos volvemos hacia la puerta, pero nos detenemos en seco porque la encargada nos corta el paso, demasiado cerca, con una lata en la mano.

—No olvides la Pepsi Light.

Sagan retrocede un paso y acepta el refresco, no muy seguro.

—Eem, ¿gracias?

La mujer asiente y se hace a un lado para dejarnos pasar. Justo antes de que salgamos, nos grita:

—¡Ni se les ocurra robarme los gnomos! Los adolescentes siempre me roban los gnomos.

Me volteo hacia ella y me despido con la mano para tranquilizarla. Al salir a la calle, Sagan se echa a reír.

—Eso ha sido raro.

No digo yo que no.

Pero no me disgustan las cosas raras, así que lo más probable es que vuelva.

12

¿Estás en casa?

Mer, necesito hablar contigo.

Miro los mensajes de Utah con desdén. No me ha llamado Mer desde que éramos pequeños. Bloqueo el celular y me lo guardo en el bolsillo. Levanto el tenedor y doy otro bocado a las enchiladas.

Sagan y yo hemos vuelto a casa antes de que los demás empezaran a regresar del trabajo y de la escuela. Yo me he quedado en mi habitación hasta la hora de la cena y, al salir, nadie me ha dirigido la palabra, excepto mi padre y Sagan. Mi padre me ha preguntado cómo me encontraba y yo le he dicho que bien. Sagan me ha preguntado qué quería para beber y yo le he respondido que bien. Ni siquiera me he dado cuenta hasta ver que me sonreía y me daba un vaso de refresco.

La cena transcurre en completo silencio. La tensión es tan palpable que no estoy segura de que pudiera hablar ni aunque tuviera intención de hacerlo. Honor es la primera que lo intenta, cuando recibe un mensaje de texto de mi hermano poco después de que yo lo haya ignorado.

—Utah quiere hablar contigo, papá —dice sin levantar la vista del celular—. ¿Puede pasarse esta noche?

Mi padre no se apresura a responder. Termina de masticar el bocado que tiene en la boca, traga, da un sorbo a su bebida y devuelve el vaso a la mesa. Entonces responde:

—No, hoy no.

Honor lo mira mal.

—Papá.

—He dicho que hoy no. Ya me pondré en contacto con él cuando esté listo para hablar.

Honor se ríe sin ganas.

—Cuando estés listo para hablar de algo importante. Pues que espere sentado.

—Honor. —Victoria pronuncia el nombre de mi hermana como si fuera una amenaza.

A Honor no le hace ninguna gracia. La mira como si estuviera a punto de estallar, pero mi padre se da cuenta y la interrumpe antes de que pueda decir nada.

—Ya basta, Honor.

Mi hermana se levanta con tanta brusquedad que la silla se cae al suelo y se marcha a su habitación sin recoger su plato. Victoria suspira y se levanta con menos molestia de la que muestra habitualmente cuando se harta de nosotros.

—No estoy muy sutil. —Deja la servilleta junto al plato y se retira a su habitación.

Mi padre la sigue. No tengo ni idea de lo que pasó entre

ellos después de que hiciera público el secreto de papá en la carta, pero Victoria no parece muy contenta.

Me volteo hacia Moby, que se tapa la boca con la mano y se inclina hacia mí.

—¿Puedo ir a ver la tele? Mi comida no me gusta.

Le sonrío.

—Claro, colega.

Se desliza por la silla y corre hasta el salón. Ya solo quedamos Luck, Sagan y yo en la mesa.

—Diría que en esta familia no hemos llegado a los postres ni una vez desde que me mudé aquí —comenta Luck.

No me río porque me parece muy triste que no seamos capaces de soportarnos ni siquiera el tiempo que tardamos en acabarnos la cena. Luck empieza a juguetear con la comida que tiene en el plato. Cuando se cansa, suelta el tenedor mientras suspira y levanta la cara hacia mí.

—¿Has hablado con Utah? ¿Y si quiere pedirte perdón?

—Ha tenido años para pedirme perdón. Si está dispuesto a hacerlo ahora es porque la verdad ha salido a la luz. Sus disculpas no me resultan muy sinceras a estas alturas.

—Entiendo, visto así. —Luck da unos cuantos bocados más.

Yo no hago más que juguetear con la comida. Se me ha quitado el hambre ahora que todo el mundo parece enojado conmigo por algo que hizo mi hermano. Ya sé que ha pasado mucho tiempo y entiendo que odien haberse enterado de algo terrible sobre Utah, pero ¿por qué nadie se compadece de mí? ¿Tan antipática soy que a nadie le importa que el incidente me afectara tanto?

Sagan se levanta y empieza a recoger la mesa mientras Luck se dirige a su habitación.

—¿Has terminado? —me pregunta Sagan.

Cuando asiento en silencio, él lleva mi plato al fregadero y vuelve a la mesa.

Deslizo el dedo por la condensación de mi vaso.

—Mi reacción... ¿te parece exagerada?

Él me observa en silencio unos instantes y luego niega con la cabeza.

—Tu rabia es válida, Merit.

Me gustaría que sus palabras me hicieran sentir mejor, pero no es así. No quiero estar enojada con Utah, ni que todos los demás estén enojados conmigo. Me gustaría que todos pudiéramos estar a gusto.

—A veces odio a esta familia —susurro—. La odio mucho.

Sagan se coloca el cuaderno de dibujo delante.

—No eres la primera adolescente que se siente así.

Cuando empieza a deslizar el lápiz sobre el papel, lo observo porque me resulta relajante, tanto el sonido del lápiz sobre el papel como su modo de mover el brazo o su cara de concentración.

—¿Me dibujas?

Sagan me mira a los ojos.

—Claro.

Poco después estamos en su habitación. Me fijo en que deja la puerta abierta y me pregunto si lo hará por respeto hacia Honor o por miedo a mi padre. Se dirige a la cómoda y regresa con una caja de carboncillos.

—¿Qué tipo de dibujo quieres? ¿Uno realista?

Bajo la vista hacia la ropa que llevo: jeans y camiseta. Es lo que me pongo siempre.

—¿Puedo ir a cambiarme?

Cuando él me dice que sí con la cabeza, cruzo el pasillo y rebusco en mi armario hasta que llego al extremo donde guardo el ridículo vestido de dama de honor que tuve que ponerme el año pasado para la boda de mi prima. Es de tafetán amarillo chillón. La parte de arriba es un bustier y la falda, ancha, me llega hasta las rodillas. Es espantoso, así que me lo pongo, por supuesto. Lo combino con unas botas militares y me recojo el pelo en un moño alto y descuidado. Cuando vuelvo a entrar en su habitación, Sagan se echa a reír.

—Muy bonito.

Hago una reverencia, doblando la rodilla.

—Me alegro de que te guste. —Me dirijo a un rincón despejado de la habitación y me siento en el suelo—. Dibújame así, pero no en el suelo; que se me vea flotando en una nube.

Sagan se sienta en la cama y busca en el cuaderno una página en blanco. Me mira y mira a la página. Repite este proceso tres o cuatro veces sin apoyar el lápiz en el papel. Como no sé qué hacer con las manos, las dejo descansar en el regazo. Cambia de postura un par de veces, pero no parece servirle de nada. Cada vez que empieza a dibujar se frustra y arruga el papel.

Pasan al menos diez minutos en los que ninguno de los dos dice nada. Me gusta observarlo durante su proceso de creación, aunque de momento no está resultando demasiado productivo. Al fin se rinde. Se hace hacia atrás y apoya la espalda en la cabecera mientras lanza la libreta sobre la cama.

—No te puedo dibujar.

Hago una mueca.

—¿Por qué?

Con los ojos clavados en los míos, me dice:

—No soy tan bueno, no te haría justicia.

Noto que me ruborizo, pero trato de no tomármelo en el sentido en el que espero que lo haya dicho. Tal vez solo ha sido modestia. Suspiro y me levanto del suelo.

—Igual otro día —le digo, mientras me acerco a la cama. El vestido hace mucho ruido cuando me acuesto de espaldas junto a él.

—Pareces Big Bird.

Riendo, me incorporo y me apoyo en el codo.

—Deberías haber visto la hilera de damas de honor. Íbamos cada una vestida de un color primario.

Sagan se echa a reír.

—No inventes.

—La novia es maestra de preescolar. No sé si pretendía hacer una boda temática sobre eso, pero el caso es que fue una boda muy colorida.

Sagan pasea la vista por el vestido y termina mirándome a los ojos. Los suyos parecen querer decirme mil cosas, pero opta por preguntarme:

—¿Quieres dar un paseo?

Me levanto.

—Sí, pero deja que me quite este absurdo vestido.

Él me provoca, sonriendo.

—¿A que no te atreves a salir a la calle así?

Ni siquiera llegamos a la acera, porque el vestido es insufrible. Cada vez que doy un paso, parece que se acerque un tsunami que nos vaya a arrastrar.

—¿No hay manera de parar eso? —pregunta él, riendo.

—No. Es el vestido más escandaloso del mundo.

—Pues sí, en más de un sentido. —Sagan no para de reír—. ¿Y si nos sentamos ahí, en el columpio?

Con las manos en los bolsillos cruza el jardín y se dirige hacia el columpio que mi padre instaló para Victoria, que quería un lugar a la sombra de los árboles donde poder leer. Es tan grande que podría servir de cama de matrimonio, pero solo he visto a Victoria usarlo un par de veces. Trabaja mucho y Moby le deja poco tiempo libre para leer. Probablemente lo he usado yo más veces que ella.

Sagan tira al suelo unos cuantos cojines para que tengamos más espacio y da palmadas en el columpio para que me siente a su lado. La falda de mi vestido de dama de honor lo dificulta. Cuando al fin encuentro la manera de sentarme sin que la tela nos ahogue a ninguno de los dos, no podemos parar de reír.

—Siempre puedes quitártelo —sugiere.

Yo le doy un empujón en el brazo, pero él aprovecha para agarrarme la mano y acercarme. Me abraza, pero no de un modo sensual, sino reconfortante.

Arrebujada entre sus brazos, me pego a él y contemplo el paisaje que se abre más allá del jardín, encajonado dentro de la reja de madera blanca que lo enmarca y lo separa de la calle.

—¿Era tuya? —Sagan señala la casita del árbol.

—No, mi padre la construyó para Moby. Honor y yo

también teníamos una, pero está en uno de los árboles de nuestra antigua casa. Seguro que se ha podrido ya.

—Me gusta que sea lila. ¿Es el color favorito de Moby?

—No, es el mío. Moby eligió ese color por mí; quería que me gustara para que subiera a jugar con él.

—¿Y lo haces?

Me encojo de hombros.

—A veces, aunque supongo que no tan a menudo como debería.

Cuando Sagan suspira, me siento mal al recordar que me contó que tiene una hermana pequeña a la que no conoce. Encoge una de las piernas y la apoya en el columpio. Tiene el brazo izquierdo sobre el regazo, así que aprovecho para recorrerle los tatuajes con el dedo. No sé por qué dice que no tiene talento. Los tatuajes son pequeños, pero están llenos de detalles.

—Sí que tienes talento.

Sagan me aprieta el hombro y me besa el pelo. Nunca me habían dado las gracias de una manera tan dulce, y ni siquiera ha utilizado palabras.

Me volteo hacia él, que tiene la vista fija en el jardín y el ceño fruncido. Cuando al fin se gira hacia mí, me pregunta en voz baja:

—Merit, ¿no crees que puedes estar deprimida?

Suspiro, porque su pregunta me saca de quicio.

—Estoy bien, solo fue una mala noche en la que tomé una decisión estúpida.

—¿Me prometes que, si vuelves a tener una mala noche, vendrás a hablar conmigo antes de tomar otra decisión estúpida?

Asiento con la cabeza. Va a tener que conformarse con eso, porque no puedo hacerle ninguna promesa más firme.

Sagan se gira hacia mí en el columpio, pero me rehúye la mirada.

—¿Crees que...? —Parece que lo que quiere preguntarme lo pone nervioso—. ¿Crees que fue culpa mía?

Enderezo la espalda.

—¿Crees que traté de suicidarme por tu culpa?

—No, no estoy diciendo eso; al menos espero que no sea verdad. —Se pasa una mano por la cara—. No lo sé, Merit. Te llamé idiota y la siguiente vez que te vi tuve que obligarte a vomitar las pastillas que te habías tomado. No puedo evitar pensar que tal vez tuviera algo que ver con lo que pasó. No digo que fuera la causa, pero quizá sí el catalizador.

Niego con la cabeza.

—Sagan, no fue culpa tuya, lo juro. Fue por mi estupidez y mi familia y... todo, se juntó todo y me salió de las manos. —Cierro los ojos y hundo los hombros—. Si te soy sincera, no quiero hablar de ello.

Él me apoya la mano en la mejilla y me acaricia la barbilla.

—Está bien —susurra—. No hace falta que lo hablemos ahora mismo.

Vuelve a abrazarme y a atraerme hacia su pecho y yo disfruto del silencio. Pasan al menos quince minutos en los que no hacemos nada más que mirar al frente. Esta noche hay luna llena, que ilumina el jardín. Hasta la reja blanca resplandece.

—Mucha gente sueña con vivir en una casa con una

reja de madera blanca. Lo que no saben es que las familias perfectas no existen, por muy blanca que sea la reja.

Él se echa a reír.

—Hagamos un trato. Si algún día tenemos nuestras propias casas, no pintaremos las rejas de color blanco.

—Uf, no, claro que no. La mía la pintaré de lila.

—Como la casita del árbol. —Tras unos instantes de silencio, añade—: ¿No te sobraría pintura lila?

Alzo la cara hacia la casita del árbol y la bajo hacia Sagan.

—Creo que sí; en la cochera.

Ninguno de los dos reacciona durante unos segundos, pero luego salimos disparados del columpio al mismo tiempo y corremos hacia la cochera en busca de pintura lila.

Por suerte, encontramos dos latas, suficiente para pintar al menos el jardín delantero. Nos pasamos las dos horas siguientes pintando y charlando de cualquier tema menos de los importantes. Sagan me habla sobre lo que está aprendiendo en el Highwaymen Ink, el salón de tatuajes. Yo le cuento historias de cuando éramos pequeños, cuando mi familia no estaba tan afectada. Hablamos de exnovias, de exnovios y de nuestras películas favoritas. Cuando terminamos de pintar la sección derecha de la valla, es medianoche y tengo el vestido amarillo lleno de salpicaduras de pintura lila.

—Me parece que no voy a poder usarlo nunca más. —Bajo la vista hacia el vestido de tafetán.

—Vaya, una pena.

Me giro hacia el lado izquierdo de la valla, el que aún sigue de color blanco.

—¿Vamos a pintar ese lado también?

Sagan asiente con la cabeza, pero me hace un gesto para que me siente con él en el columpio.

—Sí, pero descansemos un rato antes.

Me siento a su lado y, cuando él me atrae hacia su pecho, ya no me parece un gesto extraordinario, cada vez me resulta más natural. Me pregunto si tratará de besarme de nuevo alguna vez. Sé que los últimos dos besos que nos dimos no fueron gran cosa, por lo que no me extrañaría que no quisiera volver a intentarlo.

Tal vez no haya vuelto a besarme por respeto a Honor. Es un tema que todavía no me he atrevido a comentarle, pero a estas alturas estoy tan cansada que ya no tengo filtro.

Suelto el aire con tanta fuerza que se me escapa una trompetilla. Enderezo la espalda, me giro hacia él y me siento con las piernas cruzadas.

—Necesito hacerte una pregunta. —Trato de ponerme cómoda, pero el vestido se hincha a mi alrededor como si fuera un globo por mucho que lo aplaste con los brazos. Tengo mil cosas en la cabeza, pero para empezar elijo la que ocupa el lugar destacado y me obligo a hacerle la pregunta que no he dejado de hacerme desde que lo conocí—. A ti... ¿te gusta Honor?

Él no necesita pensarlo. Inmediatamente lo niega con la cabeza y responde:

—Creo que es preciosa, claro. Las dos lo son, pero no me siento atraído por ella.

El cuerpo me pide encorvar los hombros y cubrirme la cara con la mano, pero me esfuerzo en mantener la compostura tal como él hace siempre.

—Si no te sientes atraído por ella, eso significa... —No me atrevo ni a acabar la frase—. Como somos gemelas idénticas, pues...

Él vuelve a contener la risa. Me pregunto por qué le ha dado por reír así, en silencio, por cualquier cosa que digo. Me encantaría ser capaz de imitarlo, me pasaría el día haciéndolo.

—Te estás preguntando si es posible que alguien se sienta atraído por ti y no por tu gemela idéntica. —Dicho por él, resulta hasta fácil.

Yo me encojo de hombros antes de asentir con la cabeza.

—Pues sí, es posible —me confirma.

Contengo una sonrisa. Ya sé que sus palabras no me aseguran que se sienta atraído por mí, pero no puedo evitar hacerme ilusiones.

—¿Por qué Honor y tú no pasaron de una amistad?

—Está saliendo con mi amigo y nunca le haría algo así. Además, cuando la conocí me pareció preciosa, claro, pero tras pasar un par de días con ella, me di cuenta de que..., no sé. Entre nosotros nunca ha habido una conexión sentimental. No le gustaban mis dibujos, ni compartía mi gusto musical. Se pasaba el rato chismeando por teléfono, lo cual me resultaba muy molesto. Pero algunas cosas suyas sí me gustaron. Vi que era leal y divertida; me la paso bien con ella.

Trato de digerir lo que me cuenta sin decir nada. Quiero creerle, pero me he creado una imagen equivocada de los dos durante tantos días que no me resulta fácil.

—Pero, si no te sientes atraído por ella..., ¿por qué me besaste en la plaza cuando pensabas que era Honor?

Sagan adopta una expresión solemne. Suspira hondo y se echa hacia atrás en el columpio con la vista al frente. Me agarra la pierna, la coloca sobre el regazo y deja una mano apoyada a la altura de la rodilla.

—Es complicado. —Se pasa la otra mano por la cara mientras busca las palabras adecuadas—. Aquel día vi a Honor, a ti, rebuscando en la tienda de antigüedades y la estuve observando un rato. Sentí curiosidad porque la noté muy distinta, con jeans y una camisa de franela atada a la cintura. No iba maquillada, lo cual me desconcertó mucho, porque nunca la había visto sin maquillar. Sabía que Honor tenía una hermana, pero no sabía que fueran gemelas idénticas, por lo que no se me pasó por la cabeza que pudieras ser tú. No lo sé... Es difícil de explicar precisamente porque son idénticas, pero aquel día me sentí atraído por ella como nunca antes. Me despertó cosas que no había sentido nunca en su presencia.

»Me gustó que lo observara todo con la curiosidad de una niña pequeña. Me gustó que no se sacara el celular del bolsillo ni una sola vez. Honor está siempre pegada al teléfono. Me gustaría que de vez en cuando se olvidara de él y disfrutara de lo que tiene a su alrededor. Y me encantó que se echara la culpa cuando el niño rompió aquel objeto.

»Cuando me acerqué a ella, ya fuera de la tienda, y la vi de cerca, fue como si la estuviera viendo por primera vez. Y, aunque no la había besado nunca y me sentí muy culpable por besarla sabiendo que a mi amigo le gustaba, no me pude reprimir. No sé qué me pasó, pero no pude contenerme.

Hace una pausa y me mira a los ojos.

—Sin embargo, cuando Honor me llamó por teléfono y até cabos, entendí al fin por qué había sentido que me moriría si no la besaba. No me había sentido atraído por Honor; me sentía atraído por ti.

A estas alturas, el corazón me late con tanta intensidad como si me hubiera tomado un 5-hour ENERGY y lo hubiera combinado con un Red Bull. Ha dicho justo lo que deseaba oír pero no me atrevía a creer. He fantaseado muchas veces con que había visto en mí algo que no había visto en mi hermana y, ahora que al fin estoy oyendo su versión, tengo miedo de despertarme y que todo sea una pesadilla cruel. Ojalá pudiera volver a aquel día y grabarme en la memoria cada segundo compartido, en especial el momento en que se inclinó para besarme y me dijo «Me entierras». No supe qué quiso decir con esas palabras entonces y sigo sin saberlo ahora, pero aún hoy las oigo cada vez que cierro los ojos.

—¿Por qué me dijiste «me entierras» justo antes de besarme? ¿Es algo que solías decirle a Honor?

Sagan baja la vista hacia la mano con la que me acaricia la rodilla y sonríe.

—No. Es lo que significa la palabra árabe *tuqburni*.

—¿*Tuqburni*? ¿Cuál es la palabra equivalente en inglés?

Él apoya la cabeza en el respaldo y la ladea lo justo para mirarme.

—No todas las palabras tienen un equivalente en otros idiomas. No se puede traducir directamente al inglés.

—Suena un poco macabro, ¿no crees?

Él sonríe con timidez, como si le diera un poco de vergüenza.

—*Tuqburni* se usa para describir esa sensación global de no poder vivir sin alguien. Por eso la traducción literal es «me entierras».

Trato de digerir que me dijera eso justo antes de besarme. Las palabras me encantan, pero odio que las pronunciara sin saber que no me las decía a mí, ya que en aquel momento pensaba que hablaba con Honor. Y aunque ha admitido que se sintió atraído por ella aquel día porque en realidad era yo, no acabo de entender por qué no me lo aclaró después. Han pasado más de dos semanas desde aquel día y se me han hecho muy largas.

Carraspeo y me trago los nervios mientras reúno el valor de preguntarle.

—Si Honor y tú no están juntos, y si te sientes atraído por mí, ¿por qué no has hecho nada para demostrarlo? Han pasado semanas desde aquel día.

Lo veo titubear mientras busca la manera de expresarlo. Suspira débilmente y me acaricia la rodilla con el pulgar.

—¿Quieres que te diga la verdad? —Me busca la mirada, y yo asiento. Frunce los labios unos instantes antes de decirme—: Porque cuanto más te conocía, menos me gustabas.

Tardo unos instantes en asimilar lo que me acaba de decir.

—¿No te gusto?

Él deja caer la cabeza hacia atrás mientras se le escapa un suspiro pesaroso.

—Hoy sí me gustas.

Río con desgana.

—Ah, va. Me quedo mucho más tranquila. ¿Te gusto hoy pero no te gustaba ayer?

Él me dirige una mirada cargada de intención.

—No, ayer precisamente no me gustabas nada.

No sé si debería enojarme con él, y me quedo observándolo, sorprendida. Por un lado, siento que debería enojarme, pero, por otro, lo entiendo. Yo tampoco me gustaba ayer. Y no me he comportado de manera normal con él desde que apareció en la casa. Me obstiné, le respondía mal y apenas le dirigí la palabra hasta ayer.

—No sé ni qué decir, Sagan. —Bajo la vista hacia la falda y rasco una mancha seca de pintura lila—. Sé que he sido maleducada contigo, pero lo hacía por una cuestión de supervivencia. Pensaba que eras el novio de mi hermana y no quería sentir lo que sentía por ti. Has sido la primera cosa de Honor que he deseado que fuera mía.

Sagan no contesta de manera inmediata y yo sigo arrancando manchitas de pintura porque estoy sintiendo demasiadas cosas de golpe para poder sostenerle la mirada.

—Merit. —Pronuncia mi nombre como si me suplicara que lo mirara.

Cuando al fin lo hago, me arrepiento al instante, porque en sus ojos veo todo lo que no querría ver: arrepentimiento y también miedo; como si se tratara de un anticipo de su rechazo.

—Deja que lo adivine. ¿Todavía no te gusto lo suficiente para besarme?

Él alza la mano y me acaricia la mejilla. Mientras niega suavemente con la cabeza, me dice:

—Me gustas lo suficiente para besarte, lo juro. Ojalá te gustaras a ti misma tanto como me gustas a mí.

No sé ni qué decirle. ¿Piensa que no me gusto por lo que hice anoche?

—Ya te dije que fue un error, que estaba borracha. Claro que me gusto.

—¿En serio?

Hago una mueca de exasperación. Pues claro. O eso creo.

—A veces estoy triste, sí, pero ¿qué adolescente no lo está? Todo el mundo desearía ser otra persona en algún momento; alguien mejor, con una familia mejor.

Él me contradice, mientras niega con la cabeza.

—Yo nunca lo he deseado.

Le dirijo una mirada escéptica.

—Tú mismo me dijiste que ni siquiera conoces a tu hermana pequeña. Si me dices que no te gustaría que tu familia fuera distinta, no te voy a creer, igual que tú no crees que lo de anoche no significó nada.

Sagan me sostiene la mirada un buen rato, lo cual me permite ver que le cuesta tragar saliva. Me suelta y se levanta. Con las manos en los bolsillos, baja la vista al suelo y le da patadas a la gravilla. No tengo ni idea de qué he dicho para que se haya molestado tanto, pero el humor le ha cambiado por completo.

—Sigues insistiendo en que lo de anoche no tuvo importancia, y la verdad es que resulta casi ofensivo. No eres tú quien decide lo que tu vida significa para los demás. —Se saca las manos de los bolsillos y se cruza de brazos—. Podrías haber muerto, Merit. No es ninguna tontería, y hasta que no lo admitas no quiero iniciar nada contigo. Creo que hay un montón de temas en tu vida que necesitan atención, y no quiero distraerte con lo que sea que esté pasando aquí. —Señala el espacio que hay entre nosotros—. Esto puede esperar.

Siento que me ruborizo de vergüenza.

—¿No quieres salir conmigo porque te parezco demasiado inestable?

Él suspira, frustrado.

—Yo no he dicho eso. Lo que creo es que debes prestarte atención. Hazle caso a tu padre y ve a terapia. Asegúrate de que no haya un problema más grave de fondo. —Se arrodilla ante mí y sujeta el columpio para que deje de moverse—. Si me doy permiso para empezar algo contigo, tus sentimientos por mí pueden llevarte a pensar que eres más feliz de lo que realmente eres.

Noto que me tiemblan las manos y aprieto los puños para que no se dé cuenta. Estoy atónita. ¿En serio? Da igual las palabras que use, pero me está soltando a la cara que no piensa salir conmigo porque cree que estoy demasiado deprimida.

—Tampoco te emociones —murmuro.

Me levanto y él se aparta para dejarme pasar. Me dirijo a la puerta caminando, pero cuando él me llama echo a correr. El ruido de la ridícula y escandalosa falda es lo que me faltaba. Cuando entro a la casa, estoy tan furiosa que me temo que debo de haber despertado hasta a Moby con el portazo que doy.

Pero ¿ese tipo quién se cree que es? ¿No quiere tener nada conmigo porque si salgo con él puedo tener tal subidón de felicidad que enmascararía mi supuesta depresión?

—¡No te la creas! —repito antes de encerrarme en mi habitación.

Que haya estado baja de moral últimamente no significa que esté deprimida. Me desabrocho el odioso vestido y lo dejo caer al suelo. Mientras me estoy poniendo una camiseta, Sagan entra en la habitación sin molestarse en llamar.

Me volteo hacia él, que cierra la puerta y se acerca a mí. Al parecer no ha dado por terminada la conversación..., a diferencia de mí.

—Vas acusando a todos los miembros de tu familia de no tener el valor de ser sinceros, pero, en cuanto soy honesto contigo, ¿te enojas y te marchas?

—¡No me enojo porque hayas sido honesto, Sagan! ¡Lo que me enfurece es que seas tan arrogante como para pensar que vas a hacerme tan feliz que voy a usar mis sentimientos hacia ti para enmascarar mi presunta depresión! —Me cruzo de brazos y le dirijo una mirada de fastidio—. Te la crees demasiado. Si trataras de besarme ahora mismo, seguramente te daría cachetada. —Es una mentira descarada, pero a estas alturas mi enojo me hace sentirme ridícula y avergonzada.

¡No todo el mundo se gusta a sí mismo! Y eso no significa que esté deprimida ni que tenga tendencias suicidas. Ni que sea incapaz de diferenciar mis sentimientos por un tipo de lo que siento por la vida.

Sagan me dirige una mirada de disculpa, como si mi exasperación fuera importante para él. Se queda observando un rato el suelo con las manos en los bolsillos. Cuando levanta la cara hacia mí, lo hace despacio. Empieza por los pies y asciende por las piernas desnudas. Veo como le sube y baja la nuez cuando llega al borde de la camiseta antes de seguir ascendiendo hasta mirarme a la cara. Aunque no habla, sé qué está pensando. Me está mirando como si lo hubiera convencido de que tal vez no pasaría nada si nos besáramos una sola vez; quizá nos aliviaría a los dos.

Inspiro hondo porque su mirada me ha hecho sentir que me sumergía en lo más hondo de su corazón, a tanta profundidad que no quedaba ni una burbuja de aire. Si ahora abriera la boca y volviera a llamarme idiota, probablemente seguiría deseando besar los labios con los que me insulta. Ni siquiera recuerdo sobre qué estábamos discutiendo, porque mi cabeza ha empezado a dar vueltas.

Lo bueno es que, al parecer, él tampoco se acuerda, porque camina hacia mí con decisión, me rodea la cintura con un brazo y con el otro me atrae por el cuello. Alzo la cara hacia él, con la esperanza de que se haya dado cuenta de que estaba equivocado y me bese. Quiero un beso brusco, intenso, frenético, pero él se acerca a mí con una lentitud desquiciante.

Cuando se le escapa un suspiro discreto, nuestras bocas están tan cerca que le robo el aliento un instante antes de que sus labios conecten con los míos. Aunque lo esperaba, me toma por sorpresa. Gimo de alivio antes de devolverle el beso.

En cuanto nuestras lenguas se encuentran, el beso se descontrola, igual que yo. Hundo las manos en su pelo hasta que se pierden, igual que mis dudas se extravían en su piel, y mi enojo, en el gruñido que brota de su garganta. Las caricias de su lengua son delicadas, pero lo compensa con la impaciencia con que me recorre el cuerpo. Con la mano derecha desciende por mi espalda hasta que llega al final de la camiseta y emprende el camino de vuelta, acariciándome el muslo, las bragas y de nuevo la espalda, pero esta vez piel con piel, sin barreras de tela entre los dos. Me atrae contra su pecho y me hace retroceder hasta que choco contra la pared que queda a mi espalda.

—Dios, tu boca... —susurra pegado a mis labios—. Es increíble.

Yo pienso lo mismo sobre la suya, pero no lo digo porque prefiero la práctica a la teoría. Cuando le ofrezco mi lengua, él se apodera de ella y me empuja con todo su cuerpo, hundiéndome en la pared.

Este beso está superando todas mis expectativas. Me sorprende la capacidad curativa que tiene su boca. En cuanto ha entrado en contacto con la mía, la tensión que me agarrotaba la mente ha desaparecido. La ansiedad, la frustración, la rabia..., todas esas emociones negativas se amansan cada vez que me acaricia con la lengua.

Esto es justo lo que necesitaba.

Me ha apoyado la mano en la cintura, pero antes de seguir ascendiendo hace una pausa para recobrar el aliento. Aprovecho para inspirar hondo y lo rodeo con mis brazos para anclarme, porque la habitación ha empezado a dar vueltas. Dejo caer la cabeza hacia atrás para apoyarla en la pared. Sagan arrastra los labios por mi mejilla antes de volver a besarme en la boca, esta vez de manera suave y delicada. Se aparta lo justo para mirarme a los ojos y me acaricia el pelo hasta detenerse a la altura de la nuca.

—Me has dejado aturdido, carajo —susurra.

Sonrío porque lo ha resumido perfectamente en esas cinco palabras que creo que no había pronunciado nunca antes. Aturdida, carajo. Sí, así es como me siento.

Me besa en la comisura de los labios y me roza la mejilla con la nariz. Se aparta ligeramente y me toma la cara entre las manos. Con una sonrisilla que me derrite por dentro, me dice:

—Es increíble lo bien que te puede hace sentir un beso, ¿no crees?

Yo asiento con la cabeza.

—Cuesta de creer, sí.

Me acaricia la mejilla con el pulgar mientras su sonrisa satisfecha se transforma en una mirada incisiva.

—Pues precisamente por eso no voy a volver a besarte hasta que te enamores de ti, Merit.

Se me queda observando en silencio, como si esperara una reacción de mi parte, pero no reacciono porque estoy demasiado sorprendida. O tal vez demasiado dolida.

¿Acaba de besarme para demostrarme que tenía razón?

«¿En serio?»

Sigo pegada contra la pared, incapaz de moverme. Al ver que no digo nada, me suelta y sale de la habitación, con calma.

Estoy demasiado sorprendida para llorar; demasiado enojada para salir corriendo tras él y demasiado avergonzada para reconocer que tal vez tenga parte de razón. El beso se ha llevado todo lo que estaba sintiendo y lo ha reemplazado por una sensación de euforia momentánea que ahora daría cualquier cosa por recuperar. Y eso era precisamente lo que Sagan trataba de decirme, que mis sentimientos hacia él nublarían los demás temas que me rondan por la cabeza. Pero que al fin haya entendido lo que trataba de explicarme no significa que esté menos enojada con él. Todo lo contrario.

13

—¿Merit?

Cuando abro los ojos, sin ganas, veo a Luck en la puerta. Trato de situarme, porque no sé ni qué día es ni en qué hora vivo.

—¿Puedo pasar?

Creo que ya es de tarde. Me incorporo y le doy permiso con la cabeza.

—No tenía intención de quedarme dormida. ¿Qué hora es?

—Ya es casi hora de cenar.

Sonrío porque ha vuelto a hablar con un acento que no sé identificar, aunque se le escapa ya mucho menos que antes. Se sienta a mi lado y se cubre el regazo con la manta mientras apoya la espalda en la pared.

—Has pasado un par de días muy agitados; probablemente te hacía falta una buena siesta.

Me río sin ganas.

—Pues, entonces, creo que la necesitábamos todos.

El caso es que no he dormido la siesta, sino que me he pasado el día en la cama. No me extraña demasiado, porque me he pasado la noche entera dando vueltas, furiosa con Sagan, pensando en todas las razones que se me ocurrían para rebatir sus argumentos y, claro, no he pegado ojo. Pero estoy harta ya, no quiero pensar más en ello. Miro a Luck, que lleva su uniforme de Starbucks; me resulta rarísimo verlo con ropa normal.

—¿Qué tal te va en el nuevo trabajo?

—Bien. Creo que cualquier empleo que tenga de ahora en adelante va a ser mejor que trabajar en un crucero.

Luck jala un hilo de la colcha hasta que lo arranca. Se lo mete en la boca y lo mastica.

—¿Tienes trastorno de pica?

—¿Qué es eso?

—Da igual. —Niego con la cabeza.

Cuando me da palmaditas en la pierna, un silencio incómodo se apodera de la habitación.

Suspiro antes de hablar.

—¿Has venido a preguntarme por qué me tomé veintiocho pastillas?

Luck se encoge de hombros.

—En realidad iba a preguntarte si se te antojaba un poco de cecina. Todavía queda la mitad.

Qué facilidad tiene para hacerme reír.

—No, gracias. No tengo hambre.

—Pero, ya que sacas el tema..., ¿estás bien?

Miro al cielo y dejo caer la cabeza hacia atrás.

—Sí —respondo, cortante.

No es que me moleste que se preocupe por mí, es que sigo enojada conmigo misma. Mi comportamiento de estos últimos días me hace sentir avergonzada y me gustaría darle carpetazo, pero me temo que no me lo van a permitir, sobre todo mi padre y Sagan.

—¿Por qué lo hiciste?

—No lo sé. Estaba agotada y harta. Y borracha.

Él jala otro hilo y lo enrolla entre los dedos.

—Yo también traté de matarme una vez —me suelta como si tal cosa—. Salté desde la cubierta de un crucero. Pensé que al saltar desde tanta altura me quedaría inconsciente y me ahogaría de manera no traumática.

—¿Y lo conseguiste?

Él se echa a reír. No sé por qué me lo estoy tomando a broma; nunca se me han dado bien este tipo de conversaciones.

—Me hice un esguince en el tobillo y me despidieron, pero unas semanas más tarde conseguí una nueva identidad falsa y entré a trabajar en otra compañía de cruceros, así que en realidad no aprendí nada de la experiencia.

—¿Por qué lo hiciste? ¿Tanto odiabas tu vida?

Luck se encoge de hombros.

—En realidad, no. Más que odio era indiferencia. Trabajaba dieciocho horas cada día y estaba harto de la rutina. Y sabía que nadie me echaría de menos. Por eso, una noche que estaba en cubierta, contemplando el mar, me vino a la cabeza la idea de cómo sería saltar para no tener que levantarme al día siguiente por la mañana. Y al ver que la idea de la muerte no me asustaba, me lancé. —Hace una breve pausa—. Un amigo me vio saltar y avisó. Bajaron un bote salvavidas al agua y una hora más tarde volvía a cstar a bordo.

—Tuviste suerte.

Él asiente y se gira hacia mí, con una expresión solemne, muy rara en él.

—Tú también, Merit. Ya sé que esas pastillas no hacían efecto, pero en aquel momento tú no lo sabías. Y no conozco a mucha gente capaz de meterle la mano a otra persona hasta la campanilla y luego rebuscar entre el vómito hasta asegurarse de que esa persona ha expulsado todas las pastillas que se ha tragado.

Aparto la mirada y la bajo hacia mi regazo. Me doy cuenta de que todavía no le he dado las gracias a Sagan por lo que hizo. Me salvó la vida, lo llené de vómito de arriba abajo, lo limpió todo y después me estuvo vigilando toda la noche. Y yo ni siquiera le he dado las gracias. Pero es que ahora mismo no me dan ganas de hablar con él.

—En realidad sí que aprendí algo cuando salté de aquel barco. Aprendí que estar deprimido no significa sentirse desgraciado ni tener tendencias suicidas de manera constante. La indiferencia también es síntoma de depresión. —Me mira a los ojos—. Pasó hace mucho tiempo, pero me sigo medicando todos los días.

No sé qué decir. Luck me parece una de las personas más felices que conozco. Y aunque agradezco lo que intenta hacer, también me resulta muy molesto.

—¿Te han contratado en el instituto para dar charlas extraescolares a los adolescentes?

—No, no soy de dar sermones. Es que... creo que tenemos mucho en común. Y por más que quieras convencerte de que fue un error y quieras culpar a la bebida...

—Lo fue —lo interrumpo—. No me habría tomado las pastillas si no hubiera bebido antes.

Él no parece muy convencido.

—Si no tenías intención de tomarlas, ¿por qué las robabas?

Aparto la mirada porque su pregunta me deja sin argumentos. Pero se equivoca; no estoy deprimida, fue un accidente.

—La verdad es que no venía a hablar de nada de esto. —Se echa hacia delante y apoya los codos en las rodillas—. Creo que me he pasado con la cafeína en el trabajo. Normalmente no estoy tan... sensible.

—Debe de ser cosa de la fase gay que estás experimentando, que te está volviendo sentimental.

Él se vuelve hacia mí con el ceño fruncido.

—No puedes hacer chistes sobre gais, Merit. No eres gay.

—¿Ser gay te convierte en autoridad gay para decidir quién puede contar chistes gais y quién no?

—Yo tampoco soy gay.

Me echo a reír.

—Si tú lo dices. Me parece que alguien por aquí está un poco confundido sexualmente hablando.

Luck hace rodar el cuello hasta que cruje. Vuelve a apoyarse en la cabecera antes de aclararme:

—Tampoco estoy sexualmente confundido. De hecho, me siento muy cómodo con mi sexualidad. Diría que, si hay alguien confundido por aquí, eres tú.

Le doy la razón asintiendo con la cabeza, porque es evidente que estoy muy confundida al respecto.

—¿Eres bisexual?

Luck se echa a reír.

—Las etiquetas se inventaron para gente como tú, incapaz de asimilar que existe una realidad fuera de los roles de género definidos. Me gusta lo que me gusta, a veces son mujeres y otras son hombres. Alguna vez me han gustado chicas que habían sido hombres antes. Y una vez me enamoré de un tipo que había nacido como mujer. —Hace una pausa—. Me enamoré un montón de él. Pero este tema merece un sermón aparte.

Me echo a reír.

—Creo que he llevado una vida mucho más recluida de lo que pensaba.

—Yo también lo creo. Y no solo del mundo exterior, sino también del resto de los habitantes de esta casa. ¿Cómo es posible que no supieras que Utah es gay? ¿No has visto su armario?

—Y ahora ¿quién es el que hace chistes sobre gais? —Le doy un empujón en el hombro—. Menudo cliché tan absurdo. Y si no sabía que era gay es porque nadie se molesta en contarme nada.

—Para serte sincero, Merit, llevo aquí menos de una semana y me ha bastado para darme cuenta de que vives en tu propia versión de la realidad. —Se levanta antes de que pueda volver a golpearlo—. Necesito un baño, huelo a café.

Hablando de duchas, no me vendría mal una.

Poco después estoy en el baño, reuniendo las cosas que necesito para asearme, pero no logro encontrar ni un rastrillo de afeitar. Busco en los cajones, en la regadera, bajo el lavamanos..., nada.

¡Por favor, qué exagerados!

Bien, si luego parezco un oso será culpa suya.

Mientras me estoy quitando la camiseta, veo que alguien desliza un trozo de papel bajo la puerta. Al principio pienso que es de Sagan, ya que ese es su sistema favorito de entregar dibujos, pero enseguida veo que se trata de un artículo. Cuando me agacho a recogerlo, me llega la voz de Luck desde el otro lado de la puerta.

—Solo léelo. Puedes tirarlo a la basura si quieres, pero no me quedaría tranquilo si no lo tuvieras.

Hago una mueca exasperada y me apoyo en la encimera para leer el titular. Veo que es una página web impresa.

Síntomas de depresión

—Madre de Dios —murmuro.

Bajo el título hay una lista, pero no leo ni el primer síntoma. Doblo el papel y lo suelto en el lavamanos, porque Luck se está comportando de un modo ridículo. Deberían contratarlo para dar charlas extraescolares, estaría como pez en el agua.

Cuando acabo de bañarme y cambiarme, abro la puerta del baño. Antes de salir, recupero el papel y me lo llevo a la habitación para que no lo vea nadie. Me siento en la cama y abro la lista. Tengo curiosidad por saber cuáles son los síntomas que tiene Luck y por qué le diagnosticaron depresión.

Al fijarme más, veo que hay cuadros en blanco junto a cada síntoma para marcarlos con una cruz. Es un test. Tal vez esto sea lo que necesito para demostrarles a Sagan y a Luck que no tengo una depresión clínica.

Tomo un bolígrafo y leo la primera pregunta.

«¿Alguna vez te sientes triste, vacío o ansioso?»

Vaya, qué tontería de pregunta. ¿Hay algún adolescente que no se sienta así?

Marco una cruz.

«¿Alguna vez te sientes pesimista?»

¿Otra vez? Marco una cruz. ¿Por qué no preguntan directamente si soy una adolescente?

«¿Estás irritable?»

Em..., sí. Cualquiera lo estaría si viviera en esta familia.

Cruz.

«¿Sientes menos interés por las clases o las actividades?»

Bien, le atinaste, Luck.

Cruz.

«¿Sientes que tienes menos energía de la habitual?»

Si tener menos energía significa quedarme dormida a cualquier hora del día o de la noche o no despertarme en todo el día, entonces sí.

Cruz.

El corazón empieza a latirme con más fuerza, pero me resisto a tomarme un test sacado de internet demasiado en serio.

«¿Te cuesta concentrarte?»

He llegado hasta aquí, así que supongo que eso es un no. Dejo la casilla sin marcar, pero antes de leer la siguiente pregunta le doy unas vueltas a esta última. Hace tiempo que no logro concentrarme en los crucigramas como antes. Y una de las razones por las que dejé de ir a clases fue porque me sentía tan inquieta que me costaba prestar atención.

Acabo marcando una cruz, aunque más flojita que las demás. La contaré como un «no» si hace falta.

«¿Has notado algún cambio en tus patrones de sueño?»

Bueno, antes no me pasaba el día durmiendo.

Cruz.

Aunque creo que se debe a que ahora no voy al instituto.

«¿Has notado cambios en tu apetito?»

Si ha habido algún cambio, no me he dado cuenta. ¡Por fin! Una casilla que no voy a marcar.

Aunque... un momento. Me he saltado varias comidas últimamente. Supongo que es otro efecto secundario de no ir a clases.

«¿Sientes indiferencia?»

Cruz.

«¿Lloras más de lo habitual?»

Cruz.

«¿Has pensado alguna vez en el suicidio?»

¿Si es solo una o dos veces también cuenta?

Cruz.

«¿Has intentado suicidarte alguna vez?»

Cruz.

Observo la lista con un nudo en el estómago. La reviso de arriba abajo con las manos temblorosas y me doy cuenta de que he marcado todas las casillas.

¡Puta lista! Es lo que pasa siempre con estos artículos, que convencen a cualquiera de que tiene una enfermedad gravísima.

¿Tienes dolor de cabeza? ¡Seguro que es un tumor cerebral!

¿Dolor en el pecho? ¡Estás al borde del infarto!

¿Te cuesta dormir? ¡Estás deprimido!

Arrugo la hoja de papel y la lanzo al otro extremo de la habitación. Me paso cinco minutos inmóvil, con la vista fija en la bola de papel, hasta que me obligo a salir del trance.

Iré a ver a Wolfgang. Al menos él no me torturará con preguntas o charlas absurdas.

—¿Me ayudas a darle de comer a Wolfgang? —le pregunto a Moby al pasar por el salón. Aunque está en el sofá, mirando dibujos animados, se levanta de un salto y me rebasa antes de llegar a la puerta de atrás.

—¿Es peligroso?

—No, en absoluto. —Lleno la jarra con comida de perro y abro la puerta del patio.

—Papá dice que es un perro malo —insiste Moby—. Dijo que era un bastardo.

Bajo los escalones tras él, riendo. No sé por qué resulta tan gracioso oír a los niños decir palabrotas. Probablemente seré ese tipo de madre que anima a sus hijos a decir cosas como «mierda» y «carajo».

Cuando llegamos a la caseta, la encontramos vacía. Wolfgang no está.

—¿Dónde está? —pregunta Moby.

—No lo sé.

Miro a mi alrededor y rodeo la caseta mientras grito su nombre. Moby me imita y da la vuelta al patio, aunque ya ha anochecido y no se ve gran cosa.

—Voy a encender la luz del pórtico.

Mientras regreso a la cocina, Moby me llama.

—¡Merit! ¿Es él? —Señala un lado de la casa.

Doblo la esquina y veo salir a Wolfgang de debajo de la

casa, junto a la ventanita que da al sótano. Suspiro, aliviada. No sé qué me ha llevado a encariñarme con este perro, pero reconozco que estaba a punto de sufrir un ataque de pánico. Voy hacia el tazón de la comida y lo lleno de croquetas. Él se acerca lentamente y se pone a comer.

—Vas recuperando el apetito, ¿eh?

Lo acaricio entre las orejas y Moby me vuelve a imitar. Supongo que si come significa que no está deprimido.

—¿Cómo está?

Me giro al oír la voz de Sagan, que se acerca a nosotros. Está actuando como si ayer no hubiera pasado nada entre nosotros. Pues si quiere jugar a eso, no seré yo quien lo impida.

—Diría que está algo mejor.

Sagan se arrodilla a mi lado y le acaricia la barriga.

—Sí, lo veo un poco mejor.

Cuando desplaza la mano para acariciarlo en la cabeza, me roza los dedos, lo cual me provoca un escalofrío. Agradezco que haya tan poca luz. Ya solo falta que vea la facilidad con que me altera.

—¿Puede dormir conmigo esta noche, en mi habitación? —pregunta Moby, haciendo reír a Sagan.

—No creo que a tu padre le hiciera mucha gracia.

—No hace falta que se entere —replica Moby, y esta vez soy yo la que se echa a reír.

Lo que le espera a mi padre con este niño.

—¡Ya llega la pizza! —grita Moby cuando ve las luces del coche de mi padre, que se estaciona frente a la casa.

Es tan raro que Victoria le permita comer pizza que se olvida de Wolfgang y entra corriendo a la casa. Yo no quiero quedarme demasiado tiempo a solas con Sagan porque aún me siento incómoda en su presencia, por lo que recojo la jarra vacía y me dirijo hacia la puerta.

—Me muero de hambre —comento, excusándome, pero no sirve de nada, porque Sagan me sigue y me agarra del brazo antes de que pueda entrar.

Cierro los ojos y suspiro antes de volverme hacia él. Al estar un escalón por encima de él, tenemos los ojos a la misma altura.

—Merit —me dice en voz baja—. Siento mucho lo de anoche. No he podido dormir en toda la noche dándole vueltas.

Parece sincero. Abro la boca, pero la cierro de golpe al instante porque una nueva llamada de teléfono ha reclamado su atención. Se mete la mano en el bolsillo, saca el teléfono y se aleja hacia el pasto para responder.

—Vaya —susurro, aunque no sé de qué me extraño. Soy una idiota por creer que su disculpa era sincera, pero ya veo que no es capaz de silenciar el celular ni los cinco minutos que le llevaría disculparse en condiciones.

Lo dejo atendiendo la llamada urgente y dejo que la puerta mosquitera se cierre con fuerza a mi espalda.

Llego a la cocina mientras mi padre y Victoria entran con la pizza.

—Moby, no tenían masa sin gluten —comenta Victoria—. Hoy puedes tomarte la pizza normal, pero no te acostumbres.

Al pequeño se le ilumina la mirada. Se sube a un taburete de la barra y se apodera de una caja antes de que Victoria tenga tiempo de dejarla en la encimera.

—La intolerancia al gluten no funciona así —le hago notar a Victoria—. O puedes tomarlo o no puedes.

Luck me tapa la boca con la mano.

—Merit, deja que su madre le permita tomar gluten por una noche.

Yo me libro de la mano de Luck y murmuro:

—Solo quería hacerlo constar.

Honor está a mi lado. Mientras saca un montón de platos de papel del armario, Sagan entra en la cocina y le pregunta:

—¿Te ayudo en algo?

Mi hermana niega con la cabeza.

—Nop.

No me ha parecido un «nop» amistoso. Siento curiosidad por saber si Honor también está disgustada con él. Sagan la rodea para sacar los vasos. Poco después estamos todos sentados en la mesa, con la excepción de Utah.

La verdad es que me resulta muy raro que no esté aquí. No puedo evitar preguntarme dónde estará y dónde habrá pasado las dos últimas noches. No sé cuánto tiempo le va a durar el enojo a mi padre ni cuándo le va a permitir volver a casa.

Honor está observando el lugar vacío que Utah solía ocupar.

—¿No has tenido bastante con correrlo de la casa que has tenido que quitar su silla también?

Mi padre le echa un vistazo al hueco en la mesa.

—La silla se rompió —comenta, sin citar que fue él quien la hizo añicos contra la pared.

Los siguientes minutos los pasamos en silencio. Incluso

Moby está callado. Creo que nota que las cosas han estado un poco tensas últimamente. Me quedo observando a Victoria mientras me pregunto por qué sigue aquí, sentada en la mesa con mi padre, después de enterarse de lo que él ha estado haciendo a sus espaldas.

—¿Alguien le ha bajado un trozo de pizza a su madre? —pregunta mi padre.

—No. —Niego con la cabeza—. No pienso volver a bajarle la cena. Si quiere comer, que suba y se prepare algo.

Mi padre entrecierra los ojos, como si fuera de mala educación ser sincero en la mesa.

—¿Por qué no la bajas tú, papá? —pregunta Honor en tono condescendiente—. Estoy segura de que le encantaría verte.

Al parecer, esa es la gota que hace rebasar el vaso de Victoria. Esta vez ni siquiera grita. Deja la pizza en el plato y arrastra la silla hacia atrás con un chirrido ensordecedor. Nadie dice nada hasta que oímos el portazo en su habitación.

—Esta vez casi llegamos a los postres —comenta Luck.

Supongo que no le faltaba razón cuando dijo que esta familia era incapaz de compartir mesa durante una comida entera.

Al oírlo, mi padre deja caer la pizza en el plato con la misma frustración que Victoria hace un momento. Se levanta y se dirige hacia su habitación, pero a medio camino se da la vuelta, titubeante, y nos señala a Honor y a mí. Abre la boca para reñirnos, pero no le salen las palabras, solo un gruñido de frustración. Niega con la cabeza y va tras Victoria.

Bajo la vista hacia Moby para asegurarme de que está bien, pero él está atacando un trozo de pizza de pepperoni como si no hubiera nada más importante en la vida. Francamente, me parece una actitud envidiable.

Luck se encarga de romper la tensión del momento.

—¿Les gustaría ir a nadar esta noche al hotel?

Todos respondemos a la vez.

—No. —Yo.

—No. —Honor.

—Sí. —Sagan. Al oírnos, se voltea hacia Honor, que lo está asesinando con la mirada—. O... no.

Está tratando de hacerla sonreír, pero no lo consigue. Lo siento por el chico, aunque yo también sigo enojada con él. ¿Qué le pasa a mi hermana? ¿Está furiosa porque Sagan lleva dos días pendiente de mí? ¿Es que siempre tiene que ser ella el centro de atención?

—Esto no es una competición, Honor —comento—. Se puede ser amigo de más de una persona.

Ella se ríe antes de darle un trago a su refresco.

—¿Amigos? —repite mientras deja la lata en la mesa—. ¿Ahora se le llama así?

—Honor —interviene Sagan—. Ya hemos hablado de esto.

Ah, ¿sí?

¿Por qué? ¿De qué tenían que hablar?

Honor niega con la cabeza.

—Que te la cojas no significa que la conozcas mejor que yo.

Siento una ola de furia que se estrella contra mi pecho y que busca la manera de salir de ahí. Aunque de lo que me dan ganas es de soltarle un grito, intento no perder la compostura delante de Moby.

—¿Qué es «cogértelo»? —pregunta Moby.

—Ven, chico. —Luck se levanta y le ofrece la mano—. Vamos a tu habitación.

Por suerte lo saca de allí, aunque Moby no suelta el plato de pizza y lo lleva consigo a la habitación.

Honor sigue fulminándome con la mirada desde el otro lado de la mesa.

—¿A qué viene esta hostilidad? —le pregunto, frustrada—. Pensaba que sentirías algo de empatía.

—Ay, ¡vamos! —Echa la silla hacia atrás y se levanta—. Si fuera verdad, habrías dicho algo cuando pasó. ¿Y por qué iba a hacerte Utah algo así? ¿Por qué a ti en lugar de a mí?

Aprieto los dientes con todas mis fuerzas para no decir todo lo que se me pasa por la cabeza en estos momentos.

—No puedo creer que te pongas de su lado.

—Y yo no puedo creer que lo acuses después de admitir delante de toda la familia que casi pierdes la virginidad con tu tío.

—¡Basta! —Sagan se levanta con tanta brusquedad que la silla acaba en el suelo—. ¡Las dos! ¡Paren de una vez!

Demasiado tarde para hacer de mediador, Sagan.

Tomo mi vaso de agua y lo vacío sobre la cara de mi hermana.

Ella contiene el aliento, furiosa, con los ojos muy abiertos. Sin darme tiempo a escapar, se abalanza sobre la mesa y me agarra del pelo. Grito y trato de liberarme, pero no lo consigo, así que la sujeto por la cola de caballo y le jalo el pelo. Sagan me ha tomado de la cintura e intenta separarnos, pero estamos en medio de la mesa y me niego a soltarla hasta que ella me suelte a mí. Cuando Honor me sujeta la camiseta con la otra mano, yo la agarro a ella por la camisa y varios botones salen volando por los aires.

Sagan sigue intentando separarnos cuando alguien grita.

—¡Eh!

La voz parece la de Utah, pero no estoy en situación de girar la cabeza para comprobarlo. Tampoco lo necesito, porque Utah salta sobre la mesa y se interpone entre las dos. Trata de abrir los dedos de Honor para que me suelte mientras Sagan hace lo mismo conmigo.

—¡Paren! —grita mi hermano, pero no le hacemos caso.

Tengo ya un buen mechón de pelo de Honor entre los dedos, pero aprovecho para jalar un poco más.

—¡Tápale la boca! —Utah le grita a Sagan mientras me cubre la boca y la nariz con la mano.

Sagan, que ahora está detrás de Honor, sigue sus indicaciones y hace lo mismo con mi hermana.

¿Qué diablos hacen? ¿Nos quieren matar?

¡No puedo respirar!

Tras varios segundos, a Honor se le abren mucho los ojos. Las dos tratamos de librarnos de ellos sin soltarnos la una a la otra.

Pero no lo soporto ni un segundo más.

Me estoy asfixiando.

Le suelto el pelo a Honor y uso la mano para apartar la de Utah. Honor hace lo mismo para librarse dc la mano de Sagan. Cuando nos sueltan, las dos inspiramos grandes bocanadas de aire.

—¿Qué haces, carajo? ¿Me quieres matar?

Sagan mira a Utah y muestra su aprobación con el pulgar hacia arriba. Luego se apoya las manos en las rodillas y se echa hacia delante. Al parecer a él también le falta el aliento.

—Bien pensado —le dice.

Yo me siento en la silla mientras recupero la respiración y me quito algún pelo de Honor de entre los dedos.

—¿Qué está pasando aquí?

Es mi padre, que ha vuelto y nos observa desde la cabecera de la mesa, que se ha convertido en un caótico puzle de trozos de pizza. Honor tiene la camisa rota y las dos llevamos pelos de loca, pero mi padre no parece fijarse en nada de eso, porque tiene la vista clavada en Utah, que se está limpiando una mancha de pizza de los jeans.

—¿Qué haces aquí? —insiste mi padre.

—He venido a convocar una reunión familiar.

Mi padre niega con la cabeza.

—Ahora no es buen momento.

A Utah se le escapa la risa por la nariz.

—Si tenemos que esperar a que sea buen momento para hablar de cuando besé a mi hermana pequeña, nunca lo encontraremos. Convoco una reunión familiar. Esta noche. —Utah pasa junto a mi padre y se dirige a su habitación. El portazo que da es tan fuerte que doy un brinco en la silla.

Cuando mi padre agarra el respaldo de una de las sillas y la empuja con rabia debajo de la mesa, vuelvo a brincar.

—Estupendo —murmura Honor, que se encierra en su habitación dando otro portazo, por supuesto.

Me he quedado a solas con Sagan, que está observándome desde el otro lado de la mesa. Creo que está esperando que me eche a llorar o a gritar o que tenga algún tipo de reacción normal a lo que acaba de suceder, pero lo que hago es acercar la silla a la mesa y alargar el brazo hacia la única caja de pizza que no se ha caído al suelo. Es de jamón y piña, cómo no.

—La próxima vez que Honor y yo nos peleemos en la mesa de la cocina, trata de salvar una pizza de pepperoni, hazme el favor.

Sagan se ríe entre dientes mientras niega con la cabeza. Se sienta frente a mí y se acerca la caja de pizza. Agarra un trozo, le da un mordisco y me dice, con la boca llena:

—Eres una tipa dura, Merit.

Sus palabras me hacen sonreír, pero no quiero que piense que le estoy sonriendo a él, así que tomo un trozo de pizza, me lo llevo a la habitación y cierro la puerta tras de mí.

Una hora más tarde, Moby duerme, me he limpiado los restos de pizza del pelo y la ropa y me reúno en el salón con el resto de mi familia por primera vez en años.

Utah deambula por la estancia mientras espera a que venga mi padre. Me siento en el sofá entre Sagan y Luck, aunque me inclino hacia Luck para evitar el contacto demasiado directo con Sagan. Honor y Victoria han ocupado las butacas reclinables.

Cuando mi padre hace su aparición por fin, no se sienta. Se apoya en la pared, cerca de Jesucristo, y se cruza de brazos.

Utah inspira hondo, como si estuviera nervioso.

Dudo que lo esté más que yo. Aunque finjo que nada me afecta, tengo un nudo en el estómago desde que Utah entró en casa hace una hora. No tengo nada de ganas de hablar del tema, y menos aún delante de todos, pero supongo que es inevitable cuando expones los secretos familiares en una carta para que todo el mundo la lea.

Utah se frota las manos y luego las sacude mientras sigue andando de un lado a otro. Ahora que ya estamos todos, se detiene al fin. Justo delante de mí.

Yo no lo miro a la cara. Solo quiero que se dé prisa en soltar alguna excusa barata que nos permita dejar atrás este incómodo episodio y seguir adelante con nuestras vidas como si nunca hubiera sucedido.

—Creo que les debo a todos una explicación.

Utah vuelve a caminar, pero yo mantengo la vista fija en mis manos, que tengo unidas sobre el regazo. Todavía me quedan restos del esmalte de uñas negro que me puse el mes pasado, y empiezo a arrancármelo.

—Yo tenía trece años —sigue diciendo mi hermano—. Merit tenía doce y todo lo que dijo es verdad, pero ya no soy esa persona. Era un niño y era idiota, y me arrepentí desde el primer momento.

—Y, entonces, ¿por qué lo hiciste? —salto, y me sorprendo a mí misma por lo furiosa que sueno.

Él responde mientras sigo mordisqueándome el pulgar.

—Estaba confundido. Mis amigos llegaban a clases todos los días hablando de chicas. Estábamos entrando en la pubertad y éramos sacos de hormonas, pero a mí las chicas no me atraían en absoluto. Yo solo pensaba en chicos, y empecé a creer que me pasaba algo raro.

Vuelve a detenerse ante mí. Sé que me está mirando y que espera que levante la vista hacia él, pero no puedo. Al final se rinde y echa a andar de nuevo.

—Se me ocurrió que, tal vez si besaba a una chica, me curaría. Pero era un niño, y no sabía nada sobre besos o chicas. Solo había una persona en el mundo a la que quería besar, pero según la sociedad no era correcto hacerlo con Logan.

Esta vez alzo la mirada un segundo hacia él, pero Utah sigue caminando con la vista en el suelo.

—Aquel día le había escrito una carta a Logan, diciéndole que me gustaba. Él la mostró a todos los chicos de su mesa y me llamó maricón al salir del comedor. Me disgusté muchísimo. Yo no quería ser maricón, y tampoco quería que me gustara Logan. Solo quería ser normal, lo que en aquel momento pensaba que era lo normal. Por eso esa noche actué sin pensar en las consecuencias. Estaba tan desesperado por curarme que le robé un beso a Merit. Esperaba que tal vez así..., me arreglaría o algo.

Cierro los ojos con fuerza. No quiero seguir escuchándolo. No quiero revivir aquel momento ni quiero seguir oyendo sus excusas.

—En cuanto lo hice, supe que había hecho algo terrible. Merit salió corriendo de mi habitación, fue al lavabo y vomitó. Sentí asco de mí mismo, asco de lo que acababa de hacerle a mi hermana. Desde aquel día no he dejado de arrepentirme y he tratado de reparar el mal que hice.

Niego con la cabeza mientras intento contener las lágrimas.

—Eres un mentiroso. —Lo miro a los ojos—. ¿Qué has hecho para repararlo? ¡No has hecho una mierda! ¡Nunca me has dado una explicación ni te has disculpado!

Furiosa, me seco las lágrimas, que han decidido caer aunque no les haya dado permiso.

—Merit —me llama Utah.

Inspiro hondo por la nariz y suelto el aire por la boca, muy enfadada.

—Por favor, mírame.

Me echo hacia atrás en el sofá y lo miro a la cara. Parece sincero en su arrepentimiento, pero ha tenido tiempo para preparar su discurso. Se aprieta la nuca y se coloca en cuclillas ante mí para ponerse a mi nivel. Yo me abrazo, como si necesitara protegerme.

—Lo siento mucho —se disculpa—. Muchísimo. Me he arrepentido cada día, cada hora, cada segundo, y si nunca te he pedido perdón es porque... —Baja la vista hacia el suelo por un instante. Cuando vuelve a mirarme a los ojos, veo que los suyos están llenos de lágrimas—. Esperaba que lo hubieras olvidado. Rezaba por que lo hubieras olvidado. Si hubiera sabido que te había afectado tanto, habría hecho cualquier cosa por remediarlo; lo digo en serio, Merit. No te imaginas lo mal que me sentí al saber que te acordabas y que has estado furiosa conmigo durante todo este tiempo.

Una lágrima se desliza por mi mejilla y me va a parar al brazo, pero me la seco rápidamente con la manga de la camiseta.

—Merit, por favor. —Suena desesperado—. Por favor, diles que no he vuelto a hacer nada inapropiado desde aquel día. —Gira la cara hacia Honor y se incorpora—. Tú también, Honor. Dile. —Señala hacia mi padre.

Mi hermana lo confirma asintiendo con la cabeza.

—Dice la verdad, papá. Nunca me ha puesto la mano encima.

Cuando mi padre se vuelve hacia mí, yo también lo confirmo con un gesto, porque no puedo hablar, tengo demasiadas emociones atrapadas en la garganta. Mi padre sigue observándome, como si esperara que le confirmara que estoy de acuerdo con que Utah regrese a casa.

De hecho, todo el mundo me está mirando, incluso Utah.

Asiento de nuevo con la cabeza y logro decir:

—Dice la verdad.

Tras unos instantes de silencio absoluto, Victoria se levanta.

—Muy bien. —Se dirige hacia la cocina, pero a mitad de camino se da la vuelta y nos dice—: Agradecería que recojan todo el desastre que hicieron ahí.

Mientras a Luck se le escapa la risa por la nariz, Utah se vuelve hacia mí y vocaliza un «gracias».

Aparto la mirada porque no quiero que piense que le estoy haciendo un favor. Llevo demasiados años furiosa con él y no me va a resultar fácil cambiar el chip, por mucho que se haya disculpado.

—Se suspende la sesión —anuncia mi padre dando una palmada—. Ya oyeron a su madrastra. A recoger la cocina.

Tal vez se haya suspendido la sesión, pero este no era más que uno de los muchos temas que tenemos que arreglar en esta familia.

Pasamos un cuarto de hora recogiendo la cocina en silencio. Creo que nadie sabe qué decir. Ha sido una de esas reuniones familiares que te hacen reflexionar. Además, los Voss no estamos acostumbrados a tanta honestidad de golpe.

—¿Cómo ha llegado la salsa de la pizza hasta la ventana? —pregunta Luck mientras le pasa un paño húmedo—. Parece que me he perdido una buena pelea.

Cierro el lavaplatos al acabar de cargarlo y presiono el botón de encendido. A mi lado, Honor se está lavando las manos.

—Tengo salsa hasta en el sujetador —dice—. Voy a bañarme.

Utah entra en la despensa y agarra la caja de las letras. Creo que es la primera vez que va a cambiar la frase por la noche. Se dirige a la puerta, pero antes de salir se voltea hacia mí.

—¿Me ayudas?

Miro a mi alrededor hasta que encuentro a Sagan. No sé por qué busco apoyo en él, pero es que llevo años sin quedarme a solas con Utah y me resulta extraño. Sagan asiente discretamente con la cabeza, animándome a seguir a mi hermano. No se me escapa que acabo de pedirle consejo a Sagan. Me seco las manos en el trapo y voy hacia la puerta.

Cuando estamos fuera, con la puerta cerrada, Utah me sonríe, pero ninguno de los dos dice nada. Caminamos en silencio y, al llegar junto a la marquesina, Utah deja la caja en el suelo y retira las letras que hay colocadas. Yo me acerco y quito unas cuantas letras.

—¿Hay algo que te gustaría poner? —me pregunta.

Tras pensarlo unos momentos, asiento.

—Sí, hay algo.

Utah señala la caja.

—Las letras están ordenadas por orden alfabético, por si las quieres ir buscando.

Me agacho y selecciono las letras que voy a necesitar mientras él sigue retirando letras de la marquesina.

—¿En serio no sabías que era gay?

Me echo a reír.

—No sé en qué estaría pensando.

Él se agacha y deja las últimas letras en la caja.

—¿Te molesta?

Niego con la cabeza.

—No, claro que no.

Él asiente, pero no parece convencido. Entonces me doy cuenta de que debe de estar dándole vueltas a lo que escribí en la carta, porque la verdad es que puse cosas bastante desagradables.

—Utah, lo digo en serio. No me importa en absoluto que seas gay. Sé que dije cosas horribles en la carta, pero es que estaba muy disgustada. Lo siento. Éramos unos niños, pero han ido pasando los años y he acumulado mucho resentimiento hacia ti.

Saco la última letra de la caja y me levanto. Utah se levanta también y, sin perder el contacto visual, me dice:

—Yo también lo siento. De verdad, Merit. Lo siento mucho.

Suena tan sincero que las emociones se me revuelven por dentro. Por favor, qué harta estoy de llorar, pero no puedo evitarlo. Ahí están otra vez esas estúpidas lágrimas cayéndome por las mejillas. Supongo que llevaba años necesitando oír esas palabras.

Utah me sujeta de la mano y me jala para estrecharme fuerte. Apoyo la cara en su pecho y él me da un abrazo de los que los hermanos deberían dar a sus hermanas, y ese detalle tan simple me hace llorar con más sentimiento. Le devuelvo el abrazo y, al hacerlo, noto cómo el enojo que sentía hacia él se evapora con cada lágrima que derramo.

—A partir de ahora seré un mejor hermano, lo prometo.

Asiento con la cabeza pegada a su pecho.

—Yo también.

Él me suelta antes de añadir:

—Acabemos con esto y volvamos a casa.

Terminamos de colocar las letras y nos dirigimos hacia la puerta. Al abrirla, vemos a Luck, que tiene la mirada clavada en una hoja de papel que hay sobre la mesa de la cocina.

—¡Serás idiota! —grita.

Utah cierra la puerta.

—¿Qué pasa ahora? —pregunta mientras va a guardar la caja de las letras en la despensa.

Sagan está sentado frente a Luck, que parece muy cabreado.

—Yo no soy así —protesta haciendo reír a Sagan—. No me parezco en nada.

—No me pidas que te dibuje si luego me vas a discutir el modo en que te percibo.

Luck echa la silla hacia atrás y le lanza el boceto a la cara.

—¿Así es como me percibes? ¡Pues menuda mierda de artista!

Se dirige al refrigerador mientras Sagan se sigue riendo entre dientes. Me acerco a él y agarro el dibujo que tanto ha hecho rabiar a Luck. Le doy la vuelta y, aunque trato de no reírme, no puedo evitarlo.

—A ver... —Utah alarga la mano. Cuando le paso el boceto, Utah se echa a reír a carcajadas—. ¡Caray! —exclama mientras le devuelve el dibujo a Sagan—. ¿Lo aborreces o algo?

Sonriendo, Sagan lo guarda en la parte de atrás del cuaderno.

—De hecho, dámelo. —Utah vuelve a alargar la mano—. Lo guardaré para hacerle chantaje.

Luck rodea la barra de la cocina y trata de arrebatárselo a Utah, pero él lo sostiene en alto. Cuando Luck lo intenta de nuevo, Utah sale corriendo hacia el pasillo, con Luck pegado a sus talones.

—Me gusta la marquesina. —Sagan reclama mi atención.

Miro por la ventana y leo la cita que Utah y yo acabamos de colocar:

NO TODOS LOS ERRORES DEBEN TENER CONSECUENCIAS. A VECES LO ÚNICO QUE NECESITAN ES PERDÓN.

—Se lo oí decir a un tipo.

Me cuesta sostenerle la mirada, porque a una gran parte de mí le sigue gustando una gran parte de él. Y, por alguna razón que se me escapa, su modo de mirarme es la parte que más me cuesta de aceptar. Me está mirando como si se sintiera orgulloso de mí.

Por suerte, vuelve a recibir una de sus urgentes llamadas de teléfono. Al menos esta vez antes de responder levanta un dedo y dice:

—Un segundo.

En vez de darle un segundo, prefiero darle privacidad, por lo que me voy a mi habitación. Ya he tenido bastante por un día. Aunque me lo he pasado casi todo durmiendo, el cuerpo me pide acostarme otra vez.

Cuando llego a la habitación compruebo que, cuando Sagan me ha pedido un segundo, lo ha dicho en sentido literal, porque llama a la puerta justo cuando acabo de cerrarla. Al volver a abrirla, se está guardando el celular en el bolsillo.

En vez de preguntarle qué hace aquí o de qué quiere hablar, le lanzo la pregunta que más me quita el sueño.

—¿Por qué te llaman tanto por teléfono?

Siempre responde, da igual la situación en la que se encuentre, y, francamente, me parece una falta de educación.

—Nunca es quien quiero que sea —contesta, y entra sin esperar a que lo invite a pasar.

—Pasa, pasa. No te quedes en la puerta.

Sagan no hace caso de mi ironía y se detiene a observar el estante de los trofeos.

—¿Cuándo empezaste a coleccionarlos?

Me acerco a la cama y me siento.

—El primero lo robé de mi primer novio. Rompió conmigo mientras estábamos calientes y me dio mucha rabia.

Sagan se echa a reír y luego examina la colección y se fija en varios de los trofeos.

—No sé por qué me gusta tanto que hagas esto, pero el caso es que me encanta.

Me muerdo la mejilla por dentro para disimular la sonrisa.

Tras dejar el trofeo en su sitio, se voltea hacia mí.

—¿Quieres que te haga un tatuaje?

El corazón me da un vuelco.

—¿Ahora?

—Sí, si me juras que no lo dirás nunca.

—Te lo juro.

Trato de no sonreír, pero no lo consigo; la idea me entusiasma demasiado.

Cuando Sagan señala con la cabeza en dirección a su habitación, lo sigo. Acerca la silla de escritorio a la cama y me indica que me siente mientras rebusca en una caja de material para tatuar que saca del armario.

—¿Qué quieres que te haga?

—Me da igual, elige tú.

Él me mira con la ceja arqueada.

—¿Quieres que elija un tatuaje que vas a llevar grabado en la piel durante el resto de tu vida?

Asiento con la cabeza.

—¿Tan raro es?

Él se ríe por la nariz.

—Todo lo que haces es raro. —No me da tiempo a ofenderme, porque añade—: Es lo que más me gusta de ti. —Saca el papel de calco y un bolígrafo y, apoyado en la cómoda, se pone a dibujar algo—. Tienes cinco minutos para cambiar de opinión.

Lo observo mientras esboza el tatuaje durante los minutos siguientes, aunque desde donde estoy no veo de qué se trata. Cuando acaba, sigo sin cambiar de opinión. Sagan se acerca a la puerta y, mientras la cierra, comenta:

—Si alguien lo ve, más vale que mientas y digas que lo hizo otra persona.

Trato de echarle un vistazo al dibujo cuando pasa por mi lado, pero él me lo oculta.

—Todavía no puedes verlo.

Abro la boca, sorprendida.

—No he dicho que te diera permiso para tatuarme algo sin dar mi consentimiento antes.

—Te prometo que no lo odiarás —me asegura sonriente mientras me ayuda a sacar un brazo de la camiseta—. ¿Puedo hacértelo aquí? —Me toca la parte superior de la espalda—. Será pequeño.

Accedo en silencio y cierro los ojos. Espero que empiece pronto, porque me estoy poniendo nerviosa. Se ha sentado en la cama con el equipo a su lado. Yo estoy sentada en la dirección opuesta, lo cual es un alivio, porque no quiero mirar mientras me lo hace. Temo que mis pensamientos sean demasiado transparentes.

Él empieza por transferir el tatuaje a mi piel y luego me da una almohada para que la coloque en el respaldo de la silla y me abrace a ella. El pinchazo inicial es doloroso, pero cierro los ojos con fuerza y trato de concentrarme en respirar. De hecho, pensaba que dolería más, aunque no nos engañemos, agradable no es. Para no pensar en ello, entablo la plática.

—¿Qué significa el tatuaje que llevas en el brazo? La frase esa... «Su turno, Doctor».

Noto su aliento cálido en la nuca cuando suspira. Levanta la aguja cuando ve que me estremezco y espera un poco antes de reanudar el tatuaje.

—Es una historia muy larga. —Trata de huir del tema una vez más.

—Pues menos mal que vamos sobrados de tiempo.

Él sigue tatuándome en silencio durante tanto rato que pienso que no va a contarme nada, como de costumbre, pero me sorprende al decirme:

—¿Recuerdas que te dije que la bandera que llevo tatuada es la de la oposición siria?

—Sí. Dijiste que tu padre había nacido allí.

—Así es, pero mi madre es de aquí, de Kansas concretamente, que es donde yo nací. —Deja de hablar unos instantes mientras se concentra en el tatuaje, pero luego sigue hablando—. ¿Sabes algo de la crisis de los refugiados sirios?

Niego con la cabeza, satisfecha de que se haya decidido a hablar. El tatuaje cada vez me duele más y necesito algo que me distraiga.

—He oído algo, pero en realidad no sé gran cosa.

Efectivamente, aquí «gran cosa» es sinónimo de «nada».

—Bueno, no es que lo enseñen en las escuelas, lo sé.

Durante unos dolorosos segundos guarda silencio, pero, al cambiar de zona, siento un ligero alivio y, cuando vuelve a hablar, escucho con atención.

—Siria lleva mucho tiempo bajo el mando de un dictador, por eso mi padre vino aquí a estudiar Medicina, ya que muchos de los países que rodean Siria también son dictaduras. El caso es que hace algunos años se inició lo que llamaron la Primavera Árabe. Muchos ciudadanos de esos países se unieron para manifestarse y protestar contra esos dictadores. La gente estaba harta de políticos corruptos y querían una democracia auténtica, con equilibrio de poderes. Las protestas triunfaron en Túnez y en Egipto y sus gobiernos cayeron. Tras esas victorias, la gente de Siria y otros lugares sintieron que había esperanza para ellos también.

—Entonces, ¿el tatuaje tiene que ver con Siria?

—Sí. Muchos creen que fue el detonante de la revolución. El dirigente sirio, Bashar al-Assad, estudió Oftalmología. Cuando su padre murió, dejó la Medicina y se convirtió en el nuevo líder de Siria. Por eso le pusieron de apodo «Doctor». Un día, unos chicos pintaron estas palabras en el muro de su escuela.

—¿«Su turno, Doctor»?

—Sí. Usaron un grafiti para poner por escrito lo que muchos deseaban en silencio, que el Doctor siguiera el camino de los líderes de Egipto y de Túnez para poder establecer una democracia en Siria.

Levanto la mano para que se detenga un momento. Estoy tratando de retener todo lo que me cuenta, pero me surgen muchas preguntas.

—A riesgo de sonar idiota, ¿en qué año sucedió todo esto?

—En 2011.

—¿El Doctor cayó tras las protestas?

Sagan limpia la zona antes de volver a presionar la aguja contra mi piel.

—No, todo lo contrario. Encarceló y torturó a los chicos.

Hago una mueca y trato de girar la cabeza, pero él me apoya la mano en el hombro con firmeza para impedirlo.

—¿Los arrestaron?

—El gobierno los usó para advertir a la gente de Siria de que no iba a tolerar una oposición. Les dio igual que fueran unos niños. Cuando los padres fueron a pedir que los soltaran, el gobierno no escuchó. De hecho, uno de los oficiales al mando les dijo: «Olvídense de sus hijos. Hagan otros nuevos. Y si no se acuerdan de cómo se hacen, les enviaré a alguien para que se los recuerde».

—Dios santo... —susurro.

—He dicho que era una historia larga, no bonita —comenta antes de continuar narrando lo que pasó—. Cuando el Doctor encerró a los chicos, la gente de Daraa tomó la calle. Hubo protestas y manifestaciones, pero, en vez de buscar el entendimiento, la represión del gobierno fue brutal y murió mucha gente. Eso hizo que las protestas se extendieran por todo el país. La gente exigía que el Doctor abandonara el gobierno, pero él se negó y sacó el ejército a la calle para acallar las protestas. La violencia siguió escalando hasta que estalló la guerra civil, por eso ahora hay una crisis de refugiados. A estas alturas han muerto ya medio millón de personas y varios millones han tenido que huir del país para sobrevivir.

No me salen las palabras, no sé qué decirle. No puedo decirle que todo va a ir bien, porque ya va mal. Además, me siento muy avergonzada por no haberme enterado de que todo eso estaba sucediendo. A veces leo titulares en internet o en el periódico, pero nunca entiendo de qué hablan. Y como son temas que no me afectan directamente, ni se me ocurre buscar más información.

Sagan ha dejado de tatuarme, pero, como no sé si ha acabado, no me muevo.

—Nos mudamos a Siria cuando tenía diez años —me cuenta en voz más baja—. Mi padre era cirujano y abrió una clínica allí junto a mi madre. Un año más tarde, cuando las cosas empezaron a ponerse feas, mis padres me enviaron de vuelta a casa de mis abuelos en Kansas mientras mi padre arreglaba su visa para poder volver. Mi madre estaba a punto de dar a luz a mi hermana y tampoco pudo volar. Me dijeron que solo serían tres meses, pero cuando estaban a punto de regresar…

Su voz se va apagando. Como ahora mismo no me está tatuando, giro la silla para mirarlo. Está sentado con las manos entrelazadas entre las rodillas y la vista clavada en el suelo. Cuando me devuelve la mirada, veo que tiene los ojos rojos, pero mantiene la compostura.

—Justo antes de que pudieran volver, la comunicación cesó. De llamarme todos los días pasaron a un silencio absoluto. No he vuelto a saber nada de ellos en siete años.

Me tapo la boca con las manos por el shock.

Sagan permanece sentado en actitud estoica, con la vista fija en sus manos. Yo sigo tapándome la boca con las mías, incapaz de asimilar que esa sea su realidad.

Por fin entiendo por qué responde las llamadas con tanta urgencia: sigue esperando recibir noticias de su familia. No me imagino lo que tiene que ser sufrir siete años de incertidumbre.

—Qué razón tenías cuando me llamaste idiota. No te imaginas lo idiota e imbécil que me siento ahora mismo —susurro—. Mis problemas son ridículos comparados con los tuyos.

Me mira con los ojos totalmente secos, lo cual me entristece todavía más. Me duele pensar que está tan acostumbrado a esta vida que ya no llora cada segundo de cada día.

Apoya la mano en la silla y me dice:

—No eres idiota, Mer. —Me da la vuelta—. Quédate quieta un poco más. Ya casi terminamos.

Permanecemos en silencio hasta que termina el tatuaje. No puedo quitarme de la cabeza lo que acaba de contarme sobre su vida. Se me ha hecho un nudo en el estómago y, por mucho que él lo niegue, sigo sintiéndome muy idiota. Sagan leyó la carta en la que me quejaba de toda mi familia y de nuestros problemas absurdos, cuando él ni siquiera sabe si su familia sigue con vida.

—Listo —susurra.

Limpia la zona con algo frío y se dispone a cubrir el tatuaje.

—Un momento. —Me volteo hacia él—. Quiero verlo antes de que lo tapes.

Él niega con la cabeza.

—Aún no. Quiero que lo dejes tapado hasta el sábado.

—¿Hasta el sábado? Pero si hoy es jueves...

—Quiero que lo esperes con ganas. —Sonríe y, aunque sea una sonrisa forzada, valoro que esté sonriendo después de lo que acaba de contarme—. Hasta entonces, te aplicaré loción varias veces al día.

Eso me gusta, así que accedo a regañadientes.

—Al menos dime qué es.

—Ya lo verás el sábado.

Mientras él recoge el material, yo devuelvo la silla al escritorio. Cuando lleva sus cosas al armario, lo observo y su situación me despierta una compasión tan grande que me acerco a él y lo abrazo, con la cara apoyada en su pecho.

Después de lo que me ha contado, necesito abrazarlo. Y, basándome en su modo de devolverme el abrazo, parece que él también lo necesita. Permanecemos así durante al menos un minuto.

—Gracias por el abrazo. —Me da un beso en la coronilla antes de soltarme.

—Buenas noches.

Él me dirige una sonrisa agradecida.

—Buenas noches, Merit.

14

—¿Tienes ganas de ir a la escuela?

—¡Sí! —exclama Moby desde el recibidor.

—¿Estás entusiasmado?

—¡Sí!

—¿Seguro? ¿Cuánto?

—¡Muchísimo!

Normalmente, esta conversación matutina me hace resoplar, exasperada, porque no concibo tanto entusiasmo a estas horas de la mañana, pero eso era antes de lo de anoche. Antes de que volviera a sentir cariño por Utah como hermano.

Mi padre todavía no sabe que he dejado de ir al instituto, por lo que me obligo a levantarme. Me cepillo los dientes, me peino, me visto y llevo a cabo la rutina de cada mañana. Le diría la verdad, pero no me veo con fuerzas para enfrentarme a las consecuencias. Es como si las experiencias de una vida entera se hubieran acumulado en pocos días.

Me daré una semana antes de contarlo. O tal vez dos.

O mejor aún, le contaré cuando él me cuente por qué mi madre toma placebo en lugar de medicamento.

Cuando entro en la cocina, Honor y Sagan están sentados juntos en la mesa y ella se ríe de algo que él le ha contado. Me alivia verla sonreír, tal vez dejará de estar tan furiosa conmigo ahora que me he reconciliado con Utah.

O tal vez no.

En cuanto me ve, se le borra la sonrisa de la cara y se queda observando el licuado vegetal que tiene delante mientras lo remueve con el popote.

Por lo menos Sagan sí me sonríe. Yo le devuelvo la sonrisa y, aunque no me veo, estoy segura de que tengo cara de tonta ahora mismo.

—Merit, prueba esto —me dice Utah mientras me pone uno de sus licuados delante de la cara y trata de obligarme a probarlo metiéndome el popote en la boca.

—¡Qué asco! —protesto mientras le aparto el brazo—. No pienso probar esa porquería.

—Está bueno. —Me lo vuelve a ofrecer—. Te lo prometo, tú pruébalo.

Acabo probando el dichoso licuado para que me deje en paz. Tal como me imaginaba, sabe como si alguien hubiera agarrado un montón de verduras, las hubiera batido juntas y les hubiera añadido unas cuantas vitaminas insípidas.

Hago una mueca antes de devolvérselo.

—Asqueroso.

—Ingenua —me provoca Sagan, pero no tengo tiempo de replicarle nada, porque mi padre abre la puerta trasera y entra en la cocina.

—A ese perro le pasa algo —comenta, mientras se lava las manos—. ¿Ha estado tan letárgico desde que llegó? —me pregunta, y busca un trapo para que se seque.

Me encojo de hombros.

—Ayer parecía estar un poco mejor.

Paso junto a él y salgo al patio. Oigo que Sagan me sigue. Los tres nos acercamos a la caseta de Wolfgang. Al llegar me arrodillo y le acaricio la cabeza.

—Hola, colega.

Él me mira con la misma falta de entusiasmo que ha mostrado desde que llegó el domingo por la noche. Mueve un poco la cola, pero no hace intención de levantarse, ni de lamerme.

—¿Lleva así toda la semana? —pregunta mi padre.

Cuando asiento con la cabeza, se coloca en cuclillas a mi lado y le acaricia el lomo a Wolfgang. Francamente, nunca me imaginé ver algo así con mis propios ojos: mi padre y este perro... juntos de nuevo.

—Pensaba que estaba deprimido —reconozco.

Me siento mal por no haber llamado más la atención de la familia sobre su comportamiento, pero la verdad es que no sé nada sobre perros.

—Ayer llamé al veterinario —interviene Sagan—. Me dijeron que le harían un hueco mañana, pero temo que no aguante tanto.

—¿Qué veterinario? —pregunta mi padre.

—El que está en la carretera 30, cerca del Goodwill.

—Eso queda cerca del trabajo. —Mi padre sujeta a Wolfgang en brazos—. Lo dejaré allí a ver si pueden echarle un vistazo antes de mañana. —Señala con la cabeza hacia la reja—. Merit, ábreme para que pueda meterlo en la camioneta.

Corro a abrir la reja y luego sigo corriendo hasta la camioneta y abro la puerta del acompañante. Mi padre lo deja sobre el asiento y a Wolfgang parece no importarle que lo hayamos trasladado.

—¿Crees que se pondrá bien?

—No lo sé. Cuando me digan algo, te aviso. —Mi padre rodea la camioneta y se pone al volante. Arranca hacia atrás, pero se detiene y me llama para que me acerque a la ventanilla—. El otro día me olvidé de darte esto. —Me entrega una bolsa antes de seguir su camino.

Cuando ya se ha ido, bajo la vista y veo que se trata de un trofeo. Me había olvidado de que le pedí uno. Al sacarlo de la bolsa, veo que está coronado por la figura de un tenista.

—¿Qué has ganado esta vez? —se interesa Sagan.

Leo la plaquita antes de responderle:

—Campeonato estatal de tenis de 2005.

Él se echa a reír.

—Fuiste una auténtica niña prodigio. —Se dirige a su coche y abre la puerta—. ¿Quieres que te acerque al instituto?

Lo miro con los ojos entrecerrados, porque sabe que llevo días sin pisarlo.

—Buen intento.

Él entra en el coche.

—Valía la pena intentarlo —admite antes de cerrar la puerta—. Te enviaré un mensaje si tu padre me cuenta algo sobre Wolfgang.

Empiezo a asentir, pero luego ladeo la cabeza.

—¿Y por qué iba mi padre a contarte algo a ti?

—Porque... ¿trabajo para él?

—Ah, ¿sí?

Vaya, no me entero de nada.

Él se echa a reír.

—¿En serio no lo sabías?

—No. Sabía que trabajabas, pero nunca te he preguntado dónde.

—Tu padre me ofreció un techo y un trabajo el día en que lo conocí, por eso me cae tan bien, aunque en general tú no puedas ni verlo.

Pone la marcha atrás y mira por encima del hombro para incorporarse a la calzada. Antes de irse, me saluda con la mano. Yo le devuelvo el saludo y me quedo observándolo mientras se aleja.

No sé cuánto rato paso observando la calle vacía. Me siento tan... ¿perdida? No sé. Es como si nada tuviera sentido esta semana.

Vuelvo a entrar y me tiro el resto del día matando el tiempo. Me dedico básicamente a mirar la tele, pero no paro de consultar el celular por si ha habido alguna novedad. Mi padre no me ha dicho nada. Solo he recibido un mensaje y era de mi madre, que quería saber si bajaría a verla en algún momento. Le he dicho que estaba ocupada y ella ha respondido con un: «Bueno, tal vez mañana».

Ya sé que dije que no volvería a bajar al sótano, pero solo lo dije porque estaba furiosa. Bajaré en algún momento, cuando se me pase el enojo. Porque sigo enojada con ella, y con mi padre, y sigo sin entender a Victoria. No me entra en la cabeza que continúe viviendo en este entorno marital tan poco sano.

Y sigo sin saber por qué demonios mi madre toma pastillas que no son más que placebo.

No me gusta estar resentida después de enterarme de lo que Sagan ha tenido que vivir, pero, por alguna razón, sus problemas no han invalidado los míos, y eso me da mucha rabia. Odio que las malas decisiones que tomaron mis padres me afecten tanto en el plano emocional, cuando debería sentirme feliz porque sé que están vivos. Y eso me hace sentir débil... y mezquina.

Apoyo los pies en la mesa de la cocina y le envío un mensaje a mi padre.

¿Se sabe algo del veterinario?

Espero a ver si aparecen las burbujas que indiquen que me está respondiendo, pero no lo hacen. Dejo el celular en la mesa y agarro los crucigramas. Cuando suena el teléfono, le doy la vuelta para ver quién llama y sonrío al ver que se trata de Sagan.

—¿Hola?

—Hola —responde como si la palabra pesara toneladas y le costara arrancarla de la garganta.

—¿Qué pasa?

Lo oigo suspirar.

—Tu padre me ha pedido que te llame. Él, eh..., Wolfgang... ha muerto de camino al veterinario.

Casi se me cae el celular al suelo.

—¿Qué? ¿De qué?

—No lo sé, pero supongo que de viejo.

Suspiro y me seco una lágrima inesperada.

—¿Estás bien?

—Sí. —Vuelvo a suspirar—. Es solo que... ¿Mi padre está bien?

—Sí, seguro que sí. Me ha dicho que le gustaría ir a enterrarlo luego, a la iglesia del reverendo Brian, así que llegaré un poco más tarde de lo habitual. Te enviaré un mensaje si hay novedades.

—Está bien, gracias por contármelo.

—Hasta esta noche.

Tras colgar la llamada, me paso unos cinco minutos con la vista clavada en el celular. Me sorprende lo triste que me ha puesto la noticia. Aparte de los años en que pasó en el patio vecino cuando era niña, solo he interactuado con él unos días. Pero es que los últimos días de ese pobre perro han sido una absoluta mierda. Su dueño murió y él tuvo que andar varios kilómetros de noche y bajo la lluvia para llegar hasta aquí. Y total, para acabar enfermando y muriéndose entre extraños. Me alegro de que vayan a enterrarlo en la finca del reverendo; seguro que los dos lo habrían querido así.

Paso horas sin tener noticias de Sagan o de mi padre. El ambiente en la casa sigue enrarecido, por lo que apenas salgo de la habitación en toda la tarde. Como Victoria no prepara nada para cenar, cada uno se espabila por su cuenta.

Mientras recojo los restos de mi cena congelada, el teléfono de Utah empieza a sonar. Mi hermano está en el sofá, viendo la tele con Honor y Luck, pero su teléfono está en la barra de desayuno, a mi lado.

—¿Quién es? —me pregunta desde el salón.

Bajo la vista hacia la pantalla, pero no lo tiene guardado en sus contactos y no lo reconozco.

—No lo sé. Es un número local, pero no sale ningún nombre.

—¿Puedes responder, porfa?

Me seco las manos en el trapo y respondo.

—¿Hola?

—¿Honor? —pregunta mi padre.

—No, soy Merit.

—Merit, ¿dónde está Utah?

—En el salón. ¿Qué pasa?

Él suspira antes de responder.

—Bueno... Necesitamos que alguien nos venga a recoger.

Me echo a reír.

—¿Es broma? Tienes como ochenta coches. ¿Por qué necesitas que alguien te vaya a buscar?

—Pues... porque... estamos en la cárcel.

Me aparto el celular de la oreja y pongo el manos libres. Con un gesto le indico a Utah que quite el sonido de la tele.

—¿Qué quieres decir con eso de que están en la cárcel? ¿Quiénes son ustedes? ¿Sagan también está en la cárcel?

—Es una larga historia. Les lo contaré cuando lleguemos.

—¿Quién está en la cárcel? —Utah se ha acercado a la cocina, pero le indico que guarde silencio para oír lo que dice mi padre.

—¿Necesitamos llevar dinero para la fianza? Es la primera vez que voy a buscar a alguien a la prisión.

—No, solo necesitamos que nos vengan a buscar. Llevamos dos horas esperando a que nos dejen hacer una llamada.

—De acuerdo. Ahora vamos —le aseguro antes de colgar.

—¿Por qué los han detenido? —pregunta Utah.

Me encojo de hombros.

—No lo sé. ¿Se lo decimos a Victoria?

—¿El qué? —Victoria entra en la cocina, oportuna como siempre.

—Papá está en la cárcel —responde Utah, que se ha girado hacia ella—. Con Sagan.

Ella se queda paralizada.

—¿Qué?

—No sé qué ha hecho, pero me muero de ganas de enterarme —comenta Utah.

Honor y Luck se han unido a nosotros en la cocina. Nos miramos los unos a los otros, sin saber qué hacer. No todos los días tiene que ir uno a buscar a su padre a la prisión.

—Que me llame nada más salir de ahí —nos dice Victoria—. Yo tengo que quedarme aquí con Moby.

Asiento en silencio y me dirijo a mi habitación para calzarme. ¿En qué problema se habrán metido?

15

No sé qué esperaba, pero, cuando mi padre y Sagan salen de la prisión , están como siempre. Hemos estado más de una hora esperando en el estacionamiento a que arreglaran la documentación. Lo único que la policía nos ha dicho es que los habían detenido por profanación. Y yo ni siquiera tengo muy claro qué significa eso.

Mi primer impulso al verlos aparecer es acercarme a Sagan para darle un abrazo, pero me contengo. Hay demasiada gente a nuestro alrededor. En vez de eso, me espero a que llegue junto al coche y le doy un discreto apretón de mano.

—¿Qué hicieron para que los encierren? —Utah es el primero en preguntar lo que todos queremos saber.

Mi padre abre la puerta del acompañante de la camioneta.

—Tratábamos de enterrar a un perro, carajo. Eso es lo que estábamos haciendo. —Se sienta y cierra de un portazo.

Todos nos volvemos hacia Sagan, que no puede disimular una mueca de exasperación al añadir:

—Le dije que no era buena idea.

—¿Enterrar al perro? —pregunta Luck.

Sagan niega con la cabeza.

—Pensaba que íbamos a enterrarlo en el patio de la iglesia, pero tu padre tenía otros planes.

—No puede ser... —interviene Honor, con expresión de incredulidad.

—¿El qué? —pregunta Utah.

—Quería enterrarlo junto al reverendo Brian —responde Sagan.

—¿En el cementerio? —Luck no da crédito.

—¿Los han detenido por profanar una tumba? —Aprovecho para utilizar mi vocabulario recién aprendido.

Sagan nos lo confirma con la cabeza.

—Técnicamente, íbamos a cavar un hueco cerca de la tumba del reverendo, pero cuando la policía te encuentra en un cementerio con palas, da igual lo que le cuentes.

—Carajo —murmura Utah.

—¡Todo el mundo a la camioneta! —grita mi padre.

Hacemos lo que nos ordena y yo acabo en la última fila con Sagan, pero no me importa. Utah arranca, y antes de salir del estacionamiento de la comandancia, una patrulla se estaciona a nuestro lado. Al verlo, mi padre baja la ventanilla.

—Oh, no —se lamenta Sagan.

—¿Qué pasa?

Él señala hacia los policías que descienden del coche.

—Son los que nos detuvieron.

—Papá —le advierto, porque no quiero que haga ninguna estupidez.

—¿Qué han hecho con el perro? —les pregunta.

El policía que conducía se acerca a él.

—Lo hemos enterrado en el patio de la iglesia del reverendo Brian, que es lo que debería haber hecho usted.

—Sí, bueno. Ya pasó —refunfuña mi padre, que le indica a Utah que se ponga en marcha—. Vámonos.

Utah sale marcha atrás y el policía da un golpecito en el techo de la camioneta antes de dirigirse hacia la comandancia. Por la ventana veo cómo los dos agentes se ríen.

—Estupendo, ya ha empezado a correr otro rumor sobre la familia Voss —se queja Honor desde el asiento central.

—Técnicamente, no es un rumor —puntualiza Sagan—. Nos han encontrado cavando en un cementerio sin permiso, y eso es ilegal.

Honor se voltea hacia él.

—Eso ya lo sé, pero ahora todo el pueblo va a pensar que papá trataba de exhumar al reverendo Brian. Todo el mundo sabe que es ateo y ahora creerán que quería realizar rituales satánicos con su cadáver.

—No será lo peor que la gente ha dicho de nosotros —admite mi padre.

Honor se voltea hacia él.

—Supongo que no sería tan malo si la mayoría de los rumores no fueran ciertos.

Mi padre la mira por el espejo retrovisor.

—¿Me estás diciendo que te avergüenzas de ser una Voss?

Mi hermana suspira.

—No, solo me avergüenzo de ser tu hija.

—Mierda —murmura Luck.

Mi padre se gira hacia ella.

—¿Y eso por qué, Honor?

—Papá —intenta mediar Utah—. Déjalo así. Ha sido una semana desquiciante.

—Oh, pues no sé. —Honor usa su tono más sarcástico—. Tal vez porque no tienes ni idea de cómo ser un esposo o un padre decente.

Mi padre se voltea hacia delante y quita el seguro de su puerta.

—Para la camioneta.

—¿Qué? —exclama Utah—. No.

—¡Para la camioneta! —repite mi padre a voz en grito.

—Para de una vez, Utah —le pido.

Si mi padre está a punto de tener un ataque de nervios, mejor que lo tenga fuera del vehículo.

Utah frena en el arcén y, antes de que la camioneta se detenga del todo, mi padre baja de un salto. Todos observamos, boquiabiertos, cómo se pone a dar patadas a la grava del arcén. Nunca lo había visto tan furioso.

—¿Está bien? —le pregunto a Sagan.

Él se encoge de hombros.

—Parecía estarlo cuando nos han detenido. Incluso ha bromeado sobre el tema.

Utah baja de la camioneta y la rodea para llegar junto a papá. Cuando Honor abre la puerta lateral, todos salimos tras ella y nos alineamos junto a la camioneta. Mi padre deja de dar patadas a la grava para recuperar el aliento. Hace un barrido con el brazo para señalarnos a todos.

—Piensan que como soy adulto ya lo tengo todo claro, ¿no? ¿Creen que no tengo derecho a equivocarme? —No está gritando, pero tampoco habla precisamente en voz baja. Se pone a deambular de un lado a otro mientras sigue diciendo—: Da igual lo mucho que uno se esfuerce, las cosas no siempre salen como uno querría.

Utah parece alterado.

—Bueno, cuando uno toma malas decisiones, las cosas no acostumbran a salir bien, papá. Tal vez deberías haberlo pensado mejor antes de ponerle los cuernos a mamá.

Mi padre da varios pasos hacia él y lo empuja con tanta fuerza que mi hermano retrocede hasta quedar pegado a la camioneta.

—¡Precisamente a eso me refiero! ¡Ustedes piensan que lo saben todo!

Se aleja varios pasos de nosotros. Se lleva las manos a la nuca e inspira hondo varias veces. Cuando se gira de nuevo hacia nosotros, me busca a mí con la mirada. Sagan me apoya una mano en la espalda para darme ánimos.

—¿Quieres saber por qué las pastillas que robaste eran un placebo?

Asiento vivamente, porque me lo llevo preguntando desde que me enteré.

—No tiene dolor —me dice—. Tu madre no tiene dolor crónico, ni se está recuperando de un cáncer. —Se acerca a nosotros—. Nunca ha tenido cáncer —repite—, que les quede claro.

Veo que Utah aprieta los puños y da un paso brusco hacia nuestro padre.

—Más vale que aclares eso, porque estoy a punto de darte un puñetazo.

Mi padre se echa a reír sin ganas mientras se pasa una mano por la cara, frustrado, antes de llevarse las manos a las caderas.

—Su madre... tiene... problemas. Los ha tenido desde que sufrió el accidente de coche. —Ya no alza la voz. Parece un hombre derrotado—. Los daños cerebrales que sufrió la cambiaron. No ha vuelto a ser la misma. Sé que ninguno de ustedes la recuerda, pero... —Alza la cara al cielo y hace una mueca, como si tratara de controlar las lágrimas—. Era una mujer increíble, perfecta. Era... feliz. —Nos da la espalda para que no lo veamos llorar. Es una de las imágenes más tristes que he visto en mi vida.

Me cubro la boca con la mano y espero a que recobre la compostura. No me resulta fácil y sé que a él tampoco.

Cuando al fin se da la vuelta, no nos mira a los ojos. Con la vista clavada en el suelo, sigue hablando.

—Ver cómo la mujer de la que me había enamorado se convertía en una persona totalmente distinta ha sido lo más duro que he tenido que hacer en la vida. Más duro incluso que ocuparme yo solo de tres niños menores de dos años cuando ella tenía un brote y se quedaba en la cama durante semanas. Más duro que cuando empezó a inventarse todas esas enfermedades terminales, convencida de que estaba al borde de la muerte. Más duro que tener que ingresarla en una clínica psiquiátrica y tener que mentirles diciendo que estaba en el hospital curándose de ese cáncer que ella estaba segura de tener.

Utah contiene el aliento. Mi padre pasea la mirada por nosotros y acaba fijándola en Utah.

—Su madre no es la mujer con la que me casé. Sí, sé que involucrarme con Victoria fue terrible por mi parte, pero sucedió y no puedo dar marcha atrás. Y sigue siendo terrible ahora, durante los escasos momentos de lucidez de su madre, cuando se da cuenta de cómo ha cambiado su vida y nuestro matrimonio; es demoledor para los dos. En esos momentos, lo único que puedo hacer es abrazarla y asegurarle que todavía la quiero, que siempre la querré. —Suelta el aire entrecortadamente y se seca las lágrimas—. Porque es la verdad, la quiero y la querré eternamente. Lo que pasa es que las cosas no siempre salen como uno quiere y, aunque soy ateo, todos los días le doy gracias a Dios por tener una esposa comprensiva. Victoria lleva cuatro años y medio viviendo en la misma casa que una mujer de la que sigo enamorado y nunca me echa en cara que vaya a verla cuando su madre me necesita. Tampoco los fastidia cuando la insultan e insinúan que es una rompehogares. —Se acerca a la camioneta en busca de su chamarra—. Si nunca se los había contado es porque no quería que tuvieran mal concepto de su madre, pero no, no la engañé mientras estaba enferma de cáncer, porque nunca ha tenido cáncer. No estaba terminal entonces ni lo está ahora. Está enferma, sí, pero no podemos ayudarla. —Se pone la chamarra y se sube el cierre—. Volveré dando un paseo.

Echa a andar en dirección a casa, que está a unos cinco kilómetros de distancia, pero se detiene y se gira hacia nosotros.

—Lo único que tanto Victoria como yo deseábamos era que pudieran tener una madre como la que se merecen. Que la adoraran, nada más. —Echa a andar hacia atrás—. Lo que no imaginaba era que fueran a odiarme tanto por ello.

Se da la vuelta y se pone a andar con más decisión. Oigo llorar a Honor y también a Utah. Me seco las lágrimas y trato de inspirar una bocanada de aire que me sostenga durante más de dos segundos.

Creo que estamos todos en shock. Pasan varios minutos sin que nadie se mueva. El primero en hacerlo es Utah, pero, cuando es capaz de hablar, mi padre ya ha desaparecido de nuestro campo visual.

—Vuelvan a la camioneta —ordena antes de rodearla y ocupar de nuevo el asiento del conductor. Al ver que no le hacemos caso, toca el claxon y luego golpea el volante—. ¡Entren en la puta camioneta!

Luck ocupa el asiento del acompañante y los demás entramos detrás. Antes de que Sagan termine de cerrar la puerta, Utah ha arrancado y ha dado media vuelta en la carretera.

—¿Adónde vamos? —pregunta Honor.

—Vamos a enterrar a ese dichoso perro junto al reverendo Brian.

16

La nueva iglesia del reverendo Brian es mucho más grande que la anterior —es decir, que Dollar Voss—, lo cual me hace sentir menos culpable por haberla arrebatado años atrás. Al parecer, al reverendo no le iba mal. Bueno, al menos hasta que murió.

—Date prisa —ordena Honor.

Sagan está cavando la tierra aún fresca de la tumba de Wolfgang. Utah está estacionado frente a la iglesia, montando guardia. Y Luck está... ay, por favor.

—¿Te estás hurgando la nariz?

Luck se limpia el dedo en la camiseta y se encoge de hombros.

—¡Qué asqueroso eres! —exclama Honor. Luego se voltea hacia mí y murmura—: No me puedo creer que estuvieras a punto de acostarte con él.

No reacciono ante su provocación, porque no quiero meterme en otra pelea mientras tres de nosotros vamos armados con las palas que hemos comprado de camino hacia aquí. Sé que no acabaría bien. Y, bueno..., tampoco me parece buena idea discutir con ella porque yo tampoco me puedo creer que me metiera en la cama con él.

—Ya está. —Sagan se agacha y aparta la tierra que cubre la sábana en la que está envuelto Wolfgang—. Luck, échame una mano.

Pero él se niega.

—Ni hablar, hermano. Eso que estás haciendo tiene que atraer mal karma. No quiero saber nada.

—¡Será posible! —exclamo.

Me agacho para ayudar a Sagan a retirar el resto de la tierra. Luego lo carga y lo lleva él solo hasta la camioneta. Le abro la puerta y lo deja dentro.

—Voy a volver a colocar la tierra tal como estaba para que nadie sospeche —dice Sagan.

—Se te da bien esto de la delincuencia —bromeo.

Él sonríe mientras cierra la puerta de la camioneta.

—¿Te gustan los tipos duros? —Alza una ceja y el corazón me empieza a dar volteretas en el pecho.

—Esto no me gusta nada —refunfuña Honor al pasar a nuestro lado.

Sagan pone los ojos en blanco y regresa a la iglesia para rellenar la tumba.

Cuando al fin estamos todos dentro de la camioneta, Honor pregunta:

—¿Qué sentido tiene todo esto? Papá odiaba a este perro. No creo que le importe dónde acaba enterrado.

Sagan muestra su desacuerdo.

—No es verdad, sí le importa. No sé por qué tiene tanto interés en enterrarlo junto al reverendo Brian, pero, por lo que sea, quiere que estén juntos.

Utah sale del estacionamiento de la iglesia y enciende los faros.

—Creo que papá siempre se ha sentido un poco culpable por obligar al reverendo a marcharse cuando compró Dollar Voss. Tal vez esta sea su manera de hacer penitencia.

—Si es ateo, sería más adecuado hablar de remordimiento —le rebate Luck.

Honor se tapa la nariz y la boca.

—Por favor, bajen la ventanilla. Este perro apesta, voy a vomitar.

La verdad es que huele muy mal. Utah baja las ventanillas delanteras, pero no sirve de nada. Me tapo la nariz con la camiseta y la dejo así hasta que llegamos al cementerio.

—¿Dónde está la tumba del reverendo Brian? —pregunta Utah.

Cuando Sagan señala una que queda cerca de la entrada, Utah da la vuelta a la glorieta para iluminar la zona con los faros. Al estacionarse, nos pide a Honor y a mí que nos quedemos en los asientos delanteros montando guardia.

—Yo no voy a montar guardia —protesto mientras cierro la puerta lateral—. Quiero ayudarlos a enterrarlo.

Honor rodea la camioneta en dirección al asiento del conductor.

—Lo hago yo.

Utah y Luck se dirigen a la parte trasera en busca de Wolfgang, pero Sagan se queda junto a mí y me aprieta la mano.

—Quédate —me pide—. No tardaremos.

Niego con la cabeza.

—No pienso quedarme a solas con Honor. Me odia.

Sagan me mira fijamente.

—Por eso mismo debes quedarte con ella. Eres la única persona que puede solucionar las cosas entre ustedes.

Me cruzo de brazos, refunfuñando entre dientes.

—Bien —accedo al fin—, hablaré con ella, pero no me hace ninguna gracia.

—Te lo agradezco —murmura él antes de alejarse.

Los observo cruzar el cementerio en dirección a la tumba recién cavada y luego entro en la camioneta a la fuerza.

Cuando cierro la puerta, Honor sube el volumen de la radio, para no oírme en caso de que me dé por hablar. Me inclino hacia delante y bajo el volumen.

Ella se inclina hacia delante y lo sube.

Bajo el volumen.

Ella lo sube.

Alargo el brazo y apago el motor. Saco las llaves y la radio deja de sonar.

—Zórrate —murmura.

Las dos nos echamos a reír al mismo tiempo. «Zórrate» solía ser una de nuestras palabrotas favoritas, pero llevaba años sin oírla.

Cuando éramos pequeños, Utah tenía un amigo llamado Douglas. Vivía a un kilómetro de casa, más o menos, y se pasaba por ahí a menudo. En aquella época aún no vivíamos en Dollar Voss. La última vez que vino a jugar, me acusó de hacer trampa en el avioncito. ¡Como si alguien hiciera trampa en el avioncito!

Recuerdo que Utah se enojó tanto cuando oyó que me

acusaba que le dijo que se fuera a su casa. Douglas lo atacó gritando: «¡Zórrate!».

Tal vez habría logrado herir el ego de Utah si hubiera usado el verbo correcto. Yo tenía ocho o nueve años, pero, incluso a esa edad, sabía que «zórrate» era una expresión que hacía reír. Vernos reír a todos hizo que Douglas se enfureciera aún más. Apretó los puños e hizo amago de golpearme.

Lo que Douglas no sabía era que nuestro padre estaba a su espalda.

—¿Douglas? —lo llamó, haciendo que el niño pegara un brinco que lo levantó del suelo—. Creo que ya es hora de que te vayas a casa.

Él ni siquiera se dio la vuelta, echó a andar tan rápido como podía hacia la carretera.

—Y, para otra vez, que sepas que se dice «friégate», no «zórrate».

Douglas no volvió nunca, pero «zórrate» se convirtió en nuestro insulto favorito. Ha pasado tanto tiempo desde la última vez que lo oí, que ya casi lo había olvidado.

Honor desliza las manos sobre la radio y suspira.

—Oí lo que le dijiste ayer a papá. —Se pone a rascar el volante y arranca algún trocito de cuero.

—Ayer le dije muchas cosas a papá. ¿Podrías especificar un poco?

Ella se inclina hacia atrás en el asiento y mira por su ventanilla.

—Le dijiste que mi obsesión rozaba la necrofilia.

Cierro los ojos y siento una punzada de arrepentimiento que empieza a resultarme demasiado familiar. No sabía que Honor nos estaba escuchando cuando le dije todo aquello a mi padre.

—Haces que parezca que mi vida entera gira alrededor de la muerte, Merit, pero no tengo ninguna obsesión. Ha habido dos chicos en mi vida desde que Kirk murió. Dos.

—¿Incluido Colby?

Honor hace una mueca de impaciencia.

—No, Colby sigue vivo.

—Y tampoco has contado a Kirk, lo cual da un total de cuatro..., y una media de dos novios muertos por año.

—Bien, lo entiendo —replica, cada vez más exasperada—. Pero eso no significa que tú seas mejor que yo.

—Nunca he dicho que lo fuera.

—No hace falta, siempre me estás juzgando con la mirada.

Abro la boca para protestar, pero vuelvo a cerrarla porque tal vez tenga razón. Siempre opino sobre mi hermana de una manera muy... intensa y visceral. ¿Es eso juzgar? Me enfurece muchísimo que la gente me juzgue, pero me temo que no soy mejor que ellos.

De pronto me arrepiento de haber apagado la radio. De momento esta conversación no está yendo demasiado bien.

—¿Crees que estás enamorada de Sagan? —me pregunta.

—¿A qué viene eso?

—Respóndeme, vamos. Te lo pregunto por una razón.

Miro por la ventanilla y observo a Sagan, que está cavando en el mismo lugar donde lo ha hecho hace un rato con mi padre.

—Lo conozco poco, pero tiene cosas que me atraen mucho. Me gusta cómo me hace sentir, su compañía, su risa discreta y sus dibujos morbosos. Me encanta su manera de pensar, tan distinta a la de la gente de nuestra edad, pero apenas lo conozco..., no puedo haberme enamorado de él.

—Olvídate del tiempo, Merit. Míralo y dime que no estás enamorada de él hasta los huesos.

Suspiro. Hasta los huesos se queda corto. Me he enamorado hasta el cuello, hasta la punta del pelo, hasta la luna y más allá.

Recojo las piernas y me siento de lado, de cara a mi hermana.

—Me siento muy idiota admitiéndolo porque acabo de conocerlo, pero creo que lo quiero desde la primera vez que lo vi. Por eso he estado de tan mal humor últimamente, porque pensaba que salía contigo, y por eso trataba de mantenerme lejos de ustedes. Y ahora, cuanto más lo conozco, más me gusta. Me gusta tanto que no puedo soportarlo. No puedo pensar en nada más..., ni quiero. Me cuesta respirar cuando está cerca, pero también cuando no lo está. Hace que sienta ganas de aprender, de crecer y cambiar, de ser todo lo que él cree que puedo ser.

Tras ese brote de incontinencia verbal, inspiro hondo. Honor se echa a reír.

—Caramba. Bien, bien.

Cierro los ojos, avergonzada por todo lo que acabo de soltar. Cuando los abro, veo que Honor también se ha dado la vuelta hacia mí en el asiento. Ha apoyado la sien en el reposacabezas y ha bajado la mirada.

—Así es como me sentía con Kirk —me confiesa en voz baja—. Ya sé que era una niña, pero mis sentimientos eran exactamente los mismos. Pensé que había encontrado a mi alma gemela y que estaríamos juntos el resto de nuestras vidas. —Me mira a los ojos—. Y entonces... murió, pero los sentimientos que me despertaba no murieron con él. Siguieron en mi interior y no sabía qué hacer con ellos. Sufría por él constantemente, porque no podía verlo ni tocarlo, y se me ocurrió pensar que tal vez él se sentía tan destrozado como yo, allá donde estuviera. —Suena cohibida, como si le diera vergüenza admitir cosas tan íntimas, pero se encoge de hombros y sigue hablando—. En esa época empecé a chatear con chicos que estaban en grupos de apoyo, chicos que sabían que les quedaba poco tiempo de vida. Les hablaba de Kirk y les contaba lo mucho que lo quería para que, cuando llegaran al cielo y lo encontraran, le dijeran: «Hola, conozco a tu novia y te quiere un montón».

Vuelve a sentarse recta en el asiento, mirando al frente, y apoya los pies en el salpicadero.

—Ya no pienso así, claro, pero así empezó todo. Unos meses después de la muerte de Kirk, Trevor, uno de los chicos del grupo de apoyo, ingresó en un centro de cuidados paliativos. No lo quería como a Kirk, pero sentía cariño por él. Sabía que a Kirk le había ayudado mi presencia durante sus últimos días; me decía que le aportaba paz, y por eso decidí hacer lo mismo por Trevor. Me hizo sentir bien saber que sus últimos días habían sido un poco más llevaderos gracias a mí. Y después de Trevor, llegó Micha. Y ahora... Colby. Y sé que piensas que lo que hago es terrible, como si abusara de estos chicos o como si sintiera una atracción morbosa por los enfermos terminales... —Se voltea y me mira fijamente—. Te equivocas, Merit. Lo hago porque sé que, aunque sea un poco, los ayudo a superar la experiencia más dura que van a tener que afrontar. Sin más. Me siento bien sabiendo que les aporto un poco de paz en esos últimos momentos. Pero tú haces que suene como algo horrible y dices que tengo que ir a terapia. Me parece... muy mezquino por tu parte. Puedes ser muy mezquina a veces.

No he pronunciado ni una palabra desde que ha empezado a hablar. No he hecho más que escuchar... y procesar. Observo a mi hermana, mi gemela idéntica, y no la reconozco. Siento que estoy viendo a una persona desconocida y que, tal vez, mi opinión sobre ella ha estado muy equivocada durante los últimos años.

Aparto la mirada y observo a los chicos, que están llenando la tumba de tierra. Trato de imaginarme cómo me sentiría si a Sagan le pasara algo. ¿Qué sentiría si tuviera que sentarme a su lado y presenciar su muerte?

Mientras Honor estuvo de luto por Kirk, nunca me compadecí de ella; todavía no entendía lo que significaba ese tipo de amor. Éramos mucho más pequeñas y, francamente, pensé que estaba exagerando con el drama.

Me he pasado años odiando a Utah por no acercarse a mí, y resulta que yo he tratado igual a mi hermana gemela.

Me volteo hacia ella y la atraigo hacia mí. En cuanto la abrazo, la oigo suspirar, como si lo único que necesitara de mí fuera eso. Llevo años echando en cara a los miembros de mi familia que no me abrazaran y lo más seguro es que ellos lleven el mismo tiempo añorando mis abrazos.

—Lo siento, Honor. —Le acaricio la cabeza y le digo lo mismo que Utah me dijo a mí—: Voy a ser mejor hermana, lo prometo.

Ella deja escapar otro suspiro de alivio, pero no me suelta. Nos abrazamos durante mucho rato, lo que me lleva a preguntarme por qué todos los miembros de la familia hemos sido tan reacios a la sinceridad y a los abrazos. La verdad es que no están tan mal. Creo que todos nos quedamos encallados en un punto, esperando a que fuera otro el que iniciara las cosas, pero nadie lo hizo. Tal vez esa sea la raíz de muchos de los problemas de la familia: no los conflictos en sí, sino la falta de valor para abordarlos.

Al fin Honor se separa y baja el parasol para limpiarse los restos de rímel de la cara. Se reclina en el asiento, me busca la mano y me da un apretón.

—Siento mucho todo lo que te he dicho estos últimos días, sobre lo que pasó con Utah. Es que... creo que lo que más me molestó fue que no me lo contaras cuando ocurrió. ¿Por qué no me contaste nada, Merit? Soy tu hermana.

—No lo sé. Al principio estaba asustada y, a medida que fue pasando el tiempo, el enojo se fue transformando en resentimiento, sobre todo al ver lo bien que se llevaban Utah y tú. Envidiaba la relación que tenían.

—Vaya par. No sé cuál de las dos es más terca.

Le doy la razón. Ambas respiramos en silencio mientras miramos por la ventana. Los chicos siguen trabajando y Sagan se ha quitado la camiseta. No puedo apartar la vista de él mientras rellena la tumba.

—¿Tiene algún defecto que se me escape? —murmuro—. Es perfecto, carajo.

—No creas. Está demasiado sano para mi gusto. Los prefiero un poco más frágiles.

Me giro hacia mi hermana con las cejas alzadas.

—Ajá, tú puedes hacer bromas sobre el tema pero yo no, ya veo.

Ella se echa a reír, pero pronto la risa se transforma en una sonrisa.

—Es un buen chico, Merit. —Vuelve a suspirar—. Trátalo bien, ¿de acuerdo?

«Lo haría si me diera la oportunidad.»

—Me alegro de haberme equivocado con lo suyo. Habría sido muy difícil reconciliarnos como hermanas si tú también estuvieras enamorada de él.

Ella se echa a reír y me dice:

—Zórrate.

Sonrío. Cómo echaba de menos estos momentos.

Tras unos instantes, añade:

—¿Crees que Sagan es capaz de distinguirnos?

Me encojo de hombros y ella endereza la espalda.

—Pongámoslo a prueba —me reta, con un brillo travieso en la mirada.

Riendo, pasamos a la parte de atrás de la camioneta y nos intercambiamos la ropa. Me deshago el chongo y le doy mi liga para que se recoja el pelo mientras yo me peino con los dedos.

—Me estoy meando —comenta, sin dejar de reír—. ¿Te has fijado en que, cuando haces algo que teóricamente no deberías hacer, te entran ganas de mear?

—Pues no, no me había fijado hasta ahora.

Cuando acabamos de intercambiarnos la ropa, volvemos a los asientos delanteros. Esta vez soy yo la que se sienta en el asiento del conductor y ella en el del acompañante. Momentos después, los chicos se echan las palas al hombro y regresan.

El corazón comienza a latirme con fuerza porque me preocupa que no me reconozca. ¿Significaría eso que todo lo que me dijo sobre el día en que me conoció era mentira? ¿Le dará igual una que la otra? Aunque el otro día, en el sofá, no tardó en darse cuenta.

Estoy empezando a arrepentirme de esto.

Utah es el primero en llegar.

—Conduzco yo —me dice, y señala hacia atrás para que me cambie de asiento.

Honor y yo saltamos a la parte de atrás. Yo me siento en la última fila y Honor ocupa uno de los asientos de la fila central. Sagan está charlando con Luck cuando sube a la camioneta, por lo que no se fija en ninguna de las dos. Se sienta en la fila central y cierra la puerta mientras Utah pone la camioneta en marcha. Sagan da una palmada en el reposacabezas de Utah.

—Date prisa, no quiero que me detengan dos veces en una noche por el mismo delito.

Sagan se recuesta en el asiento. Al voltear hacia Honor, le dirige una dulce sonrisa.

—¿Tienes hambre? —Se gira hacia mí y me pregunta—: ¿Y tú? —Mira de nuevo hacia delante—. ¿Alguien tiene hambre? Yo me comería un buey.

Honor asiente con la cabeza, pero no dice nada. Yo

tampoco. Sé que tenemos la misma voz, pero estoy segura de que, si hablamos, le será mucho más fácil reconocernos.

—Vayamos al Taco Bell —propone Luck.

—Honor odia el Taco Bell —le rebate Utah—. Mejor vamos al Arby's.

Menos mal que me estoy haciendo pasar por mi hermana, porque el Taco Bell es mi restaurante favorito.

—El Taco Bell me parece bien. No me importa si vamos.

Honor se voltea hacia mí y me fulmina con la mirada.

—¿Sabes qué? —Sagan se gira hacia Honor y le toma la mano.

«Oh, no.» ¿Y si le da por volver a besarme y esta vez ni siquiera soy yo?

—¿Qué? —responde Honor.

Él levanta la otra mano y le acaricia la mejilla a mi hermana.

—Estás muy rara con la ropa de Merit.

—¡Mierda! —murmura Honor—. Pensaba que te habíamos engañado.

«Oh, aleluya.»

Suelta la cara de Honor y salta al asiento de atrás. Sentado a mi lado, me rodea los hombros con el brazo. Me da un beso en la sien y me susurra al oído:

—Gracias.

Me volteo hacia él y veo que sonríe. Le gusta que Honor y yo le hagamos bromas juntas, porque eso significa que nos hemos reconciliado, que es lo que quería.

—Hueles a perro muerto. —Arrugo la nariz.

—No, huelo como un criminal reincidente.

—No. —Honor se pone de mi lado—. Los tres huelen a muerto. ¡Bajen las ventanillas!

El olor es abrumador, insoportable. Me cubro la nariz y la boca con la camiseta y no me la bajo hasta que llegamos al Taco Bell.

No llegamos a casa hasta pasada la medianoche, pero, a pesar de la hora, en cuanto entramos por la puerta, Honor, Utah y yo recibimos un mensaje grupal de nuestra madre. Supongo que nos ha oído llegar.

> ¿Podría bajar alguien, por favor?
>
> Oigo un ruido.

Cuando levanto la vista del celular, Utah y Honor me están observando.

—¿A quién le toca? —pregunta Utah.

Honor se encoge de hombros.

—Creo que a mí. Llevo un par de días sin bajar.

—Yo tampoco he bajado —admite Utah.

—Ni yo.

Los tres nos dirigimos hacia el sótano. Tras bajar la escalera, vemos a mi madre en la otra punta de la habitación, debajo de la ventana. Parece que acaba de despertarse, porque va en pijama y tiene el pelo alborotado.

—¿Oyen eso? —Se gira hacia nosotros con los ojos muy abiertos—. Llevo todo el día escuchándolo a ratos.

Utah se acerca a la ventana, pero nos mira de reojo.

Los tres tratamos de disimular lo que sentimos, pero todo ha cambiado. Ahora que sabemos lo que nuestro padre lleva tantos años ocultándonos, nunca vamos a ver a nuestra madre de la misma manera. No estoy diciendo que sea algo malo; de hecho, creo que es bueno. Siento más compasión por mi madre ahora que antes. Y al ser consciente de su auténtica situación, se me ha pasado el resentimiento.

Aunque, al parecer, su lugar lo ha ocupado la desconfianza, porque ya me estoy planteando si lo que está oyendo es algo real o inventado, ahora que sé cuánto afecta la salud mental a su día a día. Siempre hemos sabido que tenía problemas, pero ahora que al fin sabemos lo serios que son, probablemente su comportamiento errático nos generará más desconfianza que nunca.

Utah se detiene bajo la ventana, pero, aunque todos guardamos silencio, no oímos nada.

—¿Qué es lo que oyes exactamente? —le pregunta mi hermano.

Mi madre señala hacia la ventana.

—Creo que le pasa algo a ese perro. Ha estado llorando día y noche y no me deja dormir.

Honor me dirige una mirada apenada. Nuestra madre ni siquiera sabe que Wolfgang ha muerto y que ya ha sido enterrado..., más de una vez, de hecho.

—Mamá —le digo—. El perro ya no está aquí. —Uso mi tono más sincero posible, aunque por dentro estoy pensando: «Ay, la pobre».

—Les digo que hay algo cerca de la ventana —insiste en tono firme.

Al ver que se pone a andar de un lado a otro, inquieta, Utah se dirige a la escalera.

—Iré a echar un vistazo —dice antes de subir los escalones a la carrera.

Nuestra madre se acerca a la cama y se sienta en la orilla. Honor se sienta a su lado y le acaricia el pelo.

—¿Tienes hambre? —le pregunta.

En cuanto lo dice, me doy cuenta de que nadie le ha bajado la cena esta noche. Cuando mi padre llamó para decir que los habían arrestado, salimos corriendo a buscarlos y nos olvidamos de todo lo demás. Ni siquiera he pensado en comprarle algo en el Taco Bell.

—No, Victoria me bajó algo de cenar. Además, tengo un refrigerador aquí abajo. Si se les olvida bajarme la comida o la cena, no pasa nada.

Honor y yo cruzamos una mirada sorprendida.

—¿Victoria te ha traído comida?

Mi madre se levanta como si fuera lo más normal del mundo que Victoria hubiera estado en este sótano. Pensaba que no había puesto el pie aquí abajo desde que mi madre se instaló.

Aunque si algo he descubierto esta semana es que no conozco a la gente que me rodea tan bien como pienso.

Utah da unos golpecitos en la ventana.

—Merit —me llama Utah con la voz amortiguada por el cristal—. Sube a ver esto.

Corro escaleras arriba, salgo de la casa y la rodeo hasta llegar al lugar donde Utah se ha arrodillado en el suelo.

—No lo vas a creer —me dice mientras levanta algo del suelo y me hace un gesto para que me acerque.

—¿Qué es eso?

—Un cachorro —responde—. Bueno, en realidad, dos.

Me dejo caer de rodillas a su lado.

—¿Estás bromeando? ¿De dónde han salido? —Le quito de las manos uno de los cachorros. Es negro y diminuto; no puede tener más de un día o dos. Miro a mi alrededor y le pregunto—: ¿Dónde crees que puede estar su madre?

Utah se lleva el otro cachorro al pecho.

—Sospecho que enterrada al lado del reverendo Brian.

Un momento.

¡Un momento!

—¿Wolfgang era una perra?

—Eso parece. —A Utah se le escapa la risa.

—Pero... —Bajo la vista hacia el cachorro que tengo en las manos—. Tienen que estar muertos de hambre. ¿Cómo se supone que vamos a mantenerlos con vida?

Utah me entrega el otro cachorro y se levanta.

—Voy a ver si puedo contactar con algún veterinario de guardia. Bájalos al sótano para que mamá vea qué era lo que no la dejaba dormir.

Con los cachorros en brazos, regreso al sótano.

—¿Qué demonios? —exclama Honor, que me arrebata uno de los perritos en cuanto lo ve—. ¿De dónde han salido?

Para mi sorpresa, mi madre hace lo mismo con el otro cachorro.

—¡Dios santo! Así que tú eras el culpable, ¿eh? —Lo acaricia con la nariz—. Oh, qué lindura.

—Parece que Wolfgang era una perra. Utah está llamando al veterinario para ver qué podemos hacer con ellos.

—Quiero quedarme uno —pide mi madre—. ¿Crees que podré quedarme uno?

Alargo la mano hacia el cachorro y le acaricio la cabeza.

—No lo sé, mamá. No ha de ser fácil criar a un perro en un sótano.

—Es verdad. —Honor me dirige una mirada cómplice antes de voltear hacia nuestra madre—. Pero estoy segura de que Utah te dejaría tener uno si te mudaras a la vieja casa con él. Estará lista dentro de unas semanas.

Al principio mi madre no dice nada y se queda observando al cachorro mientras le acaricia el lomo, pero luego susurra:

—¿Crees que me dejaría?

Honor me mira y sonríe.

No sé si acabará mudándose a nuestra antigua casa o no, pero es la primera vez en mucho tiempo que se plantea la posibilidad de salir del sótano. Algo es algo.

Utah baja por la escalera.

—He encontrado a un veterinario de guardia y me ha dicho que le lleve a los cachorros. Me ha dicho también que hay una leche de fórmula que podemos darles con una jeringa, pero durante la primera semana tienen que beberla cada dos horas.

—Yo puedo ayudar —se ofrece mi madre con entusiasmo—. ¿Los volverás a bajar cuando regreses?

Utah asiente mientras Honor y yo le entregamos los cachorros.

—Claro, aunque es posible que tarde un poco. Te despertaré cuando llegue.

—Te acompaño —dice Honor, que echa a correr tras él.

Cuando se van, me volteo hacia mi madre, que recorre la habitación, recogiendo sus cosas y dejando espacio para instalar a los cachorritos. Se me escapa una sonrisa, porque es muy poco habitual verla entusiasmada por algo.

—¿Has dicho que Wolfgang es su madre? ¿No es ese el perro que tu padre odiaba tanto?

—El mismo. Bueno, la misma.

Mi madre se echa a reír.

—No sé por qué, pero eso hace que los cachorros me gusten todavía más. —Se deja caer en el sofá y bosteza. La observo en silencio hasta que ella se da cuenta—. ¿Qué pasa?

Me encojo de hombros.

—Nada.

—Pareces preocupada.

Suspiro y me siento a su lado.

—Papá cree que debo ir a terapia; empezaría este lunes.

Ella me da palmaditas en la rodilla, un gesto nada habitual en mi madre.

—Tu padre cree que los médicos pueden curarlo todo, pero el mío no me curó. —Se voltea hacia mí—. ¿Quieres que hable con tu padre?

Me lo planteo durante unos instantes, pero pienso en la hoja de papel arrugado que sigue en el suelo de mi habitación.

—¿Podría ser que no encontraras al médico adecuado?

Mi madre me observa un rato en silencio. Cuando se retuerce las manos, sé que la ansiedad está empezando a ganarle la partida. Sin mirarme a los ojos, dice:

—Es tarde. Creo que dormiré un rato.

Su falta de respuesta me decepciona, pero sobre todo me entristece.

—Está bien. Buenas noches, mamá.

Ella se ha levantado y se dirige a la cama. Mientras me acerco a la escalera, oigo que me llama.

—¿Sí? —Me detengo al pie de la escalera.

Se encoge de hombros y me dice:

—Si te gusta el médico, dímelo, ¿de acuerdo?

Le dirijo una sonrisa.

«Acaba de dar otro paso.»

Aunque sean avances discretos, todos son importantes.

Cuando llego arriba, mi padre está mirando por la ventana. No lo he visto desde que llegó a casa hace un rato. Titubeo un momento; no sé si volver a mi habitación directamente o si decirle algo. Al final me acerco a él y me asomo a la ventana. Utah, Honor y Luck caminan hacia la camioneta. Honor lleva a los cachorros en una caja.

—¿Era una perra? —Mi padre sacude la cabeza—. Ese maldito cabrón era una perra —repite.

Seguimos observando mientras Honor ocupa el asiento del copiloto. Antes de entrar en la camioneta, Utah toma a Luck de la mano, lo atrae hacia él y lo besa. Es un beso corto que resulta dulce, si uno pasa por alto que son familia política.

Mi padre gruñe al ver su demostración de afecto.

—Espero que no les dure mucho.

Me echo a reír.

—Sospecho que a Utah lo de ser gay le va a durar el resto de su vida. No es algo que se pase con el tiempo.

Mi padre aparta la vista de la ventana y niega con la cabeza.

—Ya lo sé, Merit, y eso me da igual; no me importa que sea gay. Lo que no veo claro es su relación con Luck. ¿Cómo se supone que voy a explicarle a Moby que su tío y su medio hermano... son pareja?

—No es lo peor que podría descubrir sobre nosotros.

—¿A qué te refieres?

—Te han arrestado por exhumar un cadáver. Eso es bastante retorcido.

Mi padre se echa a reír.

—Sospecho que Moby estaría encantado si se enterara.

Vuelve a mirar por la ventana hasta que la camioneta se aleja.

Me meto las manos en los bolsillos de los jeans. —¿Papá?

La verdad es que no sé qué voy a decirle. Mi padre ha aguantado mucho en esta vida y tengo la sensación de que he contribuido a que su carga fuera más pesada aún en vez de aligerarla, pero no sé qué hacer. ¿Le pido perdón? ¿Le doy las gracias?

Él asiente levemente y luego se acerca a mí y me da un abrazo. Probablemente el primer abrazo que se ha atrevido a darme sin miedo a que lo rechazara.

—Lo sé, Merit —me dice, librándome de la incómoda sensación de no saber qué decir—. Yo también.

Saco las manos de los bolsillos y le devuelvo el abrazo. Cuando él me apoya la mejilla en la cabeza, sonrío porque este debe de ser el mejor abrazo que me han dado en la vida. Y sin duda el que más necesitaba. Permanecemos así un rato. Es como si él quisiera recuperar el tiempo perdido..., y puede que yo también.

Si alguien me hubiera dicho la semana pasada que esto iba a suceder, me habría echado a reír y le habría dicho que sería un milagro que ocurriera.

Tal vez lo sea.

Estoy de cara al salón, con la cara apoyada en el pecho de mi padre. Levanto la mirada hacia Jesús y me pregunto si habrá tenido algo que ver. A lo mejor sí escuchó mi oración cuando me arrodillé en el suelo de mi habitación y le pedí una distracción.

Está claro que todo lo que ha sucedido desde entonces me ha proporcionado más de una distracción y, además, me ha dado una visión más amplia del mundo.

Me aparto un poco de mi padre para mirarlo a los ojos.

—¿Por qué no crees en Dios?

Él le echa un vistazo a Jesús mientras se plantea la pregunta.

—Soy una persona pragmática. —Me sonríe y me da un tironcito del pelo mientras me suelta—. Pero eso no significa que tú no puedas creer en él. No hemos venido al mundo para ser fotocopias de nuestros padres, y no todo el mundo encuentra la paz en las mismas cosas.

Tras darme las buenas noches, se dirige a su habitación. Cuando miro hacia el pasillo, veo que Sagan está apoyado en la pared, observándome con una discreta sonrisa en la cara.

—Ya son más de las doce —comenta.

Me volteo hacia el reloj de la pared y veo que ya es casi la una. Lo que significa... que es sábado.

—¡Es sábado! ¡El tatuaje!

Sagan se echa a reír.

—Vamos al baño para que puedas vértelo en el espejo.

Mientras lo sigo hasta el baño, el corazón me martillea en el pecho. Ansiosa, busco un espejo de mano para verlo mejor.

—Más te vale haberme hecho algo bonito. Como me hayas tatuado el emoji de la caca con ojos, te mato.

Él se ríe con su discreción habitual mientras me aparta la manga de la camiseta para acceder al vendaje.

—¿En serio no le has echado ni un vistazo?

Niego con la cabeza.

—Te prometí que no lo haría.

Él me quita el espejo y lo sostiene a mi espalda.

—Bien, ya puedes mirar.

Al verlo, contengo el aliento. En letra pequeña, ha escrito «Con Merit». Observo el texto durante unos instantes hasta que me doy cuenta de lo que significa.

Se refiere a la carta que les escribí a todos, la que firmé con las palabras: «Sin Merit».

Sagan ha escrito lo contrario.

«*Con* Merit.»

Las lágrimas me nublan la vista mientras me paso un dedo sobre las letras. Es como si me hubieran otorgado una insignia a la madurez.

—Sagan —susurro—. Es perfecto.

Él me sonríe a través del espejo.

—Creo que quedará aún mejor como tatuaje a la acuarela. Le añadiré colores cuando tenga más experiencia.

—Cuando roza las letras, siento que la piel me arde—. Me alegro de que te guste.

—Me encanta —murmuro.

Me volteo hacia él, que sigue muy cerca de mí. Temo que se aparte, pero no lo hace; me está mirando como si quisiera añadir algo. Yo aguardo sin atreverme a respirar, pero él se limita a aclararse la garganta antes de dar un paso atrás. Los pulmones se me deshinchan como globos tronados al ver cómo se agranda la distancia entre nosotros.

—Buenas noches, Merit.

Suspiro al verlo salir del baño. Me dirijo a mi habitación y me siento en la cama. Llevo la mano hacia atrás para volver a acariciarme el tatuaje. «Con Merit.» Debería haberle preguntado a Sagan por qué eligió estas palabras. ¿Para hacerme sentir mejor? Últimamente me pregunto bastante por qué está tan interesado en mi amistad. Es verdad que la primera vez que nos vimos sentimos una conexión poco habitual, pero fue porque me confundió con Honor. Después de aquel día, fui muy maleducada con él. Él mismo admitió que, cuanto más me conocía, menos le gustaba. Pero, a pesar de todo, sigue invirtiendo tiempo y atención en mí. No sé qué me lleva a pensar que puede tener un motivo oculto; tal vez se sienta atraído por mi personalidad, sin más.

Echo un vistazo al suelo, donde el papel arrugado sigue donde lo dejé. Me acerco a recogerlo y lo aliso mientras me siento en la cama. Veo todas las casillas que he marcado y me pregunto si el test tendrá algún tipo de validez. No sé gran cosa sobre salud mental, pero ser consciente de que puedo haber heredado la inestabilidad emocional de mi madre despierta en mí un miedo desconocido. ¿Acabaré como ella?

Me estremezco al pensarlo.

Doblo el papel por la mitad, lo dejo a un lado y me tapo. Dejo la luz encendida y me paso un rato contemplando los dibujos de Sagan. Pienso en su familia y en la mía. Trato de dormir, pero mi mente tiene otros planes, así que permanezco despierta hasta que oigo que vuelven del veterinario.

«Aún no puedo creer que Wolgang fuera una perra.»

Me paso al menos media hora más contemplando el techo..., la pared... Oigo el agua de la regadera, puertas que se cierran. Cuando parece que la casa se queda ya en calma, alguien llama a la puerta de mi habitación. Recupero la lista y la escondo bajo las mantas antes de responder:

—Está abierto.

Es Luck. Sé que a estas alturas ya no deberían extrañarme sus modelitos, pero se me escapa la risa al verlo con un uniforme rosa de enfermera de Victoria.

—¿Quieres que te acompañe a comprar ropa? —Me hago a un lado en la cama.

Él se sienta a mi lado.

—No hace falta. Siempre encuentro algo en el cuarto de lavado.

Ya apenas he detectado un rastro de acento en toda la frase. Se va aclimatando. Meto la mano bajo las sábanas, saco el test doblado y lo entrego.

—¿Qué significa esto?

Él abre el test y lo lee. Mientras tanto, lo observo atentamente, pero no soy capaz de leer su expresión.

—Significa que es posible que estés deprimida —responde en tono neutro.

—¿No podría significar sencillamente que he pasado por una mala racha?

Cuando él me deja la lista sobre el pecho, la doblo de nuevo mientras me incorporo en la cama.

—Podría, pero no lo sabrás hasta que lo hables con algún experto.

Resoplo con desgana.

—Y si voy a esta tontería de terapia y resulta que sí, que estoy deprimida, ¿qué futuro me espera, Luck? No quiero pasar el resto de mi vida como mi madre.

Luck se voltea hacia mí y me mira fijamente.

—No conozco a tu madre y no soy psicólogo, pero diría que tu madre sufre de algo más que depresión: agorafobia para empezar.

—Sí, pero eso no le apareció hasta hace unos años. Ha ido empeorando con el tiempo, y probablemente eso me pase a mí también.

La sola idea de que pueda tener alguna patología grave me provoca una sensación de vértigo en el estómago. No quiero pensar en ello. Me he resistido desde el momento en que Luck sacó el tema.

—¿Por qué no puedo ser normal?

No sé qué tipo de reacción esperaba, pero desde luego no que Luck se echara a reír.

—¿Normal? Define normal, Merit.

—Honor es normal. Utah también. Y Sagan. La mayoría de las personas no tienen el cerebro dañado.

Sacudiendo la cabeza, Luck se levanta. Abre la puerta con decisión y grita:

—¡Utah! ¡Honor! ¡Sagan! Vengan aquí. —Permanece junto a la puerta y la mantiene abierta.

Yo me tapo la cara con las manos.

«¿Qué demonios está haciendo?»

—¡No grites! ¿Por qué los llamas a estas horas?

A pesar de lo tarde que es, Honor, Utah y Sagan van desfilando en la habitación. Luck señala la cama.

—Tomen asiento —los invita.

Cuando me destapo los ojos, veo a Sagan, que me devuelve la mirada mientras cierra la puerta.

—¿Todo bien? —pregunta, sin apartar los ojos de mí.

Me encojo de hombros, porque no sé qué planea hacer Luck.

—Sagan, ¿qué te pasa cuando bebes leche? —le pregunta Luck.

Él se ríe.

—No bebo leche, soy intolerante a la lactosa.

No lo sabía, pero ¿qué tiene que ver la salud mental con eso?

—¿Tomas medicamentos? —insiste Luck.

—A veces.

Luck dirige su atención hacia Utah.

—Y a ti, ¿qué te pasa si tomas el sol mucho rato sin protector solar?

—Que me quemo. —Mi hermano hace una mueca de fastidio y señala a Sagan con la cabeza—. No todos tenemos una piel que se broncee con tanta facilidad como la suya.

—¿Y tú? —Luck se dirige a Honor—. ¿Por qué llevas lentes de contacto y tu hermana no?

—Probablemente porque ella tiene mejor vista que yo, Einstein.

Luck se voltea hacia mí para exponer su veredicto.

—¿Lo ves? No son normales. Sufrir depresión es algo que no está en nuestras manos. No podemos controlarlo, igual que Sagan no puede controlar su intolerancia a la lactosa, ni Utah tener la piel pálida ni Honor ser corta de vista. No es motivo de vergüenza, pero tampoco es algo que se pueda ignorar ni corregir solo. Y eso no te convierte en alguien anormal. Eres tan normal como todos estos idiotas. —Señala a los demás.

Noto que me ruborizo, porque me da pena ser el centro de atención, pero también sonrío, porque agradezco lo que ha hecho el idiota de mi tiastro. Doy gracias a la vida por haberlo traído hasta esta casa.

—También tengo pie de atleta —admite Sagan. Cuando lo miro, arruga la nariz—. Es bastante molesto, sobre todo en verano.

Mientras me río, Honor toma el relevo.

—Hablando de defectos, ¿se acuerdan de cuando diagnosticaron a papá de Tourette?

—¡Sí, hombre! —exclama Luck.

—No es que fuera soltando groserías todo el día —especifica Utah—. Eso lo usan mucho en la tele porque llama la atención, pero tenía tics y hacía ruidos con la garganta. El médico dijo que era culpa del estrés. Sé que se estuvo medicando durante un par de años, pero no sé si aún sigue tomando los medicamentos.

—¿Lo ves? —comenta Luck con entusiasmo—. Tu familia tiene todo tipo de problemas. Son una familia de tarados, como todas. No deberías sentirte tan especial, Merit.

Me río, pero no sé ni qué decir. Me gusta mucho sentirme apoyada, por muy rara que esté siendo la conversación.

—Merit... —me llama mi hermana, que me mira con expresión culpable—. Lo siento mucho; debería... —Se encoge de hombros y baja la vista—. No sé, debería haberme dado cuenta de las señales, supongo.

Yo niego con la cabeza.

—Honor, fui yo la que traté de quitarme la vida. Y ni siquiera en ese momento me di cuenta de que estaba deprimida.

Luck se reclina hacia atrás y apoya la cabeza en la pared.

—Merit tiene razón —comenta—. Hay mucha gente que sufre depresión y no lo sabe. Es algo gradual, o al menos lo fue en mi caso. Solía sentirme como si estuviera en la cima del mundo, hasta que un día dejé de sentirme así. Solo flotaba, dando vueltas por el mundo. Y al final era como si el mundo se me hubiera subido encima y me aplastara.

Me empapo de sus palabras, porque acaba de resumir mi último año en un párrafo. Abro la boca para hablar, pero me interrumpe la voz de mi padre desde el pasillo.

—Merit, más te vale no haber hecho ninguna ton...

Al abrir la puerta, mi padre deja la frase a medias. Supongo que ha oído ruido en mi habitación y se ha temido lo peor. Mira a su alrededor y es evidente por su expresión que no era esto lo que se esperaba. Es normal que parezca sorprendido; hacía tiempo que Utah, Honor y yo no pasábamos el rato juntos en una habitación. Titubea, asiente en silencio y cierra la puerta con una sonrisa en los labios.

Nos echamos a reír, pero mi padre vuelve a abrir la puerta y nos dice:

—Me alegra que la pasen bien, pero es tarde. Vuelvan a la cama.

—Es fin de semana —protesta Utah.

Mi padre alza una ceja en su dirección y con eso basta para que todo el mundo se levante de la cama. Sagan es el último en marcharse. Antes de cerrar la puerta, me dice:

—Hoy me has gustado mucho, Merit. Y no me ha costado nada.

Me acuesto en la cama y suspiro.

Vaya noche.

«Vaya semana.»

Apago la luz e intento, por segunda vez esta noche, dejar la mente en blanco. Cuando estoy casi dormida, oigo que llaman a la puerta con discreción. Mi habitación está a oscuras, pero, cuando la puerta se abre, entra la luz.

Sagan asoma la cabeza y susurra:

—¿Estás dormida?

Me siento y enciendo la lamparita.

—No.

Me tiemblan las manos ante las posibles causas de su

regreso. Tras cerrar la puerta, se sienta a mi lado. Va sin camiseta y solo lleva unos pants negros. Me incorporo un poco más, asegurándome de que las mantas me cubran hasta la cintura. Cuando se han marchado todos, me he quitado la parte de abajo del pijama. Solo llevo la camiseta. Entre los dos, formamos una persona totalmente desnuda.

—Quería decirte algo, pero no quería hacerlo delante de todo el mundo.

—¿Qué querías decirme?

—El otro día comentaste que te habías sentido muy idiota al escuchar mi historia.

—Es verdad. Y todavía me siento así.

Él niega con la cabeza.

—Me preocupa que pienses eso. No deberías comparar mi grado de ansiedad con el tuyo. Todos partimos desde puntos distintos.

Lo miro sin entender.

—¿Qué quieres decir?

Él me sujeta la mano y la jala para apoyarla en su regazo. La coloca boca arriba y traza una línea imaginaria a la altura de la muñeca.

—Supongamos que este es un nivel de estrés normal, tu línea de partida. —Desliza un dedo por la palma de mi mano hasta llegar a la punta de mi dedo corazón—. Y supongamos que este es tu nivel máximo de estrés. —Vuelve a descender hasta la muñeca—. Tu línea de partida es tu estado en un día normal, sin demasiado estrés; un día en que las cosas funcionan sin complicaciones. Imaginemos que un día te rompes la pierna. —Desplaza el dedo desde la muñeca hasta el centro de la palma—. Tu nivel de estrés subirá, digamos, un cincuenta por ciento, porque nunca te has roto la pierna antes.

Me suelta la mano y la sustituye por la suya. Mirándome, me pregunta:

—¿Sabes cuántas veces me he roto un hueso?

Me encojo de hombros.

—¿Dos?

—Seis veces —me corrige, sonriendo—. Fui un niño muy revoltoso. —Se traza una línea imaginaria en la muñeca—. Si fuera yo quien me rompiera la pierna, me estresaría, claro, pero como ya he pasado por eso y ya sé lo que me espera, mi nivel de estrés aumentaría solo un diez por ciento y no un cincuenta. —Me mira—. ¿Entiendes lo que trato de explicar?

La verdad es que no sé adónde quiere llegar con todo esto.

—¿Me estás diciendo que eres más duro que yo?

Él se echa a reír.

—No, Merit. Solo era un ejemplo. Lo que trato de decir es que dos personas pueden vivir la misma experiencia con un grado de estrés muy distinto. Todos estamos acostumbrados a niveles de estrés diferentes, y probablemente tu situación familiar te estresa tanto como a mí la mía, aunque no sean comparables. Y eso no te convierte en alguien más débil que yo, ni en una idiota. Simplemente somos dos personas diferentes que hemos vivido experiencias distintas.

Vuelve a sujetarme la mano, pero esta vez no es para ponerme ningún ejemplo. Entrelaza los dedos con los míos y se queda dándome la mano. Al cabo de unos instantes, sigue hablando.

—Me molesta la gente que trata de convencer a los demás de que su nivel de estrés o de enojo no se justifica, porque hay alguien en el mundo que está peor que ellos. No es verdad. Tus emociones y reacciones son válidas, Merit, no dejes que nadie te diga lo contrario. Tú eres la única que sabe lo que sientes.

Cuando me aprieta la mano, me doy cuenta de que, en algún momento de esta conversación, me he enamorado de él. No sé exactamente en cuál, pero ha sucedido. Desde fuera puede parecer que sigo sentada en mi cama, pero metafóricamente me he convertido en un charquito a sus pies.

Gracias a Luck y a Sagan, estas dos últimas dos horas han sido de lo más reveladoras.

Ni me molesto en buscar una respuesta a sus palabras. Lo que hago es apoyarle la cabeza en el hombro y hundirme en su abrazo. Me vienen a la cabeza sus frases de hace un rato, cuando me ha dicho que hoy le había gustado mucho y que no le había supuesto ningún esfuerzo. Y me siento bien, porque probablemente durante estas últimas veinticuatro horas ha visto la parte más auténtica de mí. Cierro los ojos y me acurruco contra él.

—A mí me gustas todos los días, y me resulta facilísimo —susurro, antes de quedarme dormida al fin.

17

Aunque es sábado y no tengo que fingir que me levanto para ir al instituto, me despierto demasiado temprano. Sagan se quedó dormido en mi habitación anoche, por eso, en cuanto abro los ojos, me doy la vuelta para despertarlo, porque no quiero que mi padre lo encuentre aquí.

Pero ya no está. Sobre la almohada que ha usado esta noche me ha dejado un dibujo. Lo agarro y sonrío. En el dorso, Sagan ha escrito: «Ni siquiera sé qué es esto, pero lo dibujé mientras te observaba dormir. He pensado que igual te gustaba».

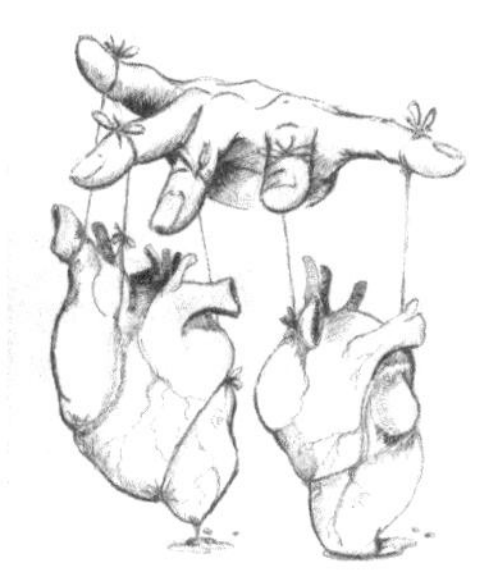

Yo tampoco sé qué es, pero me encanta. Creo que se ha convertido en mi nuevo dibujo favorito.

Lo clavo en la pared y me pongo unos jeans y una camiseta de tirantes para ir a la cocina. Sin embargo, al pasar frente a la habitación de Sagan, me paro en seco porque está hecha un desastre. Los cajones están abiertos y los dibujos que había colgado en las paredes han desaparecido. El corazón me late de manera desbocada y el pánico amenaza con apoderarse de mí. Decido ir a la cocina para enterarme de qué ha pasado, pero mi padre me intercepta en la puerta.

—¿Dónde está Sagan?

—Lo he echado de casa —responde como si nada.

Me llevo las manos a la cabeza.

—¿Qué?

—Anoche durmió contigo, Merit.

No lo puedo creer.

—¿Y por eso lo echas de casa? ¿Sin hablarlo conmigo antes? —Me doy la vuelta para echarle otro vistazo a la habitación de invitados, por si acaso estoy soñando, pero se ha llevado casi todo—. ¿Es que no tienes corazón? —le pregunto a mi padre, mientras le busco la mirada—. ¿No sabes lo de su familia? ¿No eres consciente de todo lo que ha sufrido?

Mi padre suspira.

—Merit, cálmate. —Me agarra de la muñeca y me jala.

Cuando llegamos a la cocina, sigue andando hasta que salimos al patio trasero. Sagan está casi en el otro extremo, cargado con una bolsa de basura de tamaño industrial que se ha echado al hombro.

—Se está mudando a nuestra antigua casa.

Observo a Sagan, que abre la reja y sigue transportando la bolsa en dirección al pórtico de la casa donde vivíamos antes.

—Ah...

—Le dije a Sagan que podía vivir con nosotros siempre y cuando no se relacionara con ninguna de mis hijas, y ha roto esa regla.

—Pero, papá, no estamos relacionados. Anoche no hicimos nada, nos quedamos dormidos charlando.

Mi padre levanta una ceja.

—Y, entonces, ¿por qué ha accedido a mudarse cuando le he dicho que era la única opción que tenía si quería salir contigo?

Frunzo los labios y me volteo hacia Sagan en el momento justo en que desaparece en el interior de la casa.

—¿Le ha parecido bien mudarse? —pregunto en voz baja.

—Sí.

«Oh.»

Eso hace que mi actitud cambie por completo.

—¿Puedo ir con él?

—No, estás castigada.

Me giro hacia él.

—¿Por qué?

—¿Por dónde empiezo? Por tener a un hombre en tu habitación, por robar las medicinas de tu madre, por pintar la reja de lila, por...

Levanto la mano para interrumpirlo.

—De acuerdo, me parece justo.

—Por faltar al instituto —añade él igualmente.

Arrugo la nariz mientras doy un paso atrás.

—Oh, ¿lo sabías?

—Tu madre me dijo que había estado recibiendo llamadas de la escuela.

Mi padre regresa a la cocina, abre el lavaplatos y lo señala, haciéndome saber que las tareas domésticas recaen en mí mientras esté castigada. Cuando se acerca a la cafetera para prepararse un café, yo me dirijo al lavaplatos y saco un par de platos.

—Ayer me reuní con el director —me sigue informando—. Está dispuesto a ayudarte hasta que te pongas al día con los trabajos, pero no puedes volver a faltar ni un solo día más. El lunes te acompañaré a clases. Y luego te recogeré e iremos a terapia al consultorio del doctor Criss.

—¿Iremos a terapia? —repito—. ¿Tú también?

Lo he preguntado medio en broma, por lo que cuando él me lo confirma, me quedo de piedra.

—Sí, iremos todos.

Me giro a mirarlo.

—¿Todos?

Él asiente con la cabeza.

—Tú, yo, Honor, Utah, Victoria... —Deja la taza sobre la mesa—. Creo que ya vamos con varios años de retraso.

Sonrío aliviada, muy aliviada. Ya había decidido ir a terapia tras el resultado del dichoso test y la conversación tan linda que tuve con Luck al respecto, pero seguía pensando que era injusto que yo tuviera que ir a terapia y los demás no. Mi padre tiene razón: ya es hora de que esta familia se ponga las pilas.

—¿Y mamá? ¿Vendrá ella también?

—Haré todo lo que esté en mi mano —responde taciturno—. Te lo prometo.

—¿Qué le prometes? —pregunta Utah, que acaba de entrar por la puerta trasera, seguido de Honor.

Mi padre se levanta y se aclara la garganta para anunciar:

—No hagan planes para el lunes por la tarde. Iremos a terapia familiar.

Honor gruñe.

—Eso suena espantoso.

—¿Puedo emanciparme de ti o es demasiado tarde? —pregunta Utah, lo que hace reír a mi padre.

—Tienes dieciocho años, ya eres un adulto. —Se dirige a la puerta de la cocina, pero al pasar por mi lado se detiene en seco y da un paso atrás.

—¿Merit? ¿Qué demonios tienes en la espalda?

Al notar los dedos de mi padre en la piel, me quedo paralizada.

¡Mierda! Me he puesto una camiseta de tirantes que no me tapa toda la espalda. ¡El tatuaje!

—Em... —La voz llega acompañada del ruido de la puerta mosquitera al cerrarse. Es Sagan, que acaba de entrar.

Honor se inclina hacia mí y me mira el tatuaje.

—Ah, lo hice yo. Es temporal.

—Es verdad —reacciono dándole la razón—. Es como... la henna.

—Honor no dibuja tan bien —protesta mi padre.

Me doy la vuelta para que me mire a la cara y deje de observar el dichoso tatuaje.

—Papá, te pasaste. Claro que dibuja bien. Además, Sagan le está dando clases.

Lo miro en busca de apoyo y él me lo da sin dudarlo.

—Sí, Honor quiere ser artista, y no se le da nada mal.

—Se me da de maravilla —insiste Honor.

Mi padre alterna la mirada entre los tres y parece que se rinde, incapaz de decidir cuál de los tres le está mintiendo.

—Gracias —le susurro a Honor cuando él se marcha.

Ella me guiña el ojo y me pregunta:

—¿Preparamos algo de desayuno?

Cuando casi hemos acabado de cocinar los huevos, Victoria sale de su habitación.

—¿Qué están haciendo? —pregunta con desconfianza.

Honor se encarga de terminar de freír los huevos mientras yo me ocupo del resto.

—Darte un respiro —responde Honor.

—¿Dónde está la trampa? —Victoria no se fía ni un pelo.

—No hay trampa. —Añado agua a la masa de los hot cakes—. Estamos preparando el desayuno, sin más.

Victoria no parece muy convencida. Se dirige a paso lento hacia la cafetera y se sirve una taza de café, sin perdernos de vista en ningún momento.

—Los huevos son lo último que se prepara.

—Estamos aprendiendo —respondo sonriendo—. Es nuestra primera vez.

Victoria se sienta en la barra en vez de en la mesa.

—Estoy disfrutando demasiado, no puedo dejar de mirar.

Sigo revolviendo la masa de los hot cakes, pero decido que es un buen momento para aclarar las cosas con Victoria.

—Mira —le digo—, soy la hermana mayor de Moby, y las hermanas mayores a veces hacen cosas como darle una dona a escondidas a su hermano pequeño. No pienso dejar de hacerlo, porque eso es algo que queda entre Moby y yo, pero... —la miro a los ojos—, me comprometo a no darle más de una a la semana..., si te parece bien.

Victoria me mira como si no me reconociera, pero luego asiente con la cabeza.

—Me parece bien y te agradezco por ello, Merit.

Y solo con eso firmamos un acuerdo de convivencia al que deberíamos haber llegado hace tiempo.

Me volteo hacia el fuego y vierto un poco de masa en el sartén para cocinar el primer hot cake. Sagan entra después de haber hecho otro viaje a su nueva casa y se detiene para contemplar la escena: Honor y yo preparando el desayuno mientras Victoria nos mira con una sonrisa en la cara.

Satisfecho, se dirige hacia Honor y le da un beso en la mejilla.

—Buenos días, preciosa.

Cuando se acerca a mí, me abraza desde atrás en un gesto que denota mucha más intimidad. Me da un beso en la cabeza y se asoma por encima de mi hombro para ver cómo preparo el hot cake.

—Ganas concursos de belleza, torneos de boliche, campeonatos de atletismo y resulta que, además, eres chef. Creo que voy a quedarme contigo, Merit.

—Será si yo te dejo —le digo, muy seria.

«Te dejo, claro que te dejo.»

—¡Sagan, mira! —Cuando Moby entra corriendo en la cocina, Sagan lo levanta en brazos y lo sienta en la barra. Moby le entrega un dibujo pero, tras echarle un rápido vistazo, Sagan lo dobla y lo guarda en el bolsillo.

—No inventes, qué bonito —comenta.

—¿Qué es? —se interesa Victoria.

Por el modo en que él niega con la cabeza, es evidente que oculta algo.

—Nada, no es nada.

—¡He dibujado todos los muertos que el rey lanzó dentro de la montaña! —exclama Moby entusiasmado.

Victoria gira la cara hacia Sagan, que se echa a reír y baja a Moby al suelo.

—Creo que deberíamos empezar dibujando plantas antes de pasar a los cadáveres.

Utah los intercepta, le roba al pequeño de las manos y lo sienta en una silla frente a la mesa.

—Buenos días, Moby. ¿Con ganas de ir a la escuela?

—¡Sí!

—¿Estás entusiasmado?

—¡Sí! —Moby se ríe.

—¿Cómo de entusiasmado?

—¡Muy entusiasmado!

Honor se inclina hacia mí y contempla los hot cakes que he quemado ya.

—Creo que vamos a tener que seguir practicando, yo eché a perder los huevos.

Media hora más tarde, lo tenemos casi todo listo. Mientras preparo el último hot cake, Luck entra en la cocina. Lleva la camiseta con el logo de Starbucks, pero en vez de pantalones se ha puesto su kilt verde.

Utah, que está sentado en la mesa, se ríe al verlo.

—¿Quieres que te despidan?

Luck saca una taza de la alacena.

—Si no me dejan llevar el kilt al trabajo, los demandaré por discriminación religiosa.

Cuando volteo el último hot cake en el plato de servir, Honor ha terminado de llevar el resto del desayuno a la mesa. Dejo el plato y me siento entre Sagan y Moby.

Moby ataca los hot cakes y, con la boca llena, pregunta:

—¿Eres gay, Utah?

Todos nos volteamos hacia el niño, excepto Utah, que se tapa la boca cuando se le escapa la risa.

Victoria se aclara la garganta antes de preguntarle:

—¿Dónde has oído esa palabra, Moby?

Él se encoge de hombros.

—No sé, la oí hace diez años por lo menos. Alguien dijo que Utah era gay. ¿Es lo mismo que bastardo?

Utah se ríe otra vez antes de responderle:

—Ser gay significa que un chico prefiere casarse con otro chico en vez de con una chica.

—O que una chica prefiere casarse con otra chica —puntualiza Victoria.

Luck asiente con la cabeza y añade:

—Y a algunas personas les gustan los chicos y las chicas.

—A mí me gustan los Legos. —Moby sonríe.

—Pues no puedes casarte con un Lego —le advierte Victoria.

El pequeño pierde la sonrisa de golpe.

—¿Por qué no?

Mi padre lo señala con el tenedor.

—Porque no es un ser vivo, hijo.

—¿Tiene que estar vivo? —Moby reflexiona—. ¿Como los cachorros que me enseñaste anoche?

Mi padre niega con la cabeza.

—Tiene que ser alguien de tu propia especie. En tu caso, tienes que casarte con un humano.

Moby hace una mueca.

—No es justo. Quiero casarme con los cachorros.

Me echo a reír.

—Qué pronto has aprendido que la vida no es justa. Yo he tardado diecisiete años en entenderlo.

Victoria clava el tenedor en otro hot cake y lo pone en su plato.

—Están muy buenos, chicas —nos dice.

—Muy ricos. —Mi padre le da la razón.

Todo el mundo murmura palabras parecidas con la boca llena, pero cuando alguien toca la puerta, nos quedamos quietos. Al echar un vistazo por la ventana, veo un coche de policía que se ha estacionado frente a Dollar Voss.

—Oh, no.

Mi padre nos mira uno a uno, pero nadie le devuelve la mirada.

—¿Por qué tienen todos ese aspecto tan culpable?

En vez de responderle, todos nos metemos comida en

la boca al mismo tiempo, lo que nos hace parecer aún más sospechosos. Mi padre arrastra la silla hacia atrás y mueve la cabeza mientras se levanta.

Nadie más lo acompaña a la puerta, pero todos escuchamos con atención.

—Buenos días, Barnaby.

—Buenos días. ¿Qué pasa?

—Bueno..., resulta que... después de que enterráramos al perro del reverendo Brian en el jardín de la iglesia, alguien ha manipulado la tumba. La del perro..., aunque la del reverendo también la han tocado. Al parecer, alguien ha cambiado al perro de sitio.

—Ah, ¿sí?

El agente suspira con impaciencia.

—No perdamos el tiempo, Barnaby. ¿Fuiste tú quien desenterró al perro después de que ya te hubiéramos detenido por eso mismo?

Mi padre se echa a reír antes de responderle.

—Por supuesto que no. Volví directo a casa y me metí en la cama. —El agente hace amago de hablar, pero mi padre lo interrumpe—. Con el debido respeto, creo que están perdiendo el tiempo. El perro, que por cierto era una perra, ha muerto, y diría que está justo donde el reverendo querría que estuviera. ¿No tienen problemas más graves de los que ocuparse, chicos?

El policía trata de hablar una vez más, pero mi padre lo impide al preguntarle:

—¿Han traído una orden judicial?

—Eh, no. Solo hemos pasado para hablar un momento sobre...

—Bien, pues ya lo hemos hablado. Y ahora me gustaría seguir desayunando. Que tengan un buen día, azote de la delincuencia.

Mi padre cierra de un portazo. Mientras se acerca a la mesa, es difícil decir si está enojado o no. Se sienta en su sitio y tras clavar con saña el tenedor en dos hot cakes al mismo tiempo, nos mira a todos.

—Vaya banda de paganos.

18

—¿Qué nombres les vamos a poner? —pregunta Moby, que se ha sentado conmigo en el patio.

Papá no especificó si el castigo incluía no salir al patio, así que he salido.

—No lo sé. ¿Por qué no eliges tú uno de los nombres y yo el otro?

—¡Sí! —Moby se entusiasma con la idea. Levanta en el aire a uno de los cachorros y declara—: Te llamarás Dick.

Ladeo la cabeza.

—No sé si a tu madre le hará gracia.

—¿Por qué no? Ella me puso a mí Moby. Quiero que se llame Dick para que podamos ser hermanos.

—Visto así —le doy la razón.

Sagan sale por el pórtico de su nueva casa, se acerca a nosotros y se sienta a mi lado en el pasto.

Tomo al perrito sin nombre y se lo muestro.

—Podemos bautizar a este. ¿Alguna sugerencia?

Sagan no necesita pensarlo.

—*Tuqburni*. Podríamos llamarlo Tuck.

Sonrío al recordar el significado de la palabra.

«Me entierras.»

Me acerco el cachorro a la cara y le doy un beso en la nariz.

—Me gusta. Hola, Tuqburni.

Moby se levanta y me lo quita de las manos.

—Ten cuidado con ellos, Moby.

—Sí. Solo quiero que Dick y Tuck conozcan a mamá. —Acomoda a los cachorros en sus brazos y se dirige a la puerta.

—Tuck y Dick. ¿Crees que a Victoria le gustarán? —le pregunto a Sagan.

Él se encoge de hombros.

—A la Victoria de antes diría que no, pero nunca se sabe, parece otra. —Señala hacia su nuevo hogar—. ¿Quieres conocer mi nueva madriguera? He cavado mucho para dejarla bonita.

Me río y acabo acostada de espaldas sobre la hierba.

—Estoy castigada sin salir. Y no hables de esforzarse durante una temporada.

—¿Estás castigada? ¿Cuánto tiempo?

—Mi padre no lo ha decidido todavía.

Sagan se acuesta a mi lado y juntos contemplamos el cielo.

—Pero se ha ido a hacer recados, ¿no? Creo que no está en casa.

Me volteo hacia él sonriendo. Me gusta su lado rebelde.

—Tienes razón, vamos a ver tu nueva madriguera.

Nos levantamos y nos dirigimos a la otra casa. Hace por lo menos seis meses que no entro, desde que Utah empezó a cambiar el suelo. Ha estado vacía tanto tiempo que no me gusta que Sagan tenga que vivir en esas condiciones, pero, cuando entramos por la puerta trasera, me llevo una agradable sorpresa. Aunque aún queda mucho por hacer, mi hermano ha avanzado mucho con las obras durante este tiempo.

—Caramba, Utah lo ha tomado en serio.

Los suelos están casi terminados. Le falta un trozo del salón, pero el resto está listo. Cuando Sagan echa a andar por el pasillo, lo sigo y señala la primera habitación.

—Utah se ha quedado en el que era su cuarto. —Camina hacia atrás y señala la siguiente habitación—. Y si convence a tu madre para que se venga a vivir aquí, se instalará en la de Honor. —Continúa andando y se detiene ante la puerta de mi cuarto de niña—. Y tu antigua habitación es ahora la mía.

Cuando abre la puerta, me recibe el caos. Aún tiene todas sus cosas dentro de las bolsas de basura y la cama no está hecha. Algunos de mis trastos siguen en cajas de cartón, en el suelo.

Me acerco a la cama y me siento sobre el colchón.

—Qué horror —le digo, sonriendo.

Él se echa a reír.

—Bueno, pero es gratis.

Acaba de sentarse a mi lado cuando suena su teléfono. Ahora que sé lo que una llamada puede suponer para él, me pongo casi tan nerviosa como él mientras se levanta y saca el celular del bolsillo. Cuando ve que se trata de Utah, no puede disimular la decepción. Pone el manos libres antes de responder:

—¿Sí?

—¿Te has llevado el rollo de bolsas de basura?

—No, está en la cajonera de la habitación de invitados.

—Bien, gracias —dice mi hermano antes de colgar.

Sagan vuelve a sentarse en la cama y se queda un rato mirando el celular antes de guardarlo.

Me giro hacia él y me siento con las piernas cruzadas. Me gustaría preguntarle más cosas sobre su familia: ¿qué cree que les pasó?, ¿aún conserva la esperanza de enterarse algún día? Debe de darse cuenta de lo que estoy pensando, porque me busca la mano y entrelaza nuestros dedos.

—Estoy seguro de que con el tiempo me acostumbraré a que no sean ellos, pero todavía me queda algo de esperanza.

Trato de animarlo con una sonrisa, pero creo que no lo consigo, porque no veo rastro de esperanza en sus ojos, lo cual me entristece. Resigo su brazo con la mirada hasta llegar al tatuaje que dice: «Su turno, Doctor» y recorro las letras con el dedo.

Él me apoya el pulgar en la frente, entre las dos cejas.

—Deja de preocuparte por mí —susurra mientras me alisa el ceño—. He tenido años para acostumbrarme; estoy bien.

Cuando asiento con la cabeza, él se acuesta y me jala, yo quedo estirada a su lado. Apoyo la mejilla en su pecho y permanecemos un rato en silencio.

Quiero preguntarle sobre lo que me ha dicho mi padre esta mañana, que ha aceptado venir a vivir aquí para poder salir conmigo, pero no quiero que sepa que me he enterado, por lo que me acerco su brazo y resigo la silueta de otro de los tatuajes, el de las coordenadas.

—¿A qué lugar corresponden? —le pregunto.

—No es tan difícil de averiguar. Solo tienes que introducirlas en el celular.

¿Por qué no se me ha ocurrido antes?

Agarro el teléfono y me acuesto de espaldas. Abro Google Maps e introduzco las coordenadas 33° 08' 16,8" N, 95° 36' 04,4" O. Cuando me aparece la localización, me la quedo mirando. Amplío la imagen y sigo observándola.

No lo entiendo.

—Pero... el otro día dijiste que eran del lugar donde habías nacido.

Sagan se apoya sobre el codo, me quita el teléfono de las manos y lo deja sobre el colchón, junto a mi cabeza. Cerniéndose sobre mí, puntualiza:

—No fue eso lo que dije. Tú me preguntaste si marcaban el lugar donde había nacido y yo te respondí: «Algo así».

—Me dijiste que habías nacido en Kansas, pero estas coordenadas son de la plaza donde me besaste. En Texas. No es donde naciste, ni se le acerca.

—Exacto. —Me aparta el pelo de la frente—. No es donde nací, es donde me enterraste.

Me le quedo mirando en shock durante unos instantes. Trato de disimular la sonrisa, pero es muy difícil porque él también sonríe.

—¿El beso te pareció digno de un tatuaje?

Él niega con la cabeza.

—No me lo hice para marcar el lugar donde te besé por primera vez, sino porque fue donde te conocí. —Desliza una mano bajo mi cuello y se inclina despacio hacia mí—.

Aunque fue un gran beso, ¿no crees? —susurra, con la boca pegada a mis labios.

Nuestras bocas se unen en un beso suave y delicado. No es accidental como el primero, ni tramposo como el segundo, ni frenético como el tercero. Es el primer beso genuino que compartimos y trato de alargarlo todo lo posible. Sus labios se mueven sobre los míos con parsimonia, y es precisamente esa calma lo que más me gusta, ya que indica que habrá muchos más besos.

Se acuesta sobre mí y, cuando estamos en la posición más perfecta que hemos compartido durante un beso, suena mi celular. Sagan se ríe con la boca aún pegada a mis labios y se aparta de mí con desgana. Veo que se trata de una llamada de Honor y, aunque me planteo no responder, la verdad es que me hace ilusión que me llame. Nunca hablamos por teléfono, así que lo tomo como una prueba más de que las cosas han cambiado entre nosotras.

—¿Hola?

—Eo. Papá acaba de llegar a casa. Más te vale mover el culo y volver antes de que se dé cuenta.

Cuelgo y le doy un besito a Sagan.

—Papá ha vuelto, me tengo que ir.

Él me abraza con fuerza y me da otro beso rápido antes de apartarme.

—Hasta la hora de cenar, Mer.

Con una sonrisa de despedida, vuelvo corriendo a casa.

«Casa.»

Es la primera vez que llamo «casa» a Dollar Voss.

AGRADECIMIENTOS

Lo que más me gusta de mi trabajo es tener la libertad de escribir sobre lo que me inspira. A veces las novelas son más ligeras que las historias en las que se basan. Otras veces, me inspiro en temas más divertidos, que me llaman la atención. Lo que todas ellas tienen en común es el apoyo que me dan los lectores. Gracias por darme la libertad de seguir amando mi trabajo, año tras año.

Quiero dar gracias enormes a mis CoHorts. En 2017 he disfrutado más que nunca de su compañía. Hemos reído y llorado, y, por supuesto, hemos hablado de libros. Estoy convencida de que somos el grupo de internet con menos imbéciles por metro cuadrado, y eso me encanta.

Gracias a mi familia. Me ha costado más que nunca llegar a tiempo a la fecha de entrega, pero nadie se ha quejado cuando me encerraba a escribir. Muchas gracias.

A mi marido, que es mi corazón, mi alma y mi mejor amigo. Sin ti no podría hacer nada de esto. Y no es una manera de hablar, es literal. Sin ti no sabría vivir, ni lavar la ropa ni llevar esta carrera. Quiero que te quedes conmigo eternamente, ¿cómo la ves?

A Levi. Eres mi hijo favorito. Te quiero.

A las personas a las que he arrastrado conmigo durante la escritura de esta novela: Brooke Howard, Joy Nichols, Kay Miles y mi madre. ¡LAS QUIERO!

A mi editora, que estaría casi del todo cuerda si no fuera por su autora favorita. Ahora en serio, Johanna Castillo, te estaré eternamente agradecida por tu inmensa paciencia con este libro y conmigo.

A Beckham. Eres mi hijo favorito. Te quiero.

Unas gracias enormes a Dystek & Goderich, mis agentes. A Atria Books, mis editores, y a Ariele Fredman, mi publicista, por ser tan buena en lo tuyo, incluso mientras estás creando una nueva vida.

A Cale. Eres mi hijo favorito. Te quiero.

Y gracias ENORMES a Brandon Adams por hacer los dibujos de Sagan y por decorar las salas del Bookworm Box con tu arte. Eres una persona increíble y generosa, y me alegro de que seas mi amigo.